Un rival au regard vert

————

Le choix de Chiara

ANNA DePALO

Un rival au regard vert

Traduction française de
JULIA LOPEZ-ORTEGA

PASSIONS

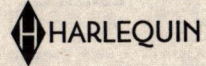

Collection : PASSIONS

Titre original :
SECOND CHANCE WITH THE CEO

Ce roman a déjà été publié en 2017

HARPERCOLLINS FRANCE
83-85, boulevard Vincent-Auriol, 75646 PARIS CEDEX 13
Service Lectrices — Tél. : 01 45 82 47 47 - www.harlequin.fr
ISBN 978-2-2804-6970-8 — ISSN 1950-2761

Composé et édité par HarperCollins France.
Imprimé en mai 2022 par CPI Black Print (Barcelone)
en utilisant 100% d'électricité renouvelable.
Dépôt légal : juin 2022.

- 1 -

— Cole Serenghetti, murmura Marisa en fermant les yeux, sors d'ici maintenant !

Elle savait qu'elle était parfaitement ridicule en disant cela, mais c'était la seule chose qui lui était venue à l'esprit en se garant devant le chantier.

Comme si elle l'avait fait apparaître, un homme à la haute stature apparut sous une poutrelle métallique.

Son estomac se noua, et elle cessa de respirer.

Elle regarda sa main qui tremblait et serra le volant pour contrôler ce tremblement involontaire, puis elle saisit sa paire de jumelles.

Les traits masqués en partie par l'ombre de son casque jaune, l'homme avançait vers l'ouverture pratiquée dans le grillage qui délimitait le site des travaux. Il portait un jean et une chemise à carreaux ainsi que des chaussures de sécurité et un gilet jaune fluorescent. Il aurait pu s'agir de n'importe lequel des ouvriers, mais il se dégageait de lui une assurance naturelle et une prestance des plus remarquables.

Marisa sentit son cœur tambouriner dans sa poitrine.

Cole Serenghetti.

Ancien joueur professionnel de hockey, revenu à Welsdale pour prendre la suite de son père à la tête de l'entreprise familiale, Serenghetti Construction, ancien caïd de la cour du lycée et, accessoirement, son désastreux et inavouable petit ami et de l'époque.

On pouvait difficilement faire plus compliqué !

Elle se laissa aller contre le dossier de son siège, le cœur battant toujours la chamade, et posa ses jumelles sur le siège passager. Manquerait plus qu'un agent de police vienne lui demander ce qu'elle faisait à espionner ainsi une des célébrités locales et un des plus beaux partis de la ville !

Qui croirait sa version ? Tout le monde connaissait pourtant Mlle Danieli, charmante enseignante au lycée Pershing. On rirait bien d'apprendre qu'elle espionnait un riche chef d'entreprise et célèbre sportif professionnel pendant son temps libre, alors que sa démarche était d'ordre strictement professionnel. Ses élèves avaient besoin qu'elle arrive à convaincre Cole de les aider. Sans compter que sa carrière à elle était aussi en jeu.

Elle descendit de voiture et respira profondément tandis qu'elle observait Cole qui venait dans sa direction sur le trottoir d'en face. Il n'y avait personne dans cette ruelle. Elle avait vu passer quelques ouvriers un peu plus tôt, mais à cet instant il n'y en avait plus aucun.

Elle entendit son estomac gargouiller. Elle était tellement tendue qu'elle n'avait rien pu avaler à midi.

— Cole Serenghetti ? lança-t-elle en traversant.

Il tourna la tête vers elle en enlevant son casque.

Elle ralentit le pas en découvrant ses cheveux bruns en bataille, son regard vif et ses lèvres charnues. Une cicatrice qu'elle n'avait jamais vue marquait sa joue gauche et en rejoignait une autre sur le menton, qu'il avait déjà au lycée.

Une chose était sûre, pourtant : il était toujours l'homme le plus sensuel qu'elle ait jamais croisé.

Elle fit de son mieux pour se raccrocher au laïus qu'elle avait préparé, sans trop se laisser distraire par sa présence.

Pourtant, il avait changé. Il était beaucoup plus musclé que lorsqu'il avait dix-huit ans, et son visage était plus dur. Mais ce changement était bien compréhensible quand on songeait qu'il avait d'abord été une des stars de la National Hockey League, un sex-symbol reconnu, avant de reprendre la plus grosse entreprise de construction du secteur.

Bien qu'elle soit revenue travailler à Welsdale dès la fin de ses études, elle ne l'avait jamais croisé.

Elle nota le coup d'œil appréciatif qu'il lui jeta et le sourire qu'il lui adressa aussitôt.

Un étrange soulagement l'envahit. Elle qui avait redouté cette entrevue depuis tant d'années…

— Chère demoiselle, même si je n'étais pas Cole Serenghetti, je vous répondrais « oui » de toute façon, déclara-t-il avec un regard qui en disait long.

Elle le vit parcourir des yeux sa silhouette mise en valeur par sa robe décolletée avant de remonter vers son visage.

— Vous êtes le rayon de soleil qui manquait à cette grise journée ! conclut-il.

Il ne l'avait pas reconnue !

Un étrange sentiment surgit en elle. Elle ne l'avait jamais oublié, elle, au cours des quinze années écoulées. Quinze ans pendant lesquels elle avait culpabilisé de l'avoir trahi. Elle n'avait jamais envisagé qu'il ait pu la rayer ainsi de sa mémoire au point de ne pas la reconnaître.

Bien sûr, elle avait changé. Ses cheveux qui lui arrivaient aux épaules n'étaient plus attachés, et puis elle les avait éclaircis avec des mèches. Son visage était plus rond sans doute, et elle ne portait plus ses grosses lunettes qui lui donnaient un air de chouette.

Elle devait lui dire qui elle était.

Elle inspira et lui tendit la main.

— Marisa Danieli. Comment ça va, Cole ?

Le sourire séducteur qu'il avait affiché s'effaça brutalement de son visage.

— Je retire tout ce que j'ai dit, laissa-t-il sèchement tomber.

Cela ressemblait en effet un peu plus à ce qu'elle avait imaginé de leurs retrouvailles. Elle s'efforça toutefois de rester cordiale et professionnelle malgré la tempête d'émotions qui faisait rage en elle.

— Cela faisait longtemps, dit-elle.

— Pas assez. Je suppose que tu as quelque chose à me demander et que cette rencontre n'est pas le fruit du hasard ?

Elle s'était toujours sentie très mal à l'aise lorsqu'elle devait passer un entretien d'embauche ou solliciter quelqu'un en direct, et cette fois-ci ne faisait pas exception à la règle.

— En effet, les élèves du lycée Pershing ont besoin de ton soutien, expliqua-t-elle. Nous faisons appel aux anciens élèves les plus emblématiques de notre établissement.

— Quel est ton lien avec les élèves de Pershing ?

— Je suis professeur de lettres.

Il eut une moue dédaigneuse.

— Je comprends qu'ils t'aient choisie pour amadouer les anciens élèves.

— Je suis à la tête du comité de soutien.

Il haussa les sourcils.

— Félicitations, dit-il en poursuivant son chemin. Et bonne chance !

Elle lui emboîta le pas.

— Cole, c'est sérieux, si tu voulais bien m'accorder un instant pour…

— Que tu me déroules ton argumentaire ? Merci, mais depuis le lycée j'ai bien changé, je ne me laisse plus embobiner par tes beaux yeux !

— Écoute, le lycée a besoin d'un nouveau gymnase, nous avons pensé qu'en tant que sportif professionnel tu serais sensible à…

— *Ancien* sportif professionnel. Je suis sûr que tu trouveras d'autres athlètes en activité, si tu cherches bien.

— Ton nom était en tête de liste.

Il s'arrêta et lui décocha un sourire narquois.

— Je suis toujours en tête de ta liste ? Je devrais être flatté, rétorqua-t-il.

Elle se sentit rougir sans rien pouvoir y faire. Elle avait l'impression de lui faire des avances qu'il rejetait.

Elle avait un certain passif d'échecs sentimentaux, il fallait dire. Ses récentes fiançailles rompues en étaient un cuisant exemple. Tout avait commencé avec Cole, d'ailleurs.

Il y avait une éternité de cela, Cole et elle s'étaient retrouvés penchés au-dessus d'un même livre. Lorsqu'elle respirait, elle sentait sa jambe effleurer la sienne. Elle aurait pu s'écarter, mais elle ne l'avait pas fait. Ils s'étaient frôlés plusieurs fois, jusqu'à ce que Cole pose ses lèvres sur les siennes…

— Pershing a besoin de toi, reprit-elle d'une voix ferme. Nous avons besoin d'un sponsor, quelqu'un qui attirera les donateurs au cours des prochains mois pour faire bâtir un nouveau gymnase.

Il la foudroya du regard.

— Tu as besoin de quelqu'un, je comprends bien. Mais il te faudra chercher ailleurs.

— Tu oublies que le fait de soutenir ce projet serait favorable pour l'image de Serenghetti Construction, répliqua-t-elle. C'est la meilleure façon de se faire connaître favorablement dans le secteur.

Il s'écarta d'elle, et elle posa la main sur son bras pour l'arrêter.

Elle comprit aussitôt son erreur.

Leurs yeux se baissèrent en même temps vers son bras, et elle retira vivement sa main.

Mais elle avait eu le temps de sentir sa force, sa chaleur…

Il y a quinze ans, elle avait aussi posé les mains sur ses bras et les avait caressés en soupirant de plaisir tandis qu'il découvrait ses seins et les effleurait du bout des lèvres…

Quand cesserait-elle de réagir au moindre contact, au moindre mot de Cole ?

Elle chercha son regard, devenu froid et indéchiffrable.

— Tu as donc besoin de moi, déclara-t-il.

Elle hocha la tête, la gorge sèche et les joues en feu.

— Malheureusement pour toi, Marisa, je ne peux oublier une trahison délibérée à mon égard. Tu peux considérer cela comme définitif.

Elle baissa les yeux. Elle s'était toujours demandé s'il avait su avec certitude qui l'avait dénoncé à l'administration du lycée, lui valant une expulsion et le privant du même coup du championnat de hockey cette année-là.

Elle venait d'avoir sa réponse.

Elle avait pourtant eu des raisons sérieuses de faire cela, mais elle craignait que ses explications ne suffisent pas à Cole. Pas maintenant, en tous les cas.

— C'était il y a bien longtemps, dit-elle d'une petite voix.

— Tu as raison, et c'est dans le passé que nos relations doivent rester.

Elle s'était attendue à un refus de sa part, mais sa réponse la blessa. Elle sentit sa poitrine se serrer.

— Est-ce que c'est la tienne ? s'enquit-il.

Elle n'avait pas fait attention, mais ils étaient arrivés à hauteur de sa voiture.

— Oui.

Il lui montra la portière, l'invitant à remonter à bord.

Une étrange sensation s'empara d'elle, comme un flottement, un vertige. Elle ferma les yeux.

Elle voulait sortir dignement de cette entrevue, encore quelques instants et ce ne serait plus qu'un mauvais souvenir !

Alors que son champ de vision s'obscurcissait, elle eut le temps de formuler une dernière pensée. *J'aurais dû manger quelque chose.*

Elle entendit Cole pousser un cri, puis un bruit mat, celui de son casque frappant le sol, avant qu'il ne la rattrape tandis qu'elle tombait en arrière en perdant connaissance.

Lorsqu'elle revint à elle, il était là et la serrait dans ses bras en répétant son prénom.

Elle eut l'impression qu'elle était en train de revivre le moment où leur relation était passée à un autre niveau que celui du flirt innocent. Et puis l'odeur du chantier parvint à son cerveau, et elle recouvra sa mémoire immédiate.

Elle était blottie contre le corps de Cole, dont elle ressentait la chaleur et la solidité. Elle ouvrit les yeux et croisa son regard. Ses iris verts semblaient briller de reflets dorés.

Il fronça les sourcils.

— Est-ce que ça va ? demanda-t-il.

— Oui, merci, tu peux me lâcher.

— Est-ce que tu es sûre de tenir sur tes jambes ?

— Je t'assure, je me sens bien.

Avec précaution, il l'aida à se remettre debout, avant de s'écarter légèrement.

— Je vois que tu n'as pas changé, dit-il, non sans ironie.

Comme si elle avait besoin qu'il en rajoute !

Elle s'était déjà évanouie en sa présence, au lycée, un jour où ils étudiaient ensemble. C'était ainsi qu'elle s'était retrouvée dans ses bras la première fois…

— Combien de temps suis-je restée sans connaissance ? demanda-t-elle en rajustant son manteau pour éviter de croiser son regard.

— À peine une minute. Est-ce que tu es sûre que ça va ?

— Ce n'est vraiment rien.

— Tu as toujours tendance à t'évanouir comme ça ?

Elle haussa les épaules, toujours en évitant de le regarder. Elle avait tellement appréhendé cette entrevue qu'elle n'avait pas réussi à avaler quoi que ce soit à midi.

— Cela fait des années que cela ne m'était pas arrivé, répondit-elle. Je suis sujette à ce genre de malaise vagal, mais c'est devenu très rare.

Dommage qu'elle ait tendance à défaillir systématiquement dans les bras de Cole ! Elle le revoyait pour la première fois depuis des années et avait déjà l'impression de jouer dans un remake de leur première rencontre ! Que pouvait-il imaginer à cet instant ? Pourvu qu'il n'aille pas se figurer qu'elle faisait cela pour…

— En tous les cas, c'était très bien tenté, mais ça ne prend pas, décréta-t-il.

Et voilà ! Il pensait qu'elle avait tenté de l'amadouer en feignant de s'évanouir. Elle serra les dents, furieuse qu'il pense cela, mais trop gênée pour le formuler.

— Je ne vois pas ce que je gagnerais avec ce genre de tentative désespérée, répliqua-t-elle.

Il haussa les épaules.

— C'est une façon comme une autre de troubler l'adversaire, repartit-il.

— Est-ce que cela a marché ?

Étonnamment, sa remarque fit mouche et sembla le déstabiliser un court instant.

— Non, je n'ai pas changé d'avis.

Elle haussa les épaules et fit un pas vers sa voiture.

— Tu te sens capable de conduire ? s'enquit-il.

— Oui, je me sens bien, merci.

Tremblante, mortifiée et bredouille, mais bien.

— Au revoir, Marisa, dit-il en refermant sa portière

Consciente qu'il l'observait, elle boucla calmement sa ceinture et démarra. Quand elle jeta un coup d'œil dans le rétroviseur, une fois à bonne distance, elle constata qu'il regardait toujours dans sa direction.

Elle n'aurait jamais dû venir ainsi. Il fallait pourtant qu'elle parvienne à le faire adhérer au comité de soutien coûte que coûte. Elle n'avait pas fait tout cela pour abandonner au premier revers !

— Tu as la tête d'un homme qui a besoin d'un bon punching-ball, lança Jordan en frappant ses gants de boxe l'un contre l'autre.

— Tu as bien de la chance de pouvoir te défouler sur la patinoire, rétorqua Cole.

Son frère Jordan était au sommet de sa carrière de joueur de hockey à la NHL, dans l'équipe des New England Razors, tandis que pour lui tout cela s'était terminé il y a peu, sur une mauvaise blessure. Lorsque tous deux en avaient l'occasion, ils se retrouvaient sur le ring du club de boxe, une façon pour Cole de rompre la monotonie de ses entraînements en salle.

— Je ne joue pas avant trois jours, annonça Jordan en s'approchant, les gants devant son visage. Qu'est-ce qui t'arrive, encore une histoire de jolie fille ?

Cole ne répondit pas. Marisa Danieli était une jolie fille, c'était certain, mais là n'était pas le problème, même s'il avait eu du mal à la chasser de ses pensées, depuis qu'elle s'était évanouie dans ses bras.

— J'allais oublier que Vicki t'avait lâché pour cet agent, là… Comment s'appelle-t-il ?

— Sal Piazza, indiqua Cole en esquivant une droite de Jordan.

— C'est vrai ! M. Salami Pizza.

— Et Vicki ne m'a pas *lâché*.

— Pardon ! Elle s'est lassée de ton incapacité à t'engager.

— Elle n'attendait pas d'engagement de ma part, c'était parfaitement clair entre nous.

— Elle n'attendait rien de plus parce qu'elle savait que tu ne lui offrirais rien de plus et qu'elle devrait partir tôt ou tard ?

— Exactement, comme cela tout le monde était content, déclara Cole en continuant à danser autour du ring face à Jordan.

Même par un mercredi après-midi, le Jimmy Boxing Club bruissait d'une intense activité. La climatisation permettait de garder la salle fraîche, mais ne pouvait masquer la forte odeur de transpiration ou les bruits des coups de ceux qui s'entraînaient sous les néons.

— Tu sais que maman serait heureuse que tu t'installes une bonne fois pour toutes, reprit Jordan.

Cole serra les dents.

— Elle serait aussi heureuse de te voir cesser de

risquer sur la glace ton magnifique sourire qui lui a valu quelques milliers de dollars chez le dentiste, et pourtant cela n'arrivera pas !

— Il ne lui reste qu'à reporter ses espoirs sur Rick, dans ce cas, répliqua Jordan. Enfin si quelqu'un parvient à le localiser !

— Il semblerait qu'il soit en plein tournage sur la Riviera italienne.

Leur frère, né entre eux deux, était cascadeur pour le cinéma. Il était le plus aventureux des trois et ce n'était pas peu dire ! Leur mère avait toujours raconté qu'elle avait eu l'impression de passer sa vie aux urgences lorsque ses trois garçons et sa fille étaient petits. Tous, ils avaient eu à déplorer au moins une fracture, même si Camilla Serenghetti n'avait pas eu connaissance de toutes les mésaventures de ses rejetons, loin de là !

— Heureusement que maman peut s'appuyer sur Mia, même depuis qu'elle vit à New York.

La benjamine de la fratrie s'était lancée dans une carrière de styliste et avait quitté son Massachusetts natal.

— Je reconnais qu'être l'aîné ne doit pas être évident, dit Jordan. Mais personne d'autre que toi n'aurait été capable de prendre la tête de Serenghetti Construction à la place de papa.

Peu de temps après que Cole avait été blessé en plein match, ce qui avait mis un terme à sa carrière, leur père faisait une attaque aux séquelles handicapantes. Cole s'était senti obligé de reprendre le flambeau. Cela faisait huit mois, maintenant.

— Tu as peut-être raison, marmonna-t-il. Il fallait bien que quelqu'un le fasse, de toute façon.

Il profita d'un instant d'inattention pour envoyer un direct du droit à Jordan. Bon sang, cela faisait du bien de se débarrasser d'un peu de la frustration qui l'habitait ! Il aimait son frère mais avait du mal à s'avouer qu'il était parfois un peu jaloux de sa vie. Ce n'était pas seulement à cause de sa carrière au sein des Razors, car lui aussi avait connu son heure de gloire, mais il regrettait cette liberté qu'il avait eue alors.

Leur père avait toujours espéré qu'au moins un de ses fils reprendrait le flambeau de l'entreprise familiale, et les hasards de la vie avaient désigné Cole.

Bien sûr, ayant passé plusieurs étés à travailler sur les chantiers quand il était jeune, il était familier avec l'univers de la construction. Il n'avait cependant pas imaginé que sa carrière sportive se terminerait aussi brutalement et que cela correspondrait à la retraite anticipée de son père. Reprendre du jour au lendemain une aussi grosse entreprise, alors que son père n'était pas même capable de se lever de son lit, lui avait demandé de très nombreux sacrifices et de très longues heures de travail.

Il ne savait pas exactement quand ni comment, mais il espérait retrouver le monde du sport de haut niveau. Devenir entraîneur le tentait bien.

— Pourquoi est-ce que tu ne commences pas par me raconter ce qui t'a mis de si mauvaise humeur ? reprit Jordan.

Cole songea aussitôt à ce qu'il considérait comme son plus immédiat problème. Cette Attila en talons compensés qui dévastait tout sur son passage.

— Marisa Danieli est passée au chantier, dit-il.

Jordan lui adressa une moue interrogative.

— *La* Marisa du lycée, précisa-t-il.

Son frère et lui n'avaient pas fréquenté le même établissement, mais Jordan connaissait Marisa pour le rôle majeur qu'elle avait joué dans son renvoi en dernière année.

— Tu parles de la sexy Danieli ? questionna Jordan avec un sourire en coin.

Cole n'avait jamais apprécié le surnom moqueur qu'elle avait reçu naguère à cause de son allure délibérément garçon manqué.

Personne n'avait eu connaissance de ce qu'il avait partagé avec Marisa à l'époque, et pour tout le monde, elle était la peste qui l'avait dénoncé au proviseur et lui avait valu d'être exclu du lycée.

Le direct du droit de son frère dans son épaule le prit par surprise et le fit chanceler.

— Vas-y, montre-moi un peu de quoi tu es capable ! lança Jordan. Je crois que je n'ai jamais revu Marisa depuis ces années-là.

— J'aurais pu dire la même chose, moi aussi, si elle n'était pas revenue.

— Que voulait-elle ? Te remettre au tapis ?

— Ton sens aigu de la fraternité me réchauffe le cœur !

Jordan leva les poings pour demander une trêve.

— Je plaisantais, je ne défends aucunement ce qu'elle t'a fait, et c'était franchement injuste que tu ne puisses participer au championnat cette année. Tu sais que tout le monde changeait de trottoir quand on la croisait en ville ? Mais depuis le temps elle a pu changer, j'imagine.

Cole reprit la position de combat et toucha son frère du gauche.

Marisa avait changé, mais il ne comptait pas donner de précisions à son frère. Il n'y aurait plus aucune moquerie, aujourd'hui, derrière le surnom de « sexy Danieli », et c'était bien là le problème.

Avant de la reconnaître, elle avait déclenché chez lui un

émoi qu'il n'avait plus ressenti depuis bien longtemps. Un trouble sensuel absolu à la vue de sa silhouette totalement voluptueuse. Il songea en souriant qu'il devrait être interdit à des femmes comme elle de devenir enseignantes !

Les lunettes qu'elle portait à l'époque avaient disparu, ses cheveux étaient longs et ondulaient librement sur ses épaules. Elle ne cherchait plus à masquer sa silhouette et ses courbes sous de larges vêtements informes. Une silhouette qui s'était épanouie de façon particulièrement indécente ! Elle était tellement féminine… Dire qu'il avait autrefois tenu son corps sublime entre ses mains !

Avant de savoir qu'il s'agissait de Marisa, il avait béni l'heureux hasard qui le faisait croiser une femme aussi sexy au terme d'une longue semaine de travail. Il avait vite déchanté en découvrant de qui il s'agissait ! Jusqu'à ce qu'elle ne s'écroule dans ses bras.

Pendant les quelques instants où elle était restée ainsi sans connaissance, il s'était senti tiraillé entre des émotions contradictoires : la surprise, la colère, l'inquiétude… et le désir.

Jordan profita de son inattention et le frappa en plein torse.

— Dis-moi, tu es ailleurs. Donc il y a vraiment une femme là-dessous ! lança-t-il en riant.

Cole lui jeta un regard assassin.

— Marisa veut que je parraine son comité de soutien pour lever des fonds afin de faire construire un nouveau gymnase à Pershing, expliqua-t-il.

Jordan siffla entre ses dents.

— On ne peut pas dire qu'elle manque de cran, en tout cas !

— Elle a suggéré que la participation de Serenghetti

Construction à la levée de fonds pour Pershing serait intéressante en termes d'image publique.

Jordan recula d'un pas, sans cesser de sautiller.

— Marisa est loin d'être stupide, on ne peut pas le nier, répliqua-t-il.

Cole soupira. Son frère avait raison : la remarque de Marisa n'était pas dénuée de bon sens, même s'il ne le reconnaissait jamais.

La communication n'était pas son fort, et ne l'avait jamais été, même quand il était une star du hockey, et ce au grand désarroi de son agent. Depuis qu'il avait repris les rênes de Serenghetti Construction, il s'était concentré sur la logistique et la gestion des équipes, laissant tout ce qui avait trait aux questions de relations publiques de côté.

Marisa était fine mouche, contrairement aux femmes qu'il avait l'habitude de fréquenter, il fallait bien dire. Il la revoyait au temps du lycée, immuablement abritée derrière une pile de livres, comme un bouclier devant elle, pour la plus grande déception des garçons qui rêvaient tous d'apercevoir les courbes généreuses de ses seins.

Un jour, il avait finalement eu la chance de voir et même de caresser cette poitrine objet de tant de fantasmes, et il devait bien admettre qu'il en gardait un souvenir impérissable !

La différence, cette fois-ci, c'était qu'il n'avait plus dix-huit ans et qu'il n'était pas disposé à tomber dans le panneau une seconde fois.

- 2 -

Je passerai récupérer ma raquette de squash. Placard de l'entrée.

Marisa éteignit son téléphone portable. Le message de Sal était arrivé pendant qu'elle était sortie. Elle avait été tellement secouée par cette entrevue avec Cole, la première en quinze ans, qu'elle n'avait pas fait attention à ce message avant d'être rentrée chez elle.

Elle sentit un vague agacement monter en elle. Ce message n'était pas vraiment désagréable, même s'il provenait de celui qui avait été son fiancé… Jusqu'à ce qu'il la quitte, trois mois plus tôt. Elle avait très mal vécu cette séparation et avait souffert d'être quittée ainsi. Et son envie principale était de tourner la page. Donc d'éviter de revoir Sal.

Elle songea un instant à lancer sa raquette par la fenêtre. Elle tomberait sur la pelouse, et il n'aurait qu'à la récupérer. C'était bien ce qu'il voulait, non ? La récupérer.

Avant d'avoir le temps de passer à l'action, elle entendit le bruit d'une clé dans la serrure. Elle fronça les sourcils. Sal lui avait pourtant rendu le double qu'il possédait.

Elle ouvrit la porte avant que l'intrus ne s'en charge, et sa cousine Serafina bascula presque à l'intérieur.

Marisa poussa un soupir de soulagement.

— Ah ! C'est toi !

— Bien sûr que c'est moi, répliqua Serafina, surprise. Tu as déjà oublié que tu m'as laissé une clé ?

— Non, bien sûr.

Mais elle avait songé, l'espace d'un instant, que Sal était venu chercher sa raquette au moyen d'un double de clé supplémentaire dont elle aurait ignoré l'existence. Il était bien capable de ce genre de manipulation !

Elle était heureuse d'avoir conservé son appartement, même quand sa relation avec Sal commençait à se stabiliser et qu'ils avaient envisagé d'emménager ensemble. Elle avait acheté ce petit trois-pièces cinq ans plus tôt, ce qui avait constitué à l'époque un pas de géant dans sa démarche d'indépendance.

Elle se demanda soudain où vivait Cole. Il était sûrement propriétaire d'un superbe loft dans l'un des plus luxueux immeubles construits par son entreprise.

Une chose était sûre : il était toujours un des plus beaux partis de Welsdale. Et le plus sexy, sans aucun doute. Quant à elle… Dire qu'elle était pulpeuse était la plus polie des allusions à ses formes. Et puis elle était toujours une anonyme petite enseignante, comparée à Cole qui avait connu une carrière fulgurante.

— Qu'est-ce qui t'arrive ? s'enquit Serafina en déposant son sac à main.

— J'étais en train de penser à un endroit où je pourrais enterrer la raquette de squash de Sal.

— Quelle bonne idée ! Méfie-toi, car avec le nombre de chiens que l'on voit dans cette résidence on risque de repérer le cadavre sans tarder. Mais pourquoi veux-tu l'enterrer ?

— Il veut la récupérer.

Serafina se mordit la lèvre pour ne pas rire.

— Cela ne te ressemble pas d'exprimer ce genre de colère, fit-elle remarquer.

Marisa soupira.

— Tu as raison. Je vais lui dire qu'elle l'attend dans l'entrée de l'immeuble.

— Cela ne t'empêchera pas de lui dire qu'il reste un imbécile ! s'exclama Serafina, amusée.

Elle sourit à sa cousine. Serafina était un peu plus grande qu'elle et ses cheveux étaient légèrement ondulés, et d'un blond foncé. Elle avait échappé aux boucles brunes que Marisa avait envoyées au diable plus d'une fois, mais toutes les deux avaient les yeux noisette, et on pouvait noter un indéniable air de famille, même si on ignorait leur parenté en raison de patronymes distincts : Danieli et Perini.

Lorsqu'elles étaient enfants, Marisa considérait Serafina comme une petite sœur à qui elle donnait ses jouets, puis des livres, des vêtements et enfin des conseils. Plus récemment, elle avait accueilli sa cousine comme coloca-taire pendant quelques mois, le temps que cette dernière trouve un emploi dans son domaine et un appartement. Cette cohabitation avait été sa bouffée d'oxygène, et elle appréciait la compagnie de Serafina.

— Et maintenant, une bonne nouvelle, annonça Serafina. Je déménage !

— Ah, vraiment ? lança Marisa en s'efforçant de paraître contente pour elle.

Trois semaines plus tôt, sa cousine avait appris que son contrat de travail était pérennisé.

— Enfin pas tout de suite, mais après mon séjour à Seattle pour rendre visite à tante Filomena et toute la famille, précisa Serafina.

— Je ne vais pas te dire que je me réjouis de te voir partir, mais je suis heureuse pour toi.

— J'étais sûre que tu serais heureuse pour moi. Tu es vraiment adorable !

— Après trente ans, on n'est plus adorable, Sera, sinon c'est pathétique !

Elle avait fêté ses trente-trois ans et était célibataire depuis qu'elle avait été plaquée sans ménagement. Finalement, cette question de l'âge n'était pas si anodine qu'elle voulait bien le prétendre.

Bien sûr, Cole s'était montré charmant avec elle. Mais c'était un séducteur professionnel. Et puis il l'avait reconnue…

— J'ai demandé à Cole Serenghetti de parrainer mon comité de soutien, dit-elle soudain.

Elle avait cru mourir de honte lorsqu'elle avait fait cette démarche, et en la rapportant à sa cousine elle sentit la gêne la submerger à nouveau.

Elle avait besoin d'un peu de réconfort. Elle pensa au morceau de gâteau au chocolat qui restait et se dirigea vers la cuisine, suivie par Serafina.

— Et alors ? lança sa cousine.

— Et alors… Ça s'est passé exactement comme je m'y attendais… Il était fou de joie !

— C'est super, non ?

— Parfait, marmonna-t-elle en sortant la part de gâteau du réfrigérateur.

Cole était parfait, lui aussi. Les femmes devaient se bousculer au portillon pour lui. Plus de quinze ans s'étaient écoulés, et il était encore plus séduisant que dans son souvenir et que sur les quelques clichés qu'elle avait pu voir dans les journaux. Le voir en personne était une tout autre expérience, il fallait bien l'avouer.

— Marisa ?

Serafina la dévisageait, perplexe.

Marisa lui sourit et désigna la charlotte aux sept couches de chocolat.

— C'est le moment de prendre un petit dessert ! annonça-t-elle.

Elle ne s'était jamais sentie très à l'aise avec ses formes lorsqu'elle était avec Sal. Mais c'était maintenant du passé, et elle était libre de s'offrir quelques petites douceurs.

— Alors, raconte-moi *vraiment*, reprit Serafina. Cole était content de te voir ?

— Fou de joie !

— Bon, j'ai compris, tu me mènes en bateau, c'est ça ?

— Tu m'accompagnes ? répliqua-t-elle en sortant deux assiettes.

Serafina hocha la tête et prit place à table.

— J'espère que Cole vaut les cinq cents calories que tu vas me faire avaler ! s'exclama-t-elle. Laisse-moi deviner… Il t'en veut toujours pour ce que tu as fait au lycée ?

— Bingo !

À l'époque du lycée, Marisa avait raconté à sa cousine ce qui s'était passé entre Cole et elle avant que leurs relations se refroidissent notablement.

Elle détailla donc son entrevue avec Cole, tandis que ses mots résonnaient toujours dans sa tête : « C'est dans le passé que nos relations doivent rester. » Oui, il lui en voulait toujours et n'avait pas été sensible le moins du monde à ses arguments quant au projet de gymnase, à l'avenir sportif des élèves de Pershing, ou à l'image de Serenghetti Construction. Et pourtant elle s'était sentie presque flattée lorsqu'il avait évoqué entre les lignes le fait qu'autrefois il avait pu être sensible à ses charmes…

Serafina soupira.

— La plupart des hommes sont de vrais enfants !

— Tout cela est compliqué.

— C'est toujours compliqué, ce genre d'histoire, Marisa. Sers-toi une plus grosse part.

— Je ne sais pas si tout le chocolat du monde y suffirait.

— C'était si terrible que cela ?

Marisa leva les yeux vers sa cousine et acquiesça avant de prendre une première bouchée de gâteau.

— Il nous faut du café et du lait ! dit-elle en se levant aussitôt.

Un peu de caféine ne lui ferait pas de mal.

Pourquoi avait-elle accepté d'aller rencontrer Cole ? En fait, elle le savait très bien. Elle avait toujours été plutôt ambitieuse, et la perspective d'obtenir un poste dans le comité de direction du lycée n'était pas étrangère à sa démarche. Maintenant qu'elle était célibataire, elle avait besoin de se lancer dans un projet qui lui permettrait d'avancer et d'avoir enfin une vraie situation, que ne lui offrait pas son poste d'enseignante. Et puis, dans tous les cas, elle avait un profond désir d'améliorer le quotidien de ses étudiants. Elle s'y était engagée.

Elle aurait sans doute dû insister plus fermement auprès de M. Dobson, le proviseur, pour le dissuader de fonder tous ses espoirs sur Cole, mais depuis qu'il avait découvert qu'elle avait été dans sa classe il avait fait une fixation sur lui. Comment aurait-elle pu lui expliquer ce qui s'était passé à l'époque et l'état de leurs relations actuelles ?

— Qu'est-ce que tu comptes faire, maintenant ? demanda Serafina.

— Je ne sais pas, répondit-elle en déposant les deux tasses de café sur la table.

— Cela ne te ressemble pas de jeter l'éponge ainsi !

Marisa inspira et songea à sa mère qui avait dû prendre un deuxième travail pour subvenir à leurs besoins à toutes les deux alors qu'elle l'élevait seule. Pouvait-elle jeter l'éponge si vite ?

— Il faudrait que j'essaie une nouvelle fois, mais je ne sais pas comment lui parler, dit-elle. Mais je ne peux pas recommencer à attendre Cole à la sortie de son chantier, il va finir par appeler la police pour harcèlement !

— Et pourquoi tu n'irais pas faire un tour du côté de la salle de boxe ?

— Le Jimmy Boxing Club ?

— Oui, Cole est un habitué.

Marisa ouvrit de grands yeux. Elle n'était pas surprise d'apprendre que Cole pratiquait la boxe.

— Et comment sais-tu cela ?

— Je croise souvent son frère, Jordan, au Puck & Shoot, et il vient parfois avec Cole, lorsqu'ils sortent de leur entraînement de boxe.

Serafina avait accepté un petit job de serveuse dans ce pub le temps de décrocher un vrai contrat de travail, et elle continuait à y faire des extras.

Marisa leva les yeux au ciel et soupira.

— Et comment est-on censé s'habiller, pour entrer dans un club de boxe ?

— À mon avis, moins on s'habille, mieux c'est ! répliqua Serafina avec une moue malicieuse. Il doit faire si chaud à l'intérieur, et tout le monde est en nage…

Une semaine plus tard…

Cole sentit qu'il avait une ouverture lorsqu'il vit l'attention de Jordan détournée du ring. Il le frappa d'un direct du droit qui l'envoya tituber à trois pas de là.

Il laissa son frère retrouver son équilibre, puisqu'ils étaient là pour s'entraîner ensemble et pas pour se mettre K.-O.

— Je ne voudrais pas abîmer ton joli minois, je laisse cela à tes adversaires sur la glace ! lança-t-il, moqueur.

Jordan hocha la tête en direction de l'entrée.

— Merci, je préfère rester présentable pour le moment. Je voudrais faire bonne impression !

Cole se retourna et jura.

Marisa avançait droit vers eux. Sa tenue était à peu près aussi adaptée à la salle de boxe que l'avaient été ses talons compensés sur le chantier. Évidemment, elle attirait l'attention masculine, et plutôt deux fois qu'une ! Elle semblait pourtant si candide et fraîche dans sa légère robe à pois qui soulignait ses formes… À première vue, on pensait à Bambi, entouré par des loups affamés. Bien sûr, elle avait tout à fait l'allure d'une enseignante, sage et n'ayant pas conscience de son effet sur la gent masculine. Mais Cole n'était plus dupe.

— Eh bien ! fit Jordan. C'est une bonne surprise !

Cole fronça les sourcils. Non, ce n'était pas une bonne surprise. Il avança vers l'extrémité du ring, tirant sur les lacets de l'un de ses gants.

— Où vas-tu ? demanda Jordan.

— Je prends une pause.

— Je l'ai vue la première ! s'écria Jordan en le rejoignant.

Depuis qu'ils étaient adolescents, les frères Serenghetti avaient instauré une règle : le premier à repérer une femme qui lui plaisait avait la priorité.

Cole jeta un regard consterné à son frère.

— C'est Marisa Danieli, dit-il.

Jordan ouvrit de grands yeux, le sourire jusqu'aux oreilles.

— Waouh ! Elle a changé, murmura-t-il tandis qu'elle arrivait à leur hauteur.

— Pas tant que ça…, marmonna Cole.

Marisa se hissa sur le ring, se glissant souplement entre les cordages.

Cole retira son casque de protection et fixa la femme qui avait un peu trop souvent occupé ses pensées, dernièrement.

— Comment m'as-tu trouvé ? lâcha-t-il, négligeant les politesses d'usage.

Marisa sembla hésiter. Elle paraissait beaucoup moins sûre d'elle, maintenant qu'elle était face à lui sur le ring !

— On m'a renseignée au Puck & Shoot, répondit-elle.

Elle inspira profondément, et il regarda, comme hypnotisé, sa poitrine se soulever.

— Nous pourrions peut-être commencer par le commencement, dit-elle. Bonjour à toi aussi, Cole. Et toi, comment vas-tu ?

— Tu fais sans doute cela avec tes élèves, les reprendre sur les règles de politesse.

— Cela m'arrive. Mais pas souvent. Mes élèves sont en général très polis, eux.

Jordan s'avança pour prendre part à la conversation.

— Ne vous occupez pas de lui, notre mère nous avait inscrits à un cours de bonnes manières, mais il n'a jamais eu son diplôme ! déclara-t-il en adressant à Marisa son sourire à mille kilowatts qui lui avait valu de décrocher un contrat publicitaire pour une marque de sous-vêtements masculins. Je suis Jordan Serenghetti, le frère de Cole. Pardonnez-moi de ne pas vous serrer la main, mais comme vous le voyez j'étais en train de mettre une correction à mon frère.

— Il n'a toutefois pas l'air trop mal en point, fit remarquer Marisa.

— On ne frappe pas au visage, précisa Jordan. Il a pourtant eu le nez cassé, ce qui n'est pas mon cas.

— Oui, dit-elle. Je le vois.

Cole savait à quoi il ressemblait. Il était bel homme, mais pas aussi parfait que Jordan. Tous deux partageaient les mêmes cheveux bruns, la même stature imposante, mais Jordan avait les yeux noisette, quand les siens étaient verts. Il avait aussi toujours été plus brut de décoffrage que son frère.

Jordan adressa un nouveau sourire à Marisa.

— Nous nous sommes peut-être croisés lorsque vous étiez au lycée avec mon frère.

La tentation de faire ravaler son sourire à Jordan se fit pressante, et Cole inspira pour retrouver son calme.

— Jordan Serenghetti… J'ai entendu parler de vous dans les journaux sportifs, en effet, dit Marisa, évitant ainsi de revenir sur cette fatidique période du lycée.

Cole avait assez pris sur lui, il était temps de couper court à cette entrevue surréaliste.

— Il semblerait que tu n'aies pas compris que ma réponse était « non », Marisa, déclara-t-il en constatant avec satisfaction que sa remarque faisait rougir la jeune femme.

Elle tourna ses grands yeux de biche vers lui.

— J'avais l'espoir de te faire reconsidérer ta position, si tu acceptais seulement d'écouter ce que j'ai à te dire, répliqua-t-elle.

— S'il n'écoute pas, moi je suis tout ouïe en revanche, intervint Jordan. D'ailleurs pourquoi ne pas se retrouver autour d'un verre ce soir pour en parler ? Tout est plus simple avec un peu de champagne. Ou du vin, si vous préférez.

Cole jeta un regard glacial à son frère, mais ce dernier ne quittait pas Marisa des yeux.

— Pershing a besoin d'une personnalité pour parrainer son comité de soutien, expliqua Marisa.

— Je pourrais le faire ! lança Jordan.

— Vous n'avez pas étudié à Pershing, lui fit remarquer Marisa.

— C'est un détail !

Marisa avança d'un pas et chancela en cherchant un appui ferme pour ses talons sur le ring. Cole tendit la main vers elle, mais elle recula vivement pour saisir un cordage.

Mieux valait être prudent, car toucher Marisa n'était pas une bonne idée. Il se l'était rappelé trop tard, la dernière fois.

— Cole a été choisi justement parce qu'il est un ancien élève, reprit-elle en cherchant son regard. N'as-tu pas envie de servir ton ancien établissement ? Tu y as connu quelques belles saisons de hockey, non ?

— Mais pas de championnat, grâce à toi.

Elle encaissa le coup sans tressaillir.

— Cela n'a rien à voir avec Pershing, dit-elle. Il y a un nouveau proviseur, depuis.

— Mais tu es la messagère.

— Et quelle messagère…, murmura Jordan.

Une fois encore, Cole fusilla son frère du regard. Marisa et lui avaient eu une liaison, ce qui aurait normalement suffi à maintenir Jordan à distance, mais Cole n'était pas prêt à partager cette information avec son frère, ce qui le laissait pieds et poings liés. Jordan était un séducteur, et Marisa était tout à fait son genre de femme…

— Et si toute cette fâcheuse histoire d'exclusion n'avait rien à voir avec Marisa, après tout ? demanda Jordan.

— C'était bien moi, si, reconnut-elle.

— Mais vous regrettez, suggéra Jordan.

— Je regrette le rôle que j'ai joué dans cette histoire, oui, avoua-t-elle, l'air grave.

Cole soupira. Il venait de recevoir ce qui s'approchait le plus d'excuses de la part de Marisa.

Pourtant, elle avait une autre idée en tête en venant ici aujourd'hui. Et, même s'il avait depuis tiré un trait sur cet épisode déplaisant, il n'était pas prêt pour autant à lui pardonner sa trahison.

Jordan, lui, ne semblait pas disposé à passer à autre chose.

— Cole, quant à lui, s'excuse d'être lui-même, et le tour est joué, tout le monde fait la paix ! conclut-il avec un grand sourire.

— Certainement pas ! riposta Cole. Bon, à mon tour de parler, poursuivit-il, agacé, en se tournant vers Marisa. Je me demande quel est ton intérêt dans cette histoire de partenariat ?

Elle le fixa, surprise.

— Je te l'ai dit, un nouveau gymnase. Je veux permettre aux élèves d'avoir accès à un équipement sportif à la hauteur.

— Non, je voulais dire *professionnellement*, qu'est-ce que cela t'apporterait si j'acceptais ?

Elle sembla hésiter.

— Eh bien, peut-être qu'à terme cela plaiderait pour que je sois nommée adjointe du proviseur.

— Nous y voilà ! s'exclama-t-il avec un air satisfait. C'est drôle, je me serais plutôt attendu à te retrouver mariée et mère de trois enfants.

Elle pâlit, et il sentit qu'il avait touché un point sensible.

— J'étais fiancée jusqu'à il y a peu, murmura-t-elle.

— Ah vraiment ? Je le connais peut-être. Était-il au lycée ?

— Tu le connais sûrement car c'est un agent sportif. Sal Piazza.

Avant que Cole ait le temps de réagir, Jordan lança un long sifflement, les dents serrées.

— Mais oui, tu le connais, reprit Marisa, plus combative soudain. Car il semblerait qu'il sorte actuellement avec ton ex-petite amie, si je ne m'abuse, une certaine Vicki Salazar.

— Hé, est-ce que cela fait de vous des parents par alliance, ou des fiancés au deuxième degré ? demanda Jordan.

Cole serra les dents.

— La ferme, Jordan !

Il leva les yeux et nota qu'ils attiraient l'attention de toute la salle.

— Tout cela est ridicule, ce n'est pas du tout l'endroit pour avoir ce genre de discussion, nous sommes en train de nous donner en spectacle, ajouta-t-il en prenant Marisa par le bras avant de soulever le cordage. Après toi !

Elle sembla surprise et jeta un coup d'œil en direction de Jordan.

— Il ne vient pas, décréta Cole.

Ignorant les regards curieux, il la guida vers la sortie qui se trouvait à l'arrière et donnait sur le parking. Il s'arrêta devant la porte et l'observa un instant avec attention.

— Alors comme ça, tu es fiancée à Sal Piazza ?

— Je l'étais, précisa-t-elle en redressant le menton. C'est terminé.

— À croire que tu as un faible pour les sportifs !

— À croire que je n'apprends pas vite !

Ce n'était pas exactement son souvenir, songea-t-il en se remémorant leurs étreintes d'alors. Elle avait été la plus délicieuse des amantes et la plus prompte à progresser…

Il jura entre ses dents. Il devait cesser d'évoquer ces souvenirs-là. Arrêter de penser à Marisa, même si à cet instant le rayon de soleil passant par la fenêtre venait se refléter dans ses cheveux et mettait en valeur les nuances de brun de ses yeux. Le plus irrésistible pour lui était toujours la ligne de ses lèvres… Roses et douces au naturel, elles semblaient attendre un baiser même si tant d'années s'étaient écoulées depuis leur dernière fois… Et si… ?

Elle fronça les sourcils.

— Est-ce que ça va ? questionna-t-elle.

— Très bien ! J'ai tout à fait l'habitude d'être harcelé jusque dans les vestiaires par des profs de lettres.

Elle rougit.

— Si tu tentais d'obtenir mon attention, tu l'as, ajouta-t-il. Comme celle d'à peu près tout le gymnase.

— Est-ce ma faute s'ils fantasment sur des enseignantes exploitées et sous-payées ?

Il se retint d'éclater de rire.

— Ce sont tes missions commandos auprès de moi qui te demandent tant de travail ?

Elle haussa les épaules.

— Ton agent sportif ne t'a jamais confié ses astuces pour aborder les sportifs ? lança-t-il. C'est étrange, je n'aurais jamais imaginé que tu sois le genre de Sal Piazza.

— Je ne le suis pas, répondit-elle avec un demi-sourire. Puisqu'il m'a quitté pour Vicki.

— Est-ce qu'il t'a trompée avec elle ?

— Il m'a dit que ce n'était pas le cas, même s'il a

reconnu avant de me quitter qu'il avait rencontré quelqu'un et qu'il ressentait une attirance.

— Donc Sal Piazza t'a quittée pour mettre Vicki dans son lit ! S'il savait que...

— Ne sois pas grossier !

Il n'arrivait toujours pas à se faire à l'idée que Sal et Marisa aient pu être fiancés. Sal était un grand amateur de sport, alors que la Marisa qu'il avait connue se moquait éperdument du sport, si l'on exceptait sa fugace aventure avec lui...

— À quand remonte votre séparation ? s'enquit-il.

— Janvier dernier.

Vicki et lui avaient cessé de se fréquenter en novembre.

— Tu t'inquiètes de savoir si Vicky a pu te tromper avec un simple agent sportif ? lança Marisa, moqueuse.

— Pas vraiment. Tu sais bien que même les ex-joueurs de hockey sont bien au-dessus des agents, dans la théorie de l'évolution.

— Tu suggères que je suis sur une pente descendante, c'est ça ?

— Tu es la seule à pouvoir le dire, ma belle !

— Ton orgueil est à couper le souffle.

Il eut un sourire sans joie.

— Je fais souvent cet effet aux femmes.

— Tu es incroyable !

— Bien, tu jettes l'éponge, alors ? C'était un beau match, nous avons eu chacun des avantages, mais j'accepte ta défection.

— De la même façon que tu as accepté mes excuses ? rétorqua-t-elle.

— Parce que c'en était ?

Elle acquiesça brièvement.

— C'est à prendre ou à laisser, précisa-t-elle.

— Et si je décide de laisser ?

Elle pinça les lèvres, et son regard perçant le fixa avec une certaine inquiétude.

— Il faudra que je me décide à trouver un plan B, répondit-elle. Heureusement que Jordan m'offre une solution honorable. Il fera un très bon second choix.

Elle se détourna pour partir, mais il la saisit par le bras.

— Ne t'approche pas de mon frère. Tu as déjà assez fait de dégâts avec moi pour t'attaquer à un autre Serenghetti.

— Je suis flattée que tu me penses dotée d'aussi puissants pouvoirs, mais je crois que Jordan est un grand garçon qui peut prendre soin de lui tout seul.

— Je ne plaisante pas !

— Moi non plus. Je n'ai plus beaucoup de temps, je dois trouver un soutien pour ce projet.

— Cherche ailleurs.

Elle libéra vivement son bras.

— On verra. Au revoir, Cole.

Contrarié, il la regarda s'éloigner.

Cette nouvelle entrevue ne s'était pas passée comme elle l'avait espéré, sans doute. Mais pas non plus selon ce qu'il avait imaginé.

Il fallait qu'il tienne Jordan à distance de Marisa, quoi qu'il en soit. Le problème majeur serait d'y arriver sans avoir à lui avouer qu'il avait eu une liaison avec elle.

- 3 -

Cole dut patienter une semaine entière pour avoir une petite discussion avec son frère, parti jouer trois matchs à l'extérieur. L'invitation de ses parents à un repas familial allait lui en donner l'occasion.

Tandis qu'il garait son pick-up, il constata que Jordan n'était pas encore arrivé et eut du mal à tempérer son impatience. Il était temps de mettre un terme à ce scénario qui l'avait obsédé toute la semaine : celui où Marisa et Jordan…

Non, c'était hors de question !

Il se demanda si Marisa avait contacté Jordan. Il devait mettre son frère en garde, le prévenir que Marisa était dangereuse. Elle avait peut-être changé depuis le lycée, mais il valait mieux ne courir aucun risque.

Depuis qu'elle était réapparue dans sa vie, les souvenirs affluaient au point de l'obséder. Il repensait aussi à toutes les certitudes qui le berçaient à l'époque. Avoir du succès auprès des filles, être un sportif en vue, avoir une aisance financière notable. Il y avait aussi de la pression, en contrepartie. La performance, toujours se dépasser, gagner le prochain match, séduire la prochaine fille. Se faire remarquer, toujours.

Marisa ne faisait pas partie de son cercle d'amis, mais elle lui avait semblé avoir un regard plutôt dénué de préjugés à son égard. C'était ce qu'il avait pensé jusqu'à ce qu'elle le trahisse.

Il était clair qu'il n'avait pas aimé que Jordan lui fasse son petit jeu de séduction à la salle de boxe, l'autre jour. Il ne voulait pas voir son frère commettre la même erreur que lui, tout simplement. Cela n'avait rien à voir avec un quelconque sentiment de jalousie. Il n'était pas de tempérament jaloux. Et puis après toutes ces années…

Sa carrière de joueur professionnel lui avait permis de rencontrer des femmes très facilement, mais, passé les premiers temps, cela avait perdu de son sel. Lorsque Jordan avait suivi son chemin et était entré à la NHL, il avait essayé de lui parler en tant qu'aîné, d'évoquer la tentation de la plupart des athlètes qui découvrent le succès et l'argent facile. Les femmes, aussi.

Et à voir l'attitude de Jordan face à Marisa, l'autre jour, son frère semblait tout disposé à céder à la tentation…

Restait à espérer qu'il ait été suffisamment occupé dernièrement pour ne pas avoir tenté quoi que ce soit encore.

Il entra et traversa la maison, reconnaissant les odeurs de cuisine qui lui mirent aussitôt l'eau à la bouche. Il retrouvait aussi ce cadre familial qui, bien souvent, lui avait fait l'effet d'un corset trop étroit.

— Cole, dit sa mère de son accent italien inimitable qui lui faisait prononcer le *e* final. Quel plaisir de te voir, *caro*.

Bien que sa mère ait appris l'anglais jeune, elle avait toujours parsemé ses phrases d'italien, ce qui le gênait, gamin, quand elle s'adressait à ses copains qui venaient à la maison. Et puis, il s'était habitué. Bien obligé.

— Bonjour maman, dit-il en l'embrassant. Où est passé papa ?

— Il se repose. Il dit que toutes les visites l'épuisent. Aujourd'hui il a déjà vu l'infirmière pour les soins et son kinésithérapiste.

— Tu veux dire kinésithérapeute, non ?

— C'est bien ce que j'ai dit !

Il laissa filer. Tout le monde trouvait son accent et ses fautes tellement charmants, et il était trop tard pour la corriger. Depuis peu, sa mère était devenue une personnalité dans la région depuis qu'elle animait une émission culinaire sur une chaîne de télévision locale. Les courriers étaient innombrables pour saluer son délicieux accent italien.

— Tu es déjà en train de goûter !

Cole se retourna et vit Jordan, un large sourire aux lèvres.

— Vous voilà tous les deux, mes chéris. Est-ce que je vous ai dit que mon émission allait changer de nom et s'appellerait bientôt *Saveurs d'Italie avec Camilla Serenghetti*.

— Quelle bonne nouvelle ! s'exclama Jordan avant d'embrasser sa mère.

— Mon nom dans le *titolo*, c'est impressionnant, n'est-ce pas ? ajouta-t-elle, radieuse. Il va cependant falloir que je commence à réfléchir à mes prochains invités.

Elle éteignit le feu sous une lourde marmite en fonte et se tourna vers ses deux fils.

— Les garçons, je vais voir comment va votre père et je reviens tout de suite.

— Prends tout ton temps, maman.

Cole savait qu'elle était inquiète pour son mari, depuis son infarctus. Plusieurs mois s'étaient écoulés, et Cole voyait bien que son père n'avait pas encore récupéré totalement. Si jamais c'était possible…

— Au fait, dit-il en se tournant vers Jordan, j'ai vu ton match hier soir. Bien joué ! Tu aurais sans doute marqué un point de plus, si Peltier ne t'avait pas gêné !

— Il est vraiment insupportable depuis le début de la saison ! Pour sa défense, sa petite amie l'a plaqué juste avant la reprise.

Cole décida de sauter sur l'occasion.

— Au fait, est-ce que tu as eu des nouvelles de Marisa Danieli ?

Jordan le regarda d'un air surpris.

— Pourquoi tu me demandes ça ?

— Elle est toujours en quête d'une tête d'affiche, ou plutôt du pigeon qui soutiendra son comité, et j'ai cru voir en toi l'étoffe du volatile en question !

Jordan eut un léger sourire.

— Il n'est pas toujours désagréable d'être un pigeon. Mais tu l'as entendue, c'est toi qu'elle veut.

— J'ai refusé.

— Je suis très impressionné. Je crois que tout le club de boxe le serait aussi !

— Je voudrais m'assurer que tu feras la même chose, Jordan.

— La question ne s'est pas posée.

— Elle n'a pas essayé de te contacter ?

— Non, mais je pense que tu devrais cesser de te concentrer sur Marisa. J'ai appris quelque chose qui t'intéressera autrement.

— Je t'écoute.

— Il semblerait que le contrat pour construire le fameux nouveau gymnase de Pershing irait à JM Construction.

Cole hocha la tête. Marisa était donc sans pitié !

À deux reprises ces derniers mois, JM Construction avait remporté des chantiers pour lesquels il avait postulé.

— Comment est-ce que tu l'as su ? s'enquit-il

— Au Puck & Shoot. Tu sais que tu devrais y traîner, de temps en temps. C'est là que tout se passe !

— On dirait, en effet.

— De plus, les cocktails sont bons et la clientèle féminine est des plus plaisantes !

— Je suis surpris que tu n'y aies jamais vu Marisa.

— Elle n'a pas trop l'air d'une habituée des bars de sportifs !

— Je pense qu'elle pourrait te surprendre à plus d'un titre, frérot !

— Oh ça, je n'en doute pas un seul instant !

— Jordan !

— Hé ! Je plaisante ! Cela dit, j'ai parlé de ce projet à quelques collègues. Je savais que tu ne voulais pas en être et que tu m'arracherais les yeux si je proposais mes services, est-ce que je me trompe ?

— Tu essaies tout de même de t'attirer les bonnes grâces de Marisa ! répliqua Cole, moqueur.

— Je suis surtout inquiet pour elle, si elle en est réduite à devoir te courir après pour trouver une célébrité…

— Elle sait très bien ce qu'elle fait, au contraire !

— Bon, en tous les cas, tu te souviens peut-être de Jenkins, qui a quelques années de moins que toi ?

— Oui, pourquoi ?

— C'est lui qui a entendu parler du contrat de JM Construction. Il a trouvé étrange que je cherche un sponsor pour ce projet qui était déjà acquis à un concurrent notoire de Serenghetti Construction.

— Oui, il a raison ! Tu comprends pourquoi j'essaie de te mettre en garde ? Toujours aussi inquiet pour Marisa ? Elle avait décidément plus d'un tour dans son sac !

— Rien ne nous dit qu'elle est au courant, pour le

contrat avec JM Construction, tout de même, fit remarquer Jordan.

— Nous verrons bien. Quoi qu'il en soit, je veux découvrir le fin mot de l'histoire moi-même.

La vie était pleine de premières fois, certaines plus appréciables que d'autres. Cole avait été le premier homme de sa vie, et aujourd'hui il lui offrait une nouvelle première fois. Marisa franchit donc les portes des bureaux de Serenghetti Construction.

Elle n'avait jamais imaginé entrer ici mais, si elle le faisait, c'était sur invitation de Cole lui-même. Ou plutôt de son assistante, puisque c'était elle qui l'avait appelée. Elle avait tout de même pris cela comme un signe favorable. Elle l'espérait en tout cas, car elle n'avait toujours pas de plan B. Elle n'avait pas cherché à contacter Jordan, sentant que Cole s'y opposerait farouchement, et puis de toute manière, il restait préférable pour Pershing d'avoir le soutien d'un ancien élève.

Une fois dans le hall d'entrée, elle essaya de ne pas se laisser intimider par l'apparence sophistiquée des locaux, tout en transparence et métal chromé. Lorsqu'elle fut au dernier étage, elle inspira profondément puis sortit de l'ascenseur avant de s'engager dans les couloirs de la direction. Les teintes étaient plus feutrées, mélange de beige et de gris pâle, l'ambiance professionnelle. La réceptionniste l'accueillit et décrocha son téléphone pour l'annoncer, avant de l'accompagner jusqu'à un bureau au fond du couloir.

Son cœur battait un staccato de plus en plus soutenu tandis qu'elle avançait, puis son regard tomba sur Cole, derrière un grand bureau.

La tension se fit palpable, et elle inspira profondément en entrant.

Elle avait essayé de s'habiller de la façon la plus professionnelle possible, choisissant un tailleur-pantalon beige, mais tout à coup elle se sentait comme mise à nu par son regard.

Il fallait dire qu'il en imposait sacrément avec son costume bleu marine et sa fine cravate. Cela changeait de ses tenues sportives ou de ses vêtements de travail sur le chantier.

— Tu sembles tendue, déclara-t-il. Tu crains de voir ta demande refusée une fois encore ?

— Tu ne m'aurais pas convoquée à ton bureau juste pour cela.

— Sauf si j'étais un peu sadique et que j'essayais de te faire payer ta trahison passée encore et encore…

Elle serra les lèvres pour s'empêcher de répondre. Cole sourit, mais son regard restait froid.

— Voilà le deal que je te propose, ma belle. Serenghetti Construction soutient ton projet en échange du contrat de construction du nouveau gymnase. Je suis très déçu que tu aies accepté d'octroyer un tel contrat à une entreprise concurrente de la mienne mais amie d'un des membres du comité, c'est assez loin de ce que la déontologie prescrit.

— Pardon ?

— Tu es surprise ? lança-t-il, pas peu fier de son effet. Je l'ai été aussi, quand j'ai découvert que tu me demandais mon soutien pour le projet remporté par une autre entreprise de construction. Et pas n'importe laquelle, de fait. Notre principal concurrent.

— Mais enfin, je suis certaine que les procédures d'appel d'offres sont réglementées, je n'ai aucun pouvoir dans ce domaine !

— Tiens, tout à coup la légalité te pose un problème, c'est un peu tard, non ?

Elle ne répondit pas. Elle avait l'impression d'avoir raté le début de la pièce qui se jouait devant elle.

— Je ne comprends pas du tout de quoi tu me parles, Cole. Qui est ami d'un membre du comité ?

Cole la scruta un instant.

— Tu veux dire que tu n'es pas admise dans les réunions du comité dont tu as pris la tête ? Je vais vérifier, tu sais ! En tous les cas, je veux bien parrainer le comité, mais en contrepartie il me faut le chantier, cela me semble la moindre des choses.

Elle était mortifiée. Elle qui avait préféré ne pas évoquer ses rencontres avec Cole tant que l'issue en était incertaine, découvrait tout à coup que l'autre partie s'était moquée d'elle. On ne lui avait pas dit que le comité avait déjà prévu d'accorder le chantier à une entreprise qui se trouvait, en prime, être une concurrente de son sponsor potentiel !

— C'est du chantage, Cole !

— C'est la vie.

— Je n'avais pas la moindre idée de tout ce que tu viens de m'apprendre, sache-le.

— Très bien.

— Est-ce que tu me crois, au moins ?

— Tu es tellement prévisible… Bon. Si ce que tu dis est vrai, tu es particulièrement naïve et on s'est servi de toi en te tenant à l'écart des vraies décisions.

— Je vois que tu as toujours une aussi bonne opinion de moi !

Cole lui adressa un regard noir.

— Je vais te dire ce que tu vas faire, Marisa. Tu vas aller voir ton proviseur…

— M. Dobson.

— Et tu lui diras que je suis prêt à parrainer son projet, mais à une condition.

— Que Serenghetti Construction ait le contrat.

Elle venait de passer par toutes les émotions, mais cette issue n'était peut-être pas si mauvaise. L'idée qu'elle avait probablement obtenu le soutien de Cole était un soulagement et une telle victoire qu'elle aurait pu sauter de joie. Au lieu de cela, elle resta aussi calme et imperturbable que possible.

Cole acquiesça.

— Laisse Dobson voir cela avec les autres membres du comité, et je parie que celui qui a soutenu la proposition de JM Construction fera marche arrière, lui conseilla-t-il. Si Dobson se débrouille bien, ce sera réglé aussitôt.

— Et si ce n'est pas le cas ?

— Il suffira d'évoquer le soutien de Jordan en plus du mien. Il est logique que Serenghetti obtienne le contrat, d'autant que Pershing économisera beaucoup en n'ayant pas à rétribuer une tête d'affiche extérieure pour quelques apparitions minutées.

— Je vois que tu as pensé à tout.

— Pas exactement à tout. Car cela signifierait qu'il nous faudra collaborer, ma belle, et cela ne m'inspire aucune joie.

Ses mots étaient durs, mais elle ne bougea pas un cil.

— Pas de chance, dit-elle, moqueuse.

— Oui. C'est la loi des séries. Ma blessure et la fin de ma carrière, l'infarctus de mon père et la reprise du flambeau familial. Et toi, qui arrives à ce moment-là…

— Nous sommes à égalité, alors, car j'ai sans doute été trompée, puis quittée par mon fiancé, et maintenant, contrainte à négocier avec toi pour le comité de soutien.

Il sourit, et elle eut l'impression qu'il était impressionné par sa détermination.

— Je vois que tu es beaucoup moins diplomate lorsque je consens à parrainer ton projet, fit-il remarquer.

— Tu le fais pour contre-attaquer face à la concurrence, pas pour me rendre service.

Il la fixa un instant en silence, et elle vit l'instant précis où il abandonnait le combat verbal.

— Comment t'es-tu retrouvée fiancée à Sal ? demanda-t-il soudain, la prenant au dépourvu. Tu fréquentes les bars sportifs, maintenant ?

— Tu sais déjà que je visite les salles de boxe. Pourquoi pas les bars sportifs ?

— Tu n'es venue au club que parce que tu savais que tu m'y trouverais. Tu ne vas pas prétendre que l'on t'avait forcée à t'habiller comme tu l'étais...

— Je ne répondrai pas à cela.

— Tiens, c'est bien la première fois que tu ne polémiques pas. C'est appréciable !

— Si tu apprécies, alors j'en suis ravie ! Je suis venue dans la tenue que je portais en classe. Tu es vraiment désagréable.

— Et toi tu es terriblement prévisible, ma belle ! Un cliché ambulant. Mais je ne suis pas mécontent de te contrarier, je dois le reconnaître.

Leurs regards se rencontrèrent, et la tension monta d'un cran. Marisa passa la langue sur ses lèvres sèches, et le regard de Cole s'arrêta sur sa bouche.

— Tu pleures encore sur cette histoire ridicule ? lança-t-il.

Elle ne s'attendait pas à cette question. Elle ne l'aurait certainement pas avoué à Cole mais, s'il y avait bien quelqu'un qu'elle avait pleuré, c'était lui. Cette année-là, elle avait pleuré assez pour toute une vie.

— De quoi parles-tu ? répliqua-t-elle.

— De Piazza.

— Ah, lui ? Non…

Elle avait eu des petits amis, après le lycée, mais la plupart du temps cela ne durait guère. Jusqu'à Sal. C'était un peu comme si tout ce temps elle essayait de panser ses blessures. Celles laissées par Cole.

Elle avait été touchée par la séparation avec Sal, bien sûr. Sa trahison, surtout. Mais elle avait continué à avancer. Elle n'avait plus beaucoup d'estime pour lui et était toujours furieuse qu'il lui ait menti, mais elle ne s'était pas retrouvée abattue au point de se demander comment elle allait survivre. Pas plus qu'elle n'avait espéré qu'il revienne un jour.

Elle s'était pourtant attendue à ressentir une nouvelle fois ce chagrin d'amour qu'elle avait éprouvé pour Cole, et en avait déduit qu'elle avait sans doute mûri, depuis cette époque. Ou bien que sa relation avec Sal n'était pas si importante que ce qu'elle avait bien voulu croire.

— Ce type n'en vaut pas la peine, fit remarquer Cole.

— Parce que tu n'as jamais trompé une femme, peut-être ?

— J'ai eu de nombreuses petites amies, mais jamais en même temps. Je changeais avant d'avoir à les tromper. Comment est-ce que tu as rencontré Piazza ?

— Pourquoi veux-tu savoir cela ? J'étais sortie un vendredi soir pour boire un verre avec des collègues et il était un ami d'ami…

Cole l'encouragea à poursuivre d'un haussement de sourcils.

— Il semblait être quelqu'un de posé, de stable.

— Je vois, il offrait les fondations pour un mariage durable, jusqu'à ce qu'il te trompe, conclut-il.

— Qu'est-ce que tu appelles une relation durable ? Tu as la recette ou tu te contentes de belles filles à peu près aussi intéressantes qu'elles sont épaisses ?

— Je ne cherche pas de relation durable, c'est là ma solution.

— Comme je te le disais, Sal était là et il m'a semblé fiable et…

Et elle était désespérément seule et en quête d'une vie normale. Elle n'avait pas de grandes ambitions, juste celle d'avoir une vie de classe moyenne, avec un appartement ou une petite maison en banlieue, deux ou trois enfants et surtout plus de soucis d'argent.

Sal avait grandi à Welsdale, mais avait fréquenté un autre lycée, aussi ne s'étaient-ils pas croisés avant récemment. Lorsqu'elle l'avait rencontré, il travaillait dans une entreprise de management sportif de Springfield, mais rentrait souvent dans sa ville natale. C'est ainsi qu'ils s'étaient connus à l'Obelisk Lounge.

— Sal est pire qu'un vendeur de voitures, reprit Cole. Il ment en permanence pour arranger les choses à son avantage. Il fait ça avec les sportifs aussi, il leur fait croire qu'ils sont la septième merveille du monde.

— Si l'on écoute les sportifs, ils pensent souvent être la septième merveille du monde eux-mêmes…

Marisa se sentit soudain mal à l'aise. Voilà que Cole et elle commençaient à effleurer la surface d'un iceberg d'émotions et de souvenirs communs. Chacune de ses rencontres avec lui soulevait des sentiments très contradictoires. Elle ne s'était pas attendue à ce que cela remue tant de choses en elle…

— Le hockey est un métier, assura-t-il.

48

— L'enseignement aussi.

— C'est pour cela que tu es revenue à Pershing ?

— Oui. Et j'y suis bien.

— Je veux bien le croire. Depuis combien de temps y travailles-tu ?

— Depuis que j'ai terminé mes études, cela fait presque dix ans.

Elle prit son sac et fit quelques pas vers la porte avant de s'arrêter.

— Il m'a fallu plus de cinq ans d'études avec différents petits jobs avant d'obtenir mon diplôme de l'université du Massachusetts à Amherst, précisa-t-elle.

Elle avait été dans une université publique parce que les frais de scolarité y étaient moins élevés, et elle avait obtenu une bourse. Même ainsi, cependant, il lui avait fallu cinq longues années pour terminer son cursus. Et tous ces petits boulots… Réceptionniste, standardiste, caissière, vendeuse…

Elle savait que Cole avait été à l'université de Boston, celle qui avait les meilleures équipes universitaires de hockey. Bien sûr, nul besoin pour lui de travailler pour financer ses études, même si elle savait qu'il avait toujours passé ses étés à travailler sur les chantiers de son père.

— Je me rappelle que tu n'avais pas beaucoup d'argent au lycée, dit-il.

— J'étais boursière. Je travaillais les étés, et parfois pendant les week-ends.

— Oui, je me souviens bien quand tu vendais des glaces.

Elle aussi se souvenait. Ô combien… Cole et sa bande de copains n'y avaient pratiquement jamais mis un pied. Il y était pourtant passé à quelques reprises, tout seul, lorsqu'ils s'étaient mis à réviser ensemble…

— Et tu travaillais à Serenghetti Construction, dit-elle.

— Oui, jusqu'à la fin de mes études.

— Pourtant, tu ne devais pas avoir besoin d'argent ?

— Ce n'était pas vraiment pour l'argent. Pour moi, cela relevait plutôt d'une obligation familiale.

— C'est cette même obligation qui fait que tu es revenu travailler ici ?

— Oui, mais cela pourrait rester temporaire, j'ai d'autres projets en tête.

Elle tâcha de ne pas manifester sa surprise.

— Tu ne vas pas reprendre le hockey, tout de même ?

— Non, enfin pas exactement, à moins qu'il ne s'agisse d'entraîner une équipe.

Elle sentit son cœur se serrer, et pourtant elle se répétait que c'était absolument ridicule. Pourquoi se préoccuper des projets de Cole ? Il était logique qu'il rêve d'autre chose que de faire carrière dans le bâtiment à Welsdale. Est-ce qu'un de ses frères voudrait reprendre le flambeau, s'il partait travailler ailleurs ? Elle n'osa pas poser la question.

— Et comment se porte ton père ? lança-t-elle en espérant revenir à une conversation plus neutre.

— Il fait de la rééducation pour retrouver de la mobilité. Mais je ne pense pas qu'il sera capable de reprendre les rênes de l'entreprise un jour.

— Ce doit être difficile pour lui.

— Mon père est un combattant, nous verrons bien comment ça se passera. Et comment va ta mère ?

Visiblement, cette petite conversation sur le terrain familial leur permettait de relâcher un peu la pression.

— Elle va bien. Elle s'est mariée récemment avec Ted Millepied. Il est charpentier.

— Ah oui ? Où travaille-t-il ? Il se pourrait que j'aie besoin d'un charpentier, justement.

— Tu ne comptes pas le blacklister, au contraire ? répliqua-t-elle avant d'avoir pu s'en empêcher. Je pensais que le fait que je le connaisse lui nuirait à tes yeux…

Cole serra les dents.

— Non, je ne suis pas comme ça.

— Pardon, murmura-t-elle. Ma mère vit toujours à Welsdale. Elle travaille dans les magasins Stanhope, et elle a récemment été promue au titre d'acheteuse.

Elle était fière de sa mère, qui avait passé des années à travailler comme vendeuse, acceptant toutes les heures supplémentaires qui lui étaient proposées.

Elle prit alors conscience du regard de Cole sur elle. Il fallait qu'elle s'en aille.

— Eh bien, je prends note de tes conditions, déclara-t-elle. Nous sommes d'accord que si Pershing accède à ta demande, tu parraineras le projet et participeras aux levées de fonds et soirées de charité ?

— Oui.

— Très bien, dit-elle en lui tendant la main. Marché conclu !

Il prit sa main dans la sienne, et cette sensation la happa aussitôt. Leurs yeux se scellèrent, et le temps sembla s'étirer. Il était si près, elle pouvait distinguer les éclats dorés de ses iris. Elle avait oublié combien il était grand…

Elle retint son souffle un instant avant d'entrouvrir les lèvres.

— Est-ce que tu pensais vraiment ce que tu as dit à Jordan ? s'enquit-il.

— Co… Comment ? balbutia-t-elle en redescendant sur terre.

— Est-ce qu'il était vraiment ton plan B ?

— Je n'avais pas de plan B. Je n'en ai toujours pas.

— Et quand tu disais regretter de m'avoir dénoncé à M. Hayes ?

Elle eut l'impression que les murs se resserraient autour d'eux.

— Oui, c'est vrai. Pas un jour ne passe sans que je le regrette, Cole. J'aurais vraiment préféré que les circonstances soient différentes.

— Aurais-tu voulu que les choses soient différentes entre nous aussi ?

— Oui.

— Moi aussi.

La sonnerie d'un téléphone retentit, brisant ce moment particulier.

Elle recula d'un pas, et Cole enfouit la main dans sa poche.

— Monsieur Serenghetti ?

La voix venait de l'entrée, et Marisa sursauta en se retournant vers la réceptionniste qu'elle n'avait pas entendue arriver.

— Merci, dit Cole à son attention. Il vient d'appeler sur mon portable, je m'en occupe.

La réceptionniste hocha la tête.

— Votre rendez-vous de 16 heures est arrivé, précisa-t-elle avant de refermer la porte.

Cole planta son regard dans celui de Marisa, tout en répondant à son appel sans sourciller. Elle comprit qu'il s'agissait d'une livraison de matériaux sur l'un des chantiers en cours.

Mais ce qui retint son attention, ce fut le message que lui transmettait le regard de Cole. À elle et elle seule.

« Nous en reparlerons. Je n'en ai pas fini avec toi. »

Elle hocha la tête et sortit.

Tandis qu'elle traversait le grand hall d'accueil, les mots

de Cole résonnaient dans sa tête. Que voulait-il dire ? Comment les choses auraient-elles pu être différentes entre eux ? Parlait-il simplement de l'incident qui lui avait valu son expulsion ou bien… ?

Il s'en était plus passé en quelques instants entre eux qu'en quinze ans ! Étaient-ils sur le point de réécrire la fin de leur histoire ?

- 4 -

Marisa leva les yeux vers lui.

— Cole, j'ai envie de toi.

— Moi aussi, murmura-t-il d'une voix grave.

Leurs corps semblaient faits l'un pour l'autre. Il avait attendu quinze ans avant de pouvoir lui montrer à quel point c'était le cas. Il allait lui prouver combien il était capable de la rendre heureuse et, cette fois, ce ne serait pas sur un canapé entre deux portes. Physiquement, ils étaient capables du meilleur.

Il posa les doigts sur sa bouche et la caressa avant de l'embrasser. Elle s'ouvrit sous ses lèvres, comme un fruit trop mûr, et il goûta sa langue. Leur baiser se fit plus profond, plus intense, il l'attira tout contre lui, et elle gémit de plaisir.

Son désir grandissait à chaque instant. Il sentait les seins de Marisa contre son torse... Elle était si sensuelle et elle savait lui montrer combien elle le désirait. Jamais il n'avait eu envie de quelqu'un à ce point, d'une façon si intense, naturelle.

— Oh! Cole..., soupira-t-elle. Je t'en prie, maintenant...

— Oui, chérie. Oui.

Tandis qu'il se plaçait entre ses cuisses, elle soutint son regard. Il se glissa dans son corps chaud prêt à l'accueillir et se laissa emporter par les sensations vertigineuses.

Cole se réveilla en sursaut.

Il lui fallut quelques instants pour se rendre compte qu'il était seul dans son lit, dans un état d'excitation difficilement descriptible.

Il se libéra des draps dans lesquels il s'était emmêlé et se redressa en jurant.

Comment en était-il arrivé à rêver ainsi de Marisa ? Oui, il avait eu envie d'elle, mais ce rêve était tellement réaliste… Il respira plusieurs fois profondément et jeta un coup d'œil à son réveil. Il était attendu à son bureau dans une heure. Il se leva pour aller prendre une douche.

Il avait une salle de bains attenante à sa chambre dans l'appartement qu'il avait acheté quelques années plus tôt, au dernier étage d'un immeuble ancien du centre-ville de Welsdale, afin d'avoir une base fixe lorsqu'il revenait ici sans être contraint de loger chez ses parents.

Il entra dans la cabine de douche et se glissa sous le jet d'eau tiède.

Sans doute que ce rêve érotique n'était pas aussi simple qu'il y paraissait. Marisa était désirable, bien sûr, mais il y avait entre eux une sorte de rapport de force qui gâchait tout.

Car dans le fond il lui en voulait trop pour imaginer avoir une liaison avec elle. Il n'avait plus confiance en elle.

Une fois habillé, il prit un café rapide et se rendit au siège de Serenghetti Construction. Il venait d'arriver dans son bureau lorsque sa réceptionniste lui annonça qu'un certain M. Dobson, de Pershing School, était en ligne et souhaitait lui parler.

Intéressant.

Marisa avait dû parler au proviseur, et ce dernier n'avait pas attendu plus longtemps avant de prendre contact avec lui.

Après avoir mené l'enquête de son côté, il avait appris qu'un membre du bureau de Pershing jouait au golf avec le président de JM Construction. C'était suffisant pour imaginer un trafic d'influence. Il devait obtenir ce contrat, il en faisait une question d'honneur, maintenant.

— Bonjour, monsieur Dobson, que puis-je faire pour vous ? demanda-t-il d'une voix détachée en prenant la communication.

Après les politesses d'usage, le proviseur de Pershing le remercia d'avoir accepté de parrainer le comité de soutien de son établissement et lui proposa de soumettre un devis pour la construction du gymnase.

Cole se laissa aller contre le dossier de son fauteuil. Le message était donc passé, mais il devait s'assurer que toutes les nuances étaient bien saisies. Il voulait au moins la confirmation que le contrat lui était acquis, avant que son nom soit officialisé en tant que soutien.

— Justement, je pensais venir sur place avec mon architecte pour discuter de vos besoins et des délais, dit-il. Ce sera l'occasion de parler budget aussi, et je pourrai ainsi vous faire une proposition.

M. Dobson sembla réfléchir un instant avant d'accepter sa requête.

— Je vous suggère de convier les membres du comité, ajouta Cole. Je voudrais que tout le monde se sente à l'aise avec mes équipes.

— Je peux vous assurer que tout le monde est ravi de savoir que votre nom et celui de votre frère seront associés à la fois au comité de soutien et à la construction du gymnase.

Cole sourit. Le message était bien passé.

— Invitez Mlle Danieli aussi. Si elle est responsable

de la levée de fonds il faut qu'elle ait une connaissance approfondie du projet.

— Tout à fait, très bonne idée, répondit Dobson. Elle sera présente.

Aussitôt cette conversation terminée, Cole appela son frère.

— Jordan ? Peux-tu prendre ton agenda et noter une visite au lycée Pershing la semaine prochaine ? Je te préciserai les détails dès que Marisa me les aura communiqués.

Il commença en même temps à écrire un mail pour Marisa afin de lui demander quelques précisions.

Le rire surpris de Jordan à l'autre bout de la ligne lui rappela que son frère n'était encore au courant de rien.

— Alors comme ça tu m'interdis de m'approcher de Marisa, et maintenant il faudrait que je parraine son projet avec toi ? De quel projet s'agit-il, d'ailleurs ? Tu as des vues sur Marisa ? Ou peut-être une de ses collègues ?

— On plaisantera plus tard, Jordan, j'ai à faire ! répliqua Cole avant de raccrocher.

Il termina son mail, chercha l'adresse de Marisa sur le site de Pershing et le lui envoya. Puis il se laissa retomber contre le dossier de son fauteuil en souriant.

Il éprouvait une profonde satisfaction à l'idée de couper l'herbe sous le pied de JM Construction. Il ne lui restait plus qu'à attendre des nouvelles de Marisa.

Cette deuxième visite à Serenghetti Construction était moins intimidante, songea Marisa en traversant le hall d'entrée.

La semaine précédente, elle avait participé à une réunion entre Cole, son architecte et M. Dobson. Malgré le regard de Cole, qu'elle sentait sur elle en permanence, elle s'était concentrée sur les notes qu'elle prenait, se tenant en retrait pendant toute la visite du site et posant une ou deux questions à peine, afin de ne pas attirer l'attention.

Elle était enseignante et ne connaissait rien au monde de la construction, mais si elle envisageait de devenir un jour proviseur de l'établissement il lui faudrait avoir quelques notions dans ce domaine.

Elle avait donc relu ses notes en vue de la réunion d'aujourd'hui avec Cole. Elle devait jeter un coup d'œil aux premiers croquis de l'architecte et transmettre ensuite ses impressions à M. Dobson.

C'était une nouvelle responsabilité dont elle devrait se réjouir, puisqu'elle était le signe que M. Dobson lui faisait confiance au-delà de son domaine de compétences. Pourtant, ce n'était pas à cela qu'elle pensait, mais à Cole. Depuis leur rencontre, ils n'avaient échangé que quelques mails tout au plus, et seulement sur des détails techniques.

Pourtant, elle avait l'impression que son imagination n'avait cessé de remplir les blancs entre eux. Elle avait repassé en revue chaque regard, chaque mot, chaque allusion qu'il avait pu faire en sa présence. Elle s'était rejoué dix fois la discussion privée qu'ils avaient eue dans son bureau, en particulier le moment où ils avaient tous deux exprimé leurs regrets au sujet de la façon dont leur relation s'était terminée.

Elle se sentait redevable envers lui d'avoir accepté de parrainer le comité. Et cela lui donnait la sensation d'être un peu vulnérable. À moins que ce ne soit cette attirance…

Non ! Il fallait qu'elle tienne Cole à distance. Ou, tout au moins, qu'elle protège son cœur.

Elle donna son nom à la réceptionniste qui confirma qu'elle était attendue.

La porte du bureau de Cole était ouverte, et il leva la tête, comme s'il avait senti sa présence.

— Marisa, dit-il en lui faisant signe d'entrer.

Elle sentit son cœur se mettre à battre plus fort et résista à l'envie de fermer sa veste, comme si un vêtement pouvait la préserver de la présence si masculine de Cole. Il portait un costume, mais avait enlevé la veste et la cravate. Même ainsi, cependant, il dégageait quelque chose d'impressionnant, un air de réussite, d'autorité...

Elle avait choisi de s'habiller de façon très sobre, avec un pantalon bleu marine et un T-shirt à rayures. Elle espérait qu'il n'y trouverait rien à redire, cette fois.

Elle vit qu'il la détaillait, mais il ne fit aucune remarque. Était-ce une impression ou son regard s'était-il vraiment attardé dans le creux de son décolleté ? Elle avait eu la sensation d'être effleurée par une plume. Une sensation troublante.

Il avança jusqu'à elle.

— Qu'as-tu pensé de notre réunion ? demanda-t-il.

— Elle s'est plutôt bien passée.

— Dobson veut que je te montre quelques croquis aujourd'hui, c'est bien cela ?

— Oui, je pense qu'il veut envisager toutes les options.

— Très bien, je vais t'accompagner. Tu peux laisser tes affaires ici, nous n'en avons pas pour longtemps.

Elle déposa son sac et sa veste, et suivit Cole dans le couloir.

Ils marchèrent quelques minutes jusqu'à une porte plus ancienne que les autres. Cole sortit une clé et ouvrit.

— Bienvenue dans nos archives, dit-il. Le bâtiment date de 1930, comme tu pourras le noter dans cette pièce qui n'a pas été refaite comme nos bureaux au design plus moderne.

Il entra, alluma la lumière et lui fit signe de le suivre.

Elle découvrit une pièce exiguë, composée d'étroites allées entre de hautes étagères métalliques.

— Il doit y avoir des dizaines années d'archives, ici, c'est impressionnant ! s'exclama-t-elle.

— Assez, oui.

— Comment est-ce que tu te repères ?

Le bruit de la porte qui se referma derrière eux la fit sursauter.

— Je vais… Euh… Je vais ouvrir la porte pour que l'on puisse respirer, dit-elle sur un ton qui se voulait léger.

Elle saisit la poignée et tenta de la faire tourner. Sans succès.

— Tu as laissé la porte s'enclencher complètement ? lui demanda Cole.

— Mais c'est toi qui m'as dit d'entrer !

— J'ai cru que tu avais vu le bloqueur de porte à replacer. Bien, nous voilà enfermés ici. J'espère que tu n'es pas claustrophobe ?

— Ne sois pas ridicule !

Ce dont elle avait peur, plus que d'être enfermée dans cette minuscule pièce, c'était d'y être précisément en sa compagnie.

— Respire ! dit-il, un petit sourire aux lèvres.

— Est-ce que cela arrive souvent ?

— Cela arrive. Tu es sûre que ça ira ?

Il faisait sans doute allusion à son récent malaise vagal. Il ne fallait pas qu'elle commence à y penser à son tour…

— Je ne suis pas claustrophobe, mais je n'aime pas particulièrement la sensation d'être enfermée, répondit-elle.

— Essaie de te détendre.

Difficile alors qu'il était si proche d'elle !

— Tu trouves ça plutôt drôle, non ? demanda-t-elle.

— Je ne suis jamais au bout des surprises avec toi, il faut croire !

— Très amusant, en effet !

Elle se sentait à nouveau totalement vulnérable et fragile devant lui.

— Tu pourrais crier pour appeler de l'aide ? suggéra-t-il, moqueur.

— La seule raison de crier serait parce que tu me rends folle !

Il avança encore. Il la frôlait, maintenant.

— Il y a toujours ton téléphone, non ? s'enquit-il.

— Non, il est dans mon sac. J'espère que tu as le tien.

— Il est sur mon bureau.

Elle sentit son anxiété monter d'un cran.

— Je ne comprends pas pourquoi tu as laissé cela arriver ! s'exclama-t-elle.

— C'est peut-être l'occasion de discuter tranquillement, non ? Ici, on ne peut pas s'échapper.

— Je n'ai jamais cherché à *m'échapper* ! répliqua-t-elle en croisant les bras pour créer un peu de distance entre eux.

— Pourquoi tu as été me dénoncer à M. Hayes ? Qu'est-ce que tu voulais me faire payer ?

— S'il te plaît, ce n'est pas le moment !

Il était si près d'elle. Trop près, trop… Trop tout !

— C'est le moment ou jamais, Marisa.

Elle comprit qu'il avait raison et qu'il fallait qu'ils règlent ce détail de leur passé une bonne fois pour toutes, même si elle aurait tout donné pour l'oublier.

Lors de leur dernière année au lycée, les élèves avaient réalisé une vidéo en hommage à leur établissement. Ce clip s'était changé en une vaste plaisanterie lorsque Cole avait réussi à y introduire des photomontages de sportifs avec la tête de leur principal de l'époque, M. Hayes. Le détournement était habilement réalisé, et très drôle de surcroît, mais M. Hayes n'avait pas du tout trouvé cela à son goût, comme il se doit.

Cole s'avança encore.

— Tu voulais te venger ? Tu m'en voulais de ne pas t'avoir couverte de déclarations et de promesses alors que nous avions fait l'amour ?

Elle leva les yeux au ciel, excédée.

— Je vois que tu as inventé tout un scénario autour d'une vengeance amoureuse, fit-elle remarquer. Cela n'a rien à voir…

— Tu es sûre ?

— C'était la première fois et je n'avais rien prévu…

— Et moi j'étais le méchant séducteur qui venait te voler ta virginité, c'est ça ? Tu veux me faire croire que ce n'était pas une vengeance ? La seule chose que je sais, c'est que je ne t'ai rien volé du tout, tu étais consentante !

Elle soupira, désarmée par le tour que prenait cette conversation.

— Mais cela n'avait rien à voir ! s'écria-t-elle. M. Hayes m'avait convoquée dans son bureau, il se doutait qu'il s'agissait d'élèves de dernière année et il a choisi celle sur qui il pensait avoir un moyen de faire pression. Moi !

Il fronça les sourcils, perplexe, et la fixa sans comprendre.

— Tu l'avais humilié devant tout le lycée, Cole ! Alors il m'a menacée de me retirer l'avis favorable pour ma bourse d'études si je ne dénonçais pas les coupables.

Elle se souviendrait toute sa vie de cet instant.

— Je me suis sentie pieds et poings liés, je m'accrochais tellement à cet espoir de bourse d'études…, murmura-t-elle.

Cole sembla revenir à la vie.

— C'est impardonnable ! s'exclama-t-il d'une voix

vibrante de colère. Comment a-t-il osé te faire un tel chantage ?

— Il m'a dit qu'en tant qu'élève boursière j'étais astreinte à un comportement irréprochable.

Cole jura à mi-voix.

— C'est pour cela que j'ai fini par te dénoncer. Si tu savais comme j'ai pu le regretter. Tu sais, je l'ai payé cent fois. D'abord, personne ne me l'a pardonné et je me suis retrouvée toute seule.

Elle aurait dû en rester là, mais elle ne parvenait pas à s'arrêter. Les mots semblaient sortir tout seuls selon un flot qu'elle ne parvenait à contrôler.

— Pourquoi ne pas m'avoir dit ce qu'il s'était passé ? s'enquit Cole.

— J'ai essayé, mais tu ne voulais plus entendre parler de moi. Tu étais si furieux à cause du championnat. Et je te comprenais.

Cole la fixait, et son expression était difficile à interpréter. Elle savait qu'il avait été blessé, mais comment changer le passé, maintenant ?

Il n'était jamais bon de réveiller les vieilles blessures et rancœurs de l'époque.

Elle réprima un tremblement en se mordant les lèvres.

— Comment sort-on d'ici, lança-t-elle, impatiente de mettre un terme à cet échange.

Cole prit alors ses mains dans les siennes, et son regard se fit d'une intensité qui lui fit presque peur.

— Je crois que c'est le moment de crier, Marisa, annonça-t-il gravement.

— Parce que nous n'avons plus d'autre issue ?

— Non. Parce que si je ne t'ai pas encore rendue folle, ce sera le cas maintenant.

Et il posa sa bouche sur la sienne, aspirant son soupir.

Il la serra contre lui et l'embrassa avec une fougue qui lui coupa le souffle. Elle frissonna des pieds à la tête, malgré la chaleur étouffante des lieux.

Il goûta ses lèvres, sa langue, caressant sa bouche de la sienne, se frayant un passage entre ses dents jusqu'à ce qu'elle réponde à son baiser avec la même ardeur. Tout son corps n'était que désir et frissons, ses seins, ses lèvres, sa peau avaient envie de lui. Elle sentit sa main se glisser sous ses cheveux et lui saisir la nuque. Et leur baiser redoubla d'ardeur. Elle laissa un gémissement de plaisir lui échapper et l'étreignit à son tour.

Elle le désirait. Le petit faible du lycée s'était changé en une véritable attirance qu'elle n'aurait pu nier.

Soudain, il se redressa, mettant un terme à leur baiser. Elle ouvrit les yeux et trouva son regard.

— On dirait que ça a marché, dit-il, un petit sourire en coin.

— De quoi parles-tu ? murmura-t-elle, le souffle court.

— Tu as oublié de paniquer !

Il n'avait pas tout à fait raison. Elle avait cessé de penser au fait qu'ils étaient enfermés dans une minuscule pièce aveugle, certes, mais le désir violent qu'elle venait d'éprouver pour lui l'inquiétait quelque peu.

Elle fit un pas en arrière et sentit une étagère dans son dos.

— Comment peux-tu embrasser quelqu'un à qui tu en veux à ce point ? demanda-t-elle.

— Parce que j'ai senti que tu avais besoin d'un baiser.

Elle rougit.

— J'ai surtout besoin de sortir d'ici ! répliqua-t-elle.

Il passa devant elle et saisit la poignée qu'il tourna en sens inverse en donnant un coup d'épaule dans la porte… qui s'ouvrit aussitôt !

Puis il se tourna vers elle, un léger sourire satisfait aux lèvres.

— Après toi.

Elle sortit vivement de la pièce et prit une grande inspiration avant de fusiller Cole du regard.

— Tu savais depuis le début comment ouvrir, n'est-ce pas ? lança-t-elle.

Le regard faussement contrit qu'il lui jeta parla pour lui.

— Quand je pense que tu m'as laissée risquer un malaise et… et tout le reste, marmonna-t-elle. Je dois y aller. Pardon, mais je dois partir maintenant !

— Marisa…

Elle lui tourna le dos et retourna jusqu'à son bureau. Elle prit son sac et sa veste, et quitta le bâtiment au plus vite.

- 5 -

Cole suivit la visite du chantier sans parvenir à se concentrer totalement sur ce que lui indiquait son contremaître. Marisa occupait totalement son esprit. Cet immense complexe était pourtant un de leurs projets majeurs du moment.

— Sam descend vous rejoindre tout de suite, précisa l'un de ses ouvriers.

Cole acquiesça d'un hochement de tête tandis que ses pensées s'échappaient à nouveau.

Il avait appelé Dobson quelques jours après la visite de Marisa à son bureau pour ajouter quelques petits détails à leur partenariat. Il avait été bouleversé d'apprendre dans quelles conditions s'était passé ce qu'il avait toujours considéré comme une trahison de la part de Marisa et qui n'avait en fait été qu'un cruel chantage. Il lui devait bien ce coup de pouce aujourd'hui.

En tous les cas, il n'avait pas réussi à ôter la jeune femme de son esprit depuis, après l'avoir consciencieusement rayée de sa mémoire pendant quinze ans.

Il comprenait mieux le dilemme auquel elle avait été confrontée dans le bureau de M. Hayes. Lui, il n'était alors qu'un adolescent superficiel pour qui une compétition sportive était au-dessus de tout le reste. Marisa, elle, était une adolescente d'une grande maturité. Et, s'il était tombé amoureux d'elle, c'était justement pour cette profondeur que les autres filles n'avaient pas.

Pourtant, elle avait eu tort à propos d'une chose : le championnat n'était pas la seule chose qui lui importait. Il tenait à elle. Beaucoup. Au point d'avoir le cœur brisé lorsqu'il avait su le rôle qu'elle avait joué dans son exclusion.

Il avait été choqué par ce qu'il avait appris au sujet de l'attitude de M. Hayes. Et puis il y avait eu ce baiser. Cette étreinte avait été aussi délicieuse qu'il l'avait imaginé. Meilleure encore que dans ses souvenirs. Marisa lui faisait un effet incroyable. Jamais il n'avait éprouvé un tel désir pour une femme…

Son pouls se mit à battre à cette pensée et à l'idée de la revoir prochainement.

Il sortit son téléphone portable.

J'ai prévenu Dobson que nous avions écourté la réunion. Revoyons-nous pour dîner vendredi. Rdv à 18 heures.

À peine avait-il appuyé sur « envoyer » qu'il sentit une vague d'euphorie l'envahir.

Il glissa son téléphone dans la poche arrière de son jean et ajusta son casque pour aller rejoindre son chef de chantier et terminer la visite.

Une fois son inspection terminée, il se rendit chez ses parents. Il les retrouva au jardin, son père dans son fauteuil en fer forgé. Les jambes entourées d'un plaid, une veste sur les épaules, il semblait paré pour une virée en traîneau au cœur de l'Alaska ! Cole sourit. L'angoisse principale de sa mère était que quelqu'un puisse attraper froid. La faim étant sa seconde source d'angoisse pour ses proches.

Il s'installa en face de son père pour discuter avec lui. Dieu merci, ses facultés de communication n'avaient pas été altérées par son attaque. Rapidement, pourtant, il se montra impatient et irritable, comme s'il avait deviné le véritable motif de la visite de son fils.

Cole n'avait plus le choix.

— Papa, je suis à la recherche d'acheteurs pour notre entreprise.

Son père frappa du poing sur la table.

— Pas tant que je serai en vie !

Bien sûr, sa réaction était prévisible.

— Papa, nous sommes une entreprise de taille moyenne, et nous faire racheter est la meilleure stratégie possible dans les circonstances actuelles.

C'était aussi la solution qui lui permettrait de reprendre le cours de sa vie. Il n'avait rien en vue encore, mais des postes d'entraîneurs se libéraient parfois et il voulait être disponible immédiatement.

— Jamais !

— Ne te mets pas dans cet état, ce n'est pas bon pour toi, papa.

Il avait espéré avoir une conversation entre adultes avec son père au sujet de l'avenir de Serenghetti Construction, mais ce n'était pas le cas. Son père n'avait pas encore accepté de ne jamais récupérer toutes ses capacités ni que son fils aîné ne serait pas le nouvel homme aux commandes de son entreprise.

— Parce que tu crois qu'entendre mon fils parler de vendre l'entreprise pour laquelle j'ai sué sang et eau est bon pour moi ?

Camilla arriva à cet instant, visiblement préoccupée.

— Calme-toi, Serg, je t'en prie, tu ne dois pas t'emporter ainsi !

— Papa, sois raisonnable, dit Cole, en tâchant de ne pas montrer sa déception.

Il avait patienté des mois avant d'avoir cette discussion. Il devait affronter la réalité, maintenant. Son père ne progresserait plus beaucoup dans sa rééducation, et il était temps qu'il songe à une retraite méritée et qu'il se fasse à l'idée qu'un retour au travail était très improbable. Et la discussion sur l'avenir devait avoir lieu maintenant.

— Pourquoi est-ce que tu veux vendre l'entreprise, fils ? Qu'est-ce qui ne va pas ?

— Il faut qu'elle grandisse, sinon elle périclitera.

— Et tu ne comptes pas la faire grandir toi-même ? Cole resta silencieux.

— Il paraît pourtant que tu as réussi à doubler JM Construction pour le contrat du nouveau gymnase de Pershing, non ? poursuivit son père.

Cole s'était douté que son père aurait l'information lors d'un de ses appels réguliers aux cadres de Serenghetti Construction.

— Grandir ou péricliter ! s'exclama son père. Quand je pense que cette entreprise a financé tes études et ton parcours de hockeyeur ! Cette entreprise va très bien !

— Papa, Serenghetti Construction pourrait être beaucoup plus performante, mais elle a besoin de sang neuf.

— Et qu'est-ce que tu comptes faire qui serait plus important que l'entreprise familiale ? Jouer les entraîneurs ? Entraîneur est un dur métier, et c'est difficilement compatible avec une vie de famille. À moins que ça aussi, tu aies décidé de tirer un trait dessus ? Une autre valeur de ton père que tu choisis de renier ?

— Me marier et avoir des enfants n'est pas quelque chose que je pourrais recevoir en héritage, papa.

— Eh bien il semblerait en effet que nous ne nous comprenions pas ! Je ne comprends pas comment tu peux ainsi tourner le dos à toutes nos valeurs !

70

— Serg, calme-toi, intervint Camilla, l'air préoccupé. Tu sais bien ce que le *dottore* a dit !

Cole la remercia d'un sourire. Sa mère avait toujours tenu ce rôle d'intermédiaire entre ses enfants et son mari. Et elle était aussi plus sensible aux questions des aspirations personnelles dans la vie, s'étant elle-même lancée dans une carrière sur le tard en devenant présentatrice d'une émission culinaire.

— De toute façon, les anticoagulants auront raison de moi, si mes enfants n'y arrivent pas avant, répliqua froidement son père.

— Je serai toujours là pour prendre soin de toi, dit Camilla d'un ton qui se voulait apaisant.

— On peut dire que les choses ont changé, n'est-ce pas ? demanda Cole en fixant ses parents.

— De quoi est-ce que tu parles ?

— Eh bien aujourd'hui, c'est maman qui travaille et qui s'engage à prendre soin de toi, répondit-il, sachant que sa formulation ne serait pas forcément très bien accueillie. Je vais vous laisser, j'ai quelques appels à passer, et il faut que tu te reposes, papa.

— Se reposer ! C'est tout ce qu'on me serine à longueur de journée, par ici !

Cole rêvait de se reposer, pour sa part, mais il courait toujours après le temps et les préoccupations. La principale d'entre elles étant cette bien trop charmante enseignante, revenue avec fracas dans sa vie…

— Bonjour, maman.

— Ma chérie ! s'exclama Donna Casale en se précipitant à sa rencontre, visiblement enchantée.

Malgré ses cinquante-quatre ans, cette dernière avait conservé une silhouette svelte et attirait toujours le regard des hommes. L'habitude de travailler à l'accueil du public faisait qu'elle avait toujours été coquette ; elle se colorait les cheveux, se maquillait et affichait systématiquement un large sourire. Elle s'était retrouvée seule et enceinte à vingt-trois ans, mais avait toujours gardé la tête haute malgré les épreuves. Son récent mariage avec Ted avait fait d'elle une femme profondément heureuse.

Marisa laissa sa mère la prendre affectueusement dans ses bras.

— Entre, ma chérie. Je ne t'attendais pas si tôt, mais c'est tant mieux ! Je te vois si peu, tu es tellement occupée !

Marisa ne répondit pas. Depuis la séparation avec Sal, elle faisait de son mieux pour s'occuper, justement.

Sa mère referma la porte derrière elles, et Marisa la suivit dans la maison.

— Je suis tellement contente que tu restes dîner, ma chérie !

— Moi aussi. Cela m'offre une petite pause tout à fait appréciable, maman, et je sais que tu vas me gâter !

— Tu es arrivée juste à temps pour m'aider avec les lasagnes. Ted ne va plus tarder à rentrer.

Marisa déposa ses affaires sur une chaise de la petite cuisine entièrement réaménagée et rejoignit sa mère près du plan de travail pour l'aider à terminer ses préparatifs.

Le regard de Marisa s'arrêta sur une photographie de sa mère et Ted le jour de leur mariage. Ils étaient rayonnants, tous les deux.

Elle retint un soupir. Sa mère et elle avaient toujours été très proches, mais aujourd'hui il y avait quelqu'un d'autre dans la vie de sa mère. Bien sûr, elle était heureuse pour sa mère, mais c'était juste que…

C'était juste que…

Une image de Cole se forma dans son esprit.

Que s'était-elle imaginé ? Et lui ? Il l'avait embrassée dans le local des archives. Et elle avait répondu à son baiser. Le souvenir de ce baiser s'était prolongé longtemps. Il était revenu plusieurs fois dans la journée, et le soir, une fois dans son lit, le lendemain, en allant travailler, et à chaque fois qu'elle avait un moment de pause dans ses journées…

Il n'y avait plus grand-chose de commun entre le Cole adolescent et le Cole d'aujourd'hui, devenu un homme. Quinze ans auparavant, il lui avait fait découvrir l'amour entre ses bras. Cela avait été tellement surprenant et tellement merveilleux… Un mélange de panique et d'évidence, et puis le secret de cette attirance inavouée…

Sa mère leva les yeux vers elle, les sourcils froncés.

— Est-ce que tout va bien ? Tu sembles préoccupée, ma chérie.

— Tout va bien, maman, lui assura-t-elle dans un sourire.

Elle s'efforça de ne pas se départir de son sourire tout en emmenant sa mère vers d'autres sujets de conversation, comme elle avait l'habitude de faire dans ces cas-là.

— Tu sais que Serafina a trouvé un appartement ? lança-t-elle d'un ton léger. Elle déménage demain.

— Oui, j'ai appris ça !

— Je vais retrouver mon appartement pour moi toute seule.

— Tu devrais te marier.

Marisa retint un soupir.

— Maman, tu sais bien que cela n'a pas marché…

— Et alors ? Sal n'était pas la bonne personne, c'est tout. Il faut que tu rencontres quelqu'un d'autre !

Marisa pensa aussitôt à Cole. Non. Il était le passé, même s'il occupait la plupart de ses pensées présentes.

— Maman, je sais que tu es encore dans tes émotions de jeune mariée et que tu vois la vie en rose, mais...

— Ma chérie, comment peux-tu penser cela ? Je suis peut-être une jeune mariée, comme tu dis, mais je n'ai pas oublié les années difficiles, crois-moi.

Marisa vit le regard de sa mère s'embuer. Songeait-elle aux années passées à tirer le diable par la queue pour payer chaque facture et éviter une coupure d'électricité ? Aux découverts massifs car elle était trop fière pour demander de l'aide à ses proches ?

— Je sais bien, maman.

Sa mère soupira.

— Et je m'en veux tellement, ma chérie, de t'avoir fait vivre tout cela...

— Qu'est-ce que tu veux dire ?

— Je n'ai pas pu te protéger comme je l'aurais voulu. Ton enfance a été loin d'être aussi insouciante qu'elle aurait dû l'être.

— Tu as fait de ton mieux, c'est le plus important ! Je me suis toujours sentie aimée, j'ai fait des études, obtenu mon diplôme et je fais un métier que j'aime !

— Oui, mais il faut que tu puisses être soutenue par quelqu'un, quand je ne serai plus là.

— Maman ! Mais tu n'as que cinquante-quatre ans !

— Oui, mais tu es fille unique. J'aurais aimé que tu aies des frères et sœurs.

— C'était déjà assez dur avec moi toute seule ! s'exclama-t-elle en souriant. Et puis j'ai des cousins. Il y a Serafina, c'est presque une sœur pour moi.

— Tu as toujours été une enfant adorable. M. Hayes m'avait d'ailleurs félicitée à ton sujet !

Marisa réprima une grimace et alla se rincer les mains

dans l'évier. Elle n'avait guère parlé de toute cette histoire à sa mère, ne voulant pas l'inquiéter inutilement.

— Comment ça se passe, à Pershing ? Tes élèves ne sont pas trop difficiles ?

Ce n'était pas les élèves qui lui posaient problème en ce moment, mais un ancien joueur de hockey un peu trop sexy…

— Je m'occupe beaucoup du comité en charge de promouvoir un nouveau gymnase pour l'école, répondit-elle. Il y aura un gala en mai.

— Ted et moi serons présents pour te soutenir, tu peux compter sur nous.

— C'est gentil, maman. Tu as bien travaillé, on dirait ! dit-elle en désignant la machine à pâtes.

— C'est l'avantage d'avoir une journée de congé, j'ai pu préparer des lasagnes maison. Est-ce que tout avance comme tu voudrais, pour ton gymnase ?

— Oui, Cole Serenghetti a accepté de nous parrainer.

Sa mère ouvrit de grands yeux.

— Mais c'est merveilleux ! s'exclama-t-elle en joignant les mains. Cole Serenghetti est tellement populaire !

— Il n'est plus joueur professionnel depuis quelque temps. Il s'est blessé.

— Oui, j'en ai entendu parler. Il était brillant dès le lycée ! Te rappelles-tu cet incident qui l'avait privé de championnat, une année ?

Marisa sentit son cœur accélérer mais tâcha de ne rien laisser paraître.

— Oui. Il s'occupe maintenant de gérer l'entreprise de construction familiale, même si j'ai l'impression que cela ne le réjouit pas vraiment. Son père a eu une attaque il y a peu qui l'a laissé très affaibli.

— Tu sembles très informée à son sujet ! fit remarquer sa mère en lui adressant une œillade pleine de sous-entendus.

— Oh ! Cela ne veut rien dire, j'en savais beaucoup sur Sal avant qu'il ne me plaque !

— *Plaquer*, quel mot horrible ! Il s'agit d'un désengagement imprévu. C'est ce que j'ai expliqué aux curieuses de mon club de lecture.

— J'espère que tu n'as pas publié un communiqué de presse pour la galerie commerciale au moins ! répliqua Marisa en riant.

— Non, rassure-toi !

À cet instant, Marisa entendit son téléphone biper pour l'avertir de l'arrivée d'un message. Elle s'essuya les mains et alla consulter son téléphone. Lorsqu'elle découvrit le message, son cœur se mit à tambouriner aussitôt.

J'ai prévenu Dobson que nous avions écourté la réunion. Revoyons-nous pour dîner vendredi. Rdv à 18 heures.

— Rien de grave ?

— Quand on parle du loup…, murmura Marisa.

— C'était Sal ?

— Non. Cole Serenghetti.

Sa mère sourit, l'air intrigué.

— Cole t'envoie un SMS ? Vous vous connaissez bien, alors ?

— C'est la première fois ! Il a dû enregistrer mon numéro lorsque je l'ai appelé pour le comité de soutien, répondit-elle en rougissant.

C'était ridicule ! Elle était adulte et même plus qu'adulte, à trente-trois ans, mais elle se sentait tout à coup une adolescente devant sa mère. Et devant Cole, aussi, à vrai dire.

— Qu'est-ce qu'il dit ?

— Il m'invite à dîner. Pour parler affaires, précisa-t-elle devant la mine réjouie de sa mère.

Elle devait aller à ce rendez-vous avec Cole. Elle lui était redevable de son parrainage, et il l'avait couverte face à Dobson. Et puis ils avaient des choses à mettre en place.

Et pourtant, un dîner avec lui…

Après tout, c'était un dîner de travail. Leurs relations étaient purement professionnelles, si on oubliait ce baiser… Une erreur de trajectoire à ne plus répéter.

Soudain, sa mère la regarda d'un air grave.

— Ma chérie, il faut que je te prévienne que j'ai déjà connu une expérience malheureuse avec un sportif professionnel. Je sais à quel point on peut être séduite et…

Marisa savait qu'elle lui parlait de son père, joueur de base-ball, qui les avait abandonnées toutes les deux il y avait bien longtemps de cela.

— Maman, il s'agit d'un dîner d'affaires avec Cole, je te l'ai dit.

Elle aurait aimé pouvoir croire elle aussi à cette version rassurante, mais… Bien sûr, leur baiser était le fruit des circonstances ! Ils s'étaient retrouvés enfermés, si près l'un de l'autre, et elle avait si peur… Il avait voulu la rassurer et… Bref !

Sous le regard scrutateur de sa mère, elle arbora son expression de petite fille modèle et lui adressa le plus innocent des sourires.

Cela sembla fonctionner, car sa mère se remit à monter ses lasagnes avec application.

— À quoi est-ce que tout cela rime, Cole ?

— C'est un dîner, rien de plus, répondit-il avec un sourire satisfait en levant son verre de merlot.

Il se trouvait assis à côté de la femme qui revenait occuper ses nuits et ses rêveries éveillées bien plus souvent qu'il n'aurait pu l'imaginer. Ce soir, elle portait une robe à imprimé géométrique qui la mettait merveilleusement en valeur...

Bon sang ! Elle avait donc décidé de le torturer !

Il l'avait retrouvée dans le restaurant le plus chic de Welsdale, le Bayart, situé sur Creek Road. C'est elle qui avait insisté pour s'y rendre seule, ne souhaitant visiblement pas qu'il vienne la chercher. Il avait interprété cela comme une attitude plutôt défensive mais ne s'en était pas formalisé. Il savait qu'il avançait avec Marisa en zone instable et il était décidé à se montrer prudent.

— J'essayais de lire entre les lignes, il faut croire, murmura-t-elle.

— Lire entre les lignes... Tu as toujours été douée pour les lettres.

— Pendant que tu passais tous les cours au dernier rang à faire le clown !

— Charlotte Brontë n'était pas ma tasse de thé, que veux-tu !

— C'est sans doute la seule que tu n'as pas essayé de séduire ! répliqua-t-elle, moqueuse.

— Elle était morte.

— Tu ne devrais pas t'arrêter à si peu...

Il se mit à rire.

— C'est ce que j'ai toujours aimé chez toi, Danieli, tu as gardé un sens incroyable de la repartie !

— Je suis professeur, c'est une qualité essentielle à la survie en milieu sauvage !

— Je tenais bien plus à toi que tu ne le pensais, Marisa, tu sais.

— C'est déjà quelque chose, j'imagine.

Il sourit. Il aimait la découvrir ainsi, moins introvertie, disposée à dire tout haut ce qu'elle pensait.

— Toujours sous le coup de tes aveux de l'autre jour, alors ? s'enquit-il d'une voix plus grave. C'est assez… troublant.

Elle eut un charmant sourire qu'elle cacha derrière son verre de vin.

— Ce n'était pas mon intention, mais je ne suis pas surprise que tu le prennes ainsi.

— Je tenais vraiment à toi.

— Tu dis ça maintenant…

— Est-ce que tu veux bien parler de ce qui s'est passé dans la salle des archives ?

On aurait pu les imaginer ensemble, dans le contexte tamisé du très raffiné Bayart.

— Eh bien, ça a le mérite d'être clair, fit-elle remarquer. N'est-ce pas la preuve que nous sommes faits pour les rencontres fortuites dans des espaces confinés ?

Il rit à son trait d'humour.

— C'est mon tour de poser une question, reprit-il, redevenu sérieux. Je me demande ce que tu pouvais bien me trouver à l'époque du lycée. J'étais un cancre prétentieux !

Ce fut au tour de Marisa de rire, et son visage s'illumina aussitôt.

— C'est simple, répondit-elle. Je t'admirais, tu étais intrépide sur la glace comme dans la vie. Tu étais si populaire dans les couloirs du lycée alors que j'étais l'intello complexée de la classe.

— J'étais arrogant et superficiel, ce qui était loin d'être ton cas.

Elle rougit.

— D'une certaine façon, poursuivit-il, tu as mis un

terme à cette arrogance qui me faisait penser que je me sortirais toujours de toutes les situations grâce à mes insolences. Tu m'as permis de trouver la force de me dépasser pour devenir professionnel, même si j'ai fini par quitter la patinoire contre mon gré.

— Tu sais ce que l'on dit, il vaut mieux avoir essayé et échoué que n'avoir pas essayé.

— Tu n'as jamais pris de risques, toi ?

— Eh bien, j'ai tout de même été te recruter pour Pershing… Je suppose que tu es le catalyseur de mon audace !

— De la même façon que je t'ai incitée à découvrir les accessoires du cours de théâtre d'une façon moins… *académique*.

Elle baissa le regard, visiblement embarrassée.

Avant qu'il ait le temps de poursuivre, le serveur vint prendre leur commande. Marisa sembla hésiter un moment, avant de se décider pour la salade César.

— Tu ne peux pas prendre une salade ! s'exclama Cole. Pas ici, ce serait un péché !

— Mais non, je suis sûre que tout est délicieux ici, de toute façon !

Le serveur repartit, et Cole, décidé à ne pas laisser la conversation glisser à nouveau vers des sujets anodins, reprit :

— Tu n'as pas dû être mécontente de me voir descendu de mon piédestal à l'époque, non ? Après tout, nous avions fait l'amour et tu attendais sans doute que j'officialise notre relation, alors que je t'ai évitée.

— J'en ai beaucoup souffert, c'est vrai.

— Je n'étais pas prêt pour ce qui s'est passé entre nous. Je ne savais pas que c'était la première fois pour toi, j'ai pris peur et je… J'ai fini par te blesser.

— Difficile pour toi d'être vu avec une fille aussi fade que moi à l'époque. Alors si…

— Ma belle, tu es peut-être devenue prof, mais tu ne sais toujours pas comment les garçons adolescents fonctionnent ! La plupart de mes copains pariaient sur la taille de ton bonnet de soutien-gorge, bien camouflé sous les piles de livres que tu gardais contre toi !

Elle ouvrit de grands yeux.

— Vous regardiez ma poitrine ?

— Bien sûr ! Et pour ma part je ne faisais pas que regarder ! Ne te souviens-tu pas du nombre de fois où j'ai essayé de te frôler lorsque nous révisions ensemble ?

— Mais enfin, je n'étais tout de même pas réduite à un simple bonnet de soutien-gorge !

— Un bonnet C, de toute évidence ! précisa-t-il en riant avant de lui prendre la main. Mais tu as raison, tu étais bien plus que cela, car j'ai eu la chance de te connaître, au-delà des stupides fantasmes adolescents, et tu m'as terriblement impressionné.

— Vraiment ?

Sa question était si sincère qu'il se sentit fondre et eut du mal à résister à l'envie de l'embrasser.

— Je dois avouer que je n'ai pas sauté au plafond lorsque j'ai vu que nous devions travailler en binôme, avoua-t-il. Mais dès que j'ai commencé à te côtoyer de plus près tout a changé. En quelques heures, j'étais séduit. Tu étais gentille, brillante et passionnante.

— Eh bien moi, j'ai eu un faible pour toi avant même que nous soyons désignés pour travailler ensemble.

Ils s'étaient rapprochés très vite, s'embrassant dès la deuxième séance de travail… Et un peu plus encore très rapidement après.

— Et je n'oublierai jamais ce canapé en velours, murmura-t-il avec un clin d'œil.

— Je suis sans doute la seule à t'avoir emmené dans les salles du club théâtre ! Tu sais qu'il est toujours à Pershing, ce canapé ?

— Parfait ! Il faudra que tu me le montres, quand je passerai au lycée !

Elle ouvrit la bouche, mais ne répondit pas.

Il retira sa main et l'observa avec attention.

— Pourquoi ne pas m'avoir dit que c'était ta première fois ? demanda-t-il. Tu ne m'as pas arrêté, je n'aurais jamais imaginé...

Elle haussa les épaules.

— J'avais envie de te plaire, je ne voulais pas avoir l'air ridicule.

— C'était ta première fois et tu me plaisais ! Tu avais su voir ce qui se cachait derrière le clown prétentieux que je prétendais être, et ça m'a fait peur. J'ai fait ce qui m'a paru logique, du haut de mes dix-huit ans. Je t'ai ignorée...

— Oui, je ne le sais que trop bien ! Maintenant, je suppose que tu es habitué à voir les filles tomber comme des mouches sur ton passage ?

Il sourit.

— Quand j'étais joueur professionnel, je dois avouer que c'était un peu le cas, mais maintenant je suis chef d'entreprise. Et le chevalier blanc de Pershing !

Le serveur leur apporta leurs plats, et ils se turent le temps qu'il pose les assiettes devant eux.

Ils commencèrent à manger en silence, chacun perdu dans ses pensées. Il laissa rapidement les souvenirs du lycée de côté. Depuis leur furtif baiser dans la salle des archives, il n'avait cessé de songer à la sensation de ses doigts dans les cheveux de Marisa, de sa main sur son visage, de leurs lèvres...

— J'aurais une requête à faire au chevalier blanc de Pershing, reprit soudain Marisa.

— Je t'écoute.

— J'ai des étudiants qui seraient ravis d'aller découvrir la patinoire des Razors.

Il la regarda avec un petit sourire.

— Et tu comptes me solliciter ainsi pendant tout le temps du partenariat ?

— Eh bien disons que je me suis dit que c'était maintenant ou jamais et que je n'avais rien à perdre à te le demander ! répliqua-t-elle, en lui retournant son sourire.

— Tu sais que je suis difficile à débaucher !

— Je ne le sais que trop, hélas ! J'ai dû t'obtenir une sacrée contrepartie pour que tu acceptes de parrainer notre gymnase !

Il l'observa un instant en silence.

— Avant de me prononcer, j'aimerais que tu répondes à une question, reprit-il.

— Avec plaisir !

— Attends, tu n'as pas encore entendu ma question.

Elle rougit et se redressa sur sa chaise.

— Je suis prête.

— Je voudrais savoir ce qui t'a poussée dans les bras de Sal. Je suis certain qu'il y a suffisamment d'autres types stables et ennuyeux autour de toi.

Elle resta silencieuse un instant avant de prendre une grande inspiration.

— Sans doute à cause du timing, déclara-t-elle.

— Je comprends... Le timing est toujours crucial, dans la vie.

— D'ailleurs, le nôtre n'a jamais été très favorable...

— En quoi l'était-il plus avec Sal ?

— Oh. C'était un élément parmi d'autres.

— Explique-moi.

— Ma mère venait de se marier…

— Sal était libre et tu étais vulnérable, c'est ça ?

— Plus ou moins. Je crois que je voulais que ma mère ne se fasse plus de souci pour moi.

— Je comprends, murmura-t-il.

Elle sembla surprise qu'il n'ait pas quelques sarcasmes à lui servir à ce sujet.

— Mais Sal sait aussi se montrer assez charmant, ou charmeur, quand il s'en donne la peine, précisa-t-elle.

— Donc, le charme et le timing ont joué en faveur de Sal, si je résume ?

— Disons qu'il était le type d'homme que je recherchais à ce moment-là.

Cole sourit.

— Je ne savais pas que tu avais un type d'homme en dehors des plaisantins ou des athlètes !

Elle leva les yeux au ciel.

— Je voulais me marier et je voulais un homme qui ne soit pas comme mon père.

— Comment était ton père ?

Elle ne lui en avait jamais parlé, sauf pour lui dire qu'il était décédé depuis longtemps.

— Je ne l'ai pas connu, mais j'avais toujours imaginé que mes parents n'avaient pas eu le temps de se marier. Mais j'ai appris il y a une dizaine d'années que ce n'était pas le cas et que c'était un peu plus compliqué que cela.

Il l'encouragea à poursuivre d'un hochement de tête.

— Ma mère m'a finalement avoué que mon père l'avait quittée avant de mourir dans un accident de voiture. Elle était enceinte de moi.

— Et tu n'as jamais connu ta famille paternelle ?

— Il n'y avait que mon grand-père qui vivait sur la côte Ouest. Mon père était joueur de base-ball et essayait de percer dans le sport professionnel. Une femme et un bébé n'étaient pas au programme. Il avait de grands projets, d'après ce que j'ai compris.

— Et tu as donc considéré que Sal était l'homme qui te fallait, vu qu'il n'était pas fait du même bois ?

— Je me suis trompée, voilà tout.

Il saisissait finalement le fin mot de l'histoire. Marisa avait pensé que Sal Piazza ne l'abandonnerait pas à la première opportunité qui se présenterait. Il n'était pas un sportif professionnel dont la carrière l'emporterait sur tout le reste.

Contrairement… à lui !

Il comprit alors qu'il avait sans doute laissé passer sa chance avec Marisa, au lycée. Et aujourd'hui elle cherchait totalement autre chose que ce qu'il était en mesure de lui offrir.

- 6 -

Marisa n'avaient jamais assisté à un match des New England Razors.

Elle ne s'était jamais intéressée au hockey, sans doute par crainte de raviver des souvenirs liés à Cole. Bien sûr, les matchs des Razors étaient diffusés à la télévision, où il lui était arrivé de les regarder d'un œil distrait.

À cet instant, en revanche, elle était totalement sous influence, tandis que Cole s'adressait à son groupe d'élèves. Il portait un jean usé avec un T-shirt noir à manches longues. Sa tenue était simple, mais il n'avait pas besoin de grand-chose pour dégager cet incroyable sex-appeal… qu'elle ne pouvait ignorer.

— Bien, déclara-t-il devant les jeunes attroupés en demi-cercle devant lui. Comme la patinoire est libre aujourd'hui, nous allons d'abord faire le tour des installations et nous patinerons un peu ensuite, qu'en dites-vous ?

Un large sourire se dessina sur les visages des adolescents.

— Est-ce que certains d'entre vous voudraient devenir joueurs professionnels ? s'enquit Cole.

Quelques mains se levèrent, des garçons, surtout, mais aussi trois filles. L'un des garçons demanda la parole.

— Est-ce que votre blessure vous fait toujours souffrir ?

— Elle me rappelle surtout qu'il est primordial de toujours porter ses protections. Les blessures font partie du métier, mais heureusement elles restent rares, en particulier pour les plus sévères d'entre elles.

Les adolescents demeurèrent silencieux, comme s'ils attendaient qu'il leur parle de son cas personnel. Il dut le sentir, car il reprit :

— Dans mon cas, je me suis blessé au genou à deux reprises. J'ai dû être opéré les deux fois, et subir de longues séances de kinésithérapie ensuite. Après la seconde blessure, on m'a clairement signifié qu'il ne me serait plus possible de retrouver un niveau professionnel. J'avais plus de trente ans et une belle carrière derrière moi. Il était temps de passer à autre chose.

— Et maintenant vous travaillez dans le bâtiment ! lança un élève.

Cole sourit.

— En effet, je dirige l'entreprise familiale. Et c'est moins risqué, car je passe plus de temps dans des bureaux que sur des chantiers ! précisa-t-il en riant. Je vais profiter de notre petite visite pour vous parler d'autres carrières en lien avec le hockey, auxquelles vous n'avez peut-être pas encore pensé. Bien sûr, les joueurs sont sous les lumières, mais il ne faut pas oublier tous les gens de l'ombre qui les aident à faire leur métier.

— Comme les journalistes ? demanda une élève.

— Par exemple, oui. Nous allons nous rendre dans les salles de régie des journalistes en tribunes, puis nous nous rendrons dans les bureaux des responsables de la communication, ensuite aux vestiaires où les personnels paramédicaux font un travail essentiel, vous me suivez ?

Les adolescents hochèrent la tête.

Marisa était impressionnée par la capacité qu'avait Cole à communiquer avec les jeunes. Il semblait tellement à l'aise, alors qu'elle avait toujours dû prendre énormément sur elle pour se faire respecter, les intéresser. Il y avait décidément des choses qui ne changeaient pas…

Cole la chercha du regard et lui adressa un clin d'œil, la tirant de ses pensées.

— Et si vous êtes tous sages, nous aurons peut-être la chance d'avoir une apparition de mon frère, Jordan Serenghetti ! ajouta-t-il.

Un murmure enthousiaste parcourut le petit groupe.

Une fois les coulisses de la patinoire découvertes, tout le monde se retrouva dans les vestiaires pour enfiler les patins à glace.

Marisa entra la dernière sur la patinoire. Elle avait enfilé des collants avec une tunique mi-longue qui lui permettait de ne pas être gênée dans ses mouvements. Cela faisait une éternité qu'elle n'avait pas patiné, et le regard de Cole sur elle tandis qu'il glissait sans peine, les mains dans les poches, ne faisait rien pour lui faciliter la tâche !

— Je ne savais pas si tu oserais t'aventurer sur la glace, dit-il.

Elle continua à avancer tranquillement.

— J'ai pris quelques cours, à une époque.

Il eut l'air surpris.

— Ici, tout le monde fait plus ou moins du patin, non ? fit-elle remarquer en tentant quelques figures simples pour souligner son propos.

— On dirait que tu as appris un peu plus qu'à simplement tenir sur des patins ! Où as-tu pris des cours ?

— Au centre de loisirs qui se trouve à l'extérieur de Welsdale. Il a ouvert quand nous étions enfants et offrait des cours gratuits.

— Je sais ! C'est mon père qui l'a créé.

Elle le fixa en riant.

— J'aurais dû m'en douter ! répliqua-t-elle avant de s'éloigner en prenant de la vitesse et en enchaînant quelques figures.

Elle n'était pas sûre d'être capable de réaliser des sauts, mais plus elle patinait et plus elle avait la sensation que c'était un peu comme le vélo, on n'oubliait jamais…

— Et quand as-tu décidé de renoncer à une carrière de patineuse artistique au profit de l'enseignement ? demanda Cole lorsqu'elle revint vers lui.

Elle haussa les épaules.

— Ma mère n'avait pas les moyens de m'offrir cela. Je n'ose imaginer les frais, entre le matériel, les tenues, et les déplacements. Lorsque j'ai été reçue à Pershing avec une bourse, je me suis concentrée sur mon travail scolaire afin de conserver cette aide.

Et, au terme de leurs années passées à Pershing, Cole avait été recruté par la NHL tandis qu'elle poursuivait ses études en lettres pour devenir enseignante. C'était un métier rassurant et stable, plutôt éloigné de celui du sport professionnel avec tout ce que cela comportait de vedettariat. Cole avait eu les moyens d'aller au bout de ses rêves, pas elle. La vie était ainsi faite…

— Tu sais que j'ai aussi fait du patinage artistique et de la danse sur glace, quand j'étais enfant ? reprit-il.

Elle éclata de rire. Elle avait du mal à se représenter Cole en train de valser, sur la glace ou ailleurs !

— Je vois que tu me prends au sérieux ! lança-t-il, feignant d'être vexé. Figure-toi que ma mère avait décidé de faire de mes frères et moi de parfaits gentlemen.

Elle fit de son mieux pour rester impassible, alors qu'elle mourait d'envie de lui répondre qu'au lieu de cela Mme Serenghetti avait hérité de trois garnements.

— Cela te fait rire, à ce que je vois ?

— Oh oui ! Je t'imagine en...

— Je vais te montrer, l'interrompit-il en venant à sa rencontre. Je dois me rappeler deux ou trois pas.

Elle ouvrit de grands yeux.

— Oh non, inutile, je te crois sur parole ! s'exclama-t-elle.

— Nous pourrons ainsi montrer aux élèves un sport qui tourne autour du hockey.

— Tu plaisantes j'espère !

Il redressa le menton.

— Pas le moins du monde. Mon honneur est en jeu !

Elle n'aimait pas cela mais, avant qu'elle ait le temps de dire quoi que ce soit, il lui prenait la main et l'attirait contre lui avant de lui enlacer la taille.

— Cole, mais qu'est-ce que tu fais ? demanda-t-elle, déstabilisée par sa présence soudaine tout contre elle.

— Je te l'ai dit, j'ai un honneur à défendre ! J'espère que tu as toujours tes pas en tête, ma belle !

Le bras qui l'entourait était vigoureux et solide. La puissance qui émanait de Cole était à couper le souffle. Ses mains sur elle étaient chaudes, presque brûlantes. Elle n'osait pas regarder son visage, sa bouche, ses yeux, si proches des siens...

Mais elle était prisonnière. Cole et elle se mirent en mouvement sur la glace, le temps de s'accorder.

Lorsqu'elle leva les yeux vers lui, elle songea qu'il était toujours aussi séduisant. Ses cheveux étaient épais, légèrement en bataille, comme une invitation à y glisser les doigts. Ses lèvres étaient charnues et délicatement dessinées à la fois, promettant des baisers terriblement sensuels. Quant à sa cicatrice... Ah, sa cicatrice... Elle lui donnait du caractère tout en invitant à la tendresse. Il était un catalogue de contrastes. Elle baissa les yeux.

Il n'était pas pour elle.

— Es-tu prête pour le lancer ?

Elle sursauta.

— Quoi ? Mais je croyais que tu devais faire attention à ton genou !

— Tu n'es pas trop lourde, je ne risque pas grand-chose avec toi !

— Je ne te dirai pas combien je pèse !

— Naturellement. Et nous y voilà, ma princesse de glace !

L'instant d'après, ils étaient en train de tourner et Cole la souleva de terre.

— Prête ? murmura-t-il.

Elle se sentit décoller, un mouvement franc mais mesuré, et qui ne l'envoya ni trop loin ni trop haut. Elle tendit le pied droit vers le sol par réflexe et atterrit en douceur, avant de tendre aussitôt la jambe gauche vers l'arrière.

— Réception sur un pied, je suis très impressionné, lança-t-il.

Elle se mit à rire.

— Oui, nous voilà parés pour les jeux Olympiques, on dirait ! dit-elle en baissant le regard vers sa poitrine. Il faudrait sans doute que j'enfile un justaucorps corseté !

Il eut un sourire appréciateur et hocha la tête.

— Ce ne serait pas pareil…, sussura-t-il.

À ce moment, quelques exclamations étouffées attirèrent son attention, et elle vit apparaître Jordan. Ce n'était décidément pas le moment de flirter avec Cole.

— Détends-toi, lui conseilla Cole. Personne ne fait attention à nous.

Facile à dire pour lui !

— Avec toi, tout est toujours *détendu*, marmonna-t-elle.

— Si tu étais ma prof, je serais abonné au premier rang !

— C'est ce que tu dis, maintenant ! rétorqua-t-elle en riant.

— J'étais un adolescent superficiel, je ne me rendais pas compte de ce que tu vivais.

— Un *adolescent superficiel* ? Tu essaies d'impressionner la prof avec ton vocabulaire.

Il hocha la tête, approchant son visage du sien jusqu'à la frôler.

— Et je m'en sors comment ?

Oh Seigneur…

— Pas mal, répondit-elle, le souffle court, soudain. Si tu poursuis dans ce registre, tu pourrais obtenir un A.

Il posa sur elle un regard brillant et murmura :

— Je n'ai jamais vraiment fait attention aux notes, tu le sais !

Elle ne lui demanda pas à quoi il faisait attention. Elle se remémorait leurs séances de devoirs qui se terminaient par de torrides baisers…

Il n'aurait pas fallu grand-chose pour qu'elle se jette dans ses bras pour renouveler l'expérience !

Cole pivota sur son tabouret haut et scruta l'entrée une nouvelle fois.

Cette fois-ci, enfin, il eut le plaisir de voir entrer Marisa. Elle portait un jean délicieusement près du corps avec un pull vert menthe. Elle s'était maquillée de façon discrète, mais ses boucles et son décolleté suffisaient à attirer tous les regards.

Il sentit une vague de chaleur le parcourir.

Il n'était pas sûr qu'elle vienne. Le message qu'il lui avait envoyé était très vague :

Retrouve-moi au Puck & Shoot. J'ai une idée à te soumettre.

Depuis qu'il avait accepté d'emmener ses élèves visiter la patinoire des Razors, il avait vainement cherché un nouveau prétexte pour la revoir.

Elle se planta devant lui avec un sourire arrogant.

— Il paraît que des femmes viennent te faire des avances directement dans les bars, à ce qu'on m'a dit ? lança-t-elle.

— Tu en as à me faire ?

— Pourquoi ne pas boire un verre, plutôt ?

— C'est un bon début, dit-il en se levant. Qu'est-ce que tu prendras ?

— Une bière. Légère.

— Tu joues dans la catégorie des super-légers ?

— Dans les bars, uniquement, pas sur le ring !

Elle avait pourtant mis toute la salle d'entraînement K-O avec une simple petite robe…

Il fit un signe au barman et passa commande, tandis qu'elle détaillait les lieux, l'air vaguement intimidé.

— C'est la première fois que je viens au Puck & Shoot, en fait, dit-elle.

— Ah bon ? Je croyais que c'était ici que tu avais eu le tuyau pour me persécuter jusqu'au club de boxe ?

— Te *persécuter*, comme tu y vas ! Je n'ai jamais dit que j'étais allée chercher ce tuyau en personne. Ma cousine Serafina fait des extras ici comme serveuse et elle a simplement entendu une conversation entre des joueurs des Razors.

— Comme ceux qui se trouvent à l'autre bout du bar, fit-il remarquer en faisant un signe de tête dans leur direction. Et qui sont en train de se demander quel genre de relation nous avons, tous les deux.

Maria jeta un coup d'œil aux joueurs.

— Sans doute. Ils ignorent encore que notre relation n'a pas de genre !

— Chut ! dit-il en portant le doigt à ses lèvres. Ne dis rien, j'adore l'idée qu'ils sont en train de me maudire pour avoir réussi à inviter une aussi jolie femme qui ne leur prête pas la moindre attention !

— Mais tu m'as demandé de venir parler d'un projet !

— Cela, ils ne le savent pas, ma belle ! répondit-il en tendant la main vers elle pour rajuster une mèche de ses cheveux tombée devant ses yeux.

Toucher sa peau, même furtivement, lui fit l'effet d'une décharge électrique.

— Je ne crois pas que Serafina apprécie beaucoup les Razors, déclara-t-elle.

— Ils peuvent se montrer assez pénibles et insistants, en effet.

— Tu t'inclus dans cette description ?

— Je te laisse seule juge, repartit-il avec un petit sourire.

Il la désirait. C'était une évidence. Il la désirait comme un fou. Là, maintenant, au milieu de ce bar, il avait envie d'elle. Il avait rêvé d'elle la nuit dernière. Un rêve absolument torride, qui était en train de devenir le plus érotique de ses fantasmes éveillés.

Il lui tendit la bière que le barman venait de déposer devant eux et la regarda porter la bouteille à ses lèvres. Sa candeur avait sur lui un effet totalement dévastateur.

— Est-ce que Serafina est là ce soir ? s'enquit-il.

Marisa posa la bouteille.

— Non, elle ne travaille pas le mercredi. De toute façon, elle va bientôt démissionner, elle a trouvé un bon poste récemment.

— Est-ce que tu serais venue quand même si elle avait été présente ce soir ?

— Peut-être.

Il sourit.

— Ou peut-être… pas ?

C'était plutôt un bon signe qu'elle souhaite rester discrète sur leurs rendez-vous. Cela semblait signifier qu'elle se préoccupait du fait que l'on puisse se demander ce qu'il y avait entre eux. Car il y avait bel et bien quelque chose entre eux. Quel que soit son nom. Il sentait très clairement qu'elle n'était pas à l'aise avec le trouble sensuel qui existait et songea qu'il devrait avancer très prudemment sur ce terrain.

Après tout, ils étaient tous deux adultes, et rien ne leur interdisait de reprendre les explorations qu'ils avaient commencées quinze ans plus tôt… Tant qu'il était coincé à Welsdale, ce serait une façon de rendre son séjour ici particulièrement agréable !

Il l'observa avec attention et remarqua ses sobres chaussures à brides noires et talons aiguilles qui mettaient en valeur ses jambes galbées et ses fines chevilles. Sans le savoir, elle transformait les chaussures les plus classiques qui soient en un accessoire terriblement sexy…

Elle toussota, semblant chercher à le tirer de ses rêveries.

— Tu voulais me parler de quelque chose en particulier, je crois ? lança-t-elle.

Il indiqua de la main le tabouret à côté du sien pour l'inviter à s'asseoir.

— Merci, mais je préfère rester debout.

Elle était vraiment tendue ! Il était temps d'abattre quelques cartes.

— J'ai remarqué quelques-uns de tes élèves qui semblaient vraiment investis dans le hockey et je me proposais de leur donner quelques conseils, expliqua-t-il.

Bien entendu, c'était là un nouveau prétexte pour la côtoyer plus régulièrement. Détail qu'il garda pour lui.

Elle sembla réfléchir un instant, hésiter, avant qu'une expression déterminée se dessine sur son visage.

— Plutôt que quelques conseils, j'attendrais de ta part que tu gères un véritable atelier de pratique, dit-elle.

Elle lui renvoyait la balle avec une habileté et une précision inattendue. Il l'avait sous-estimée !

— Conseiller quelques étudiants et assurer une session de cours sont deux choses très différentes, précisa-t-il. Des entraînements demanderaient de nombreuses heures, et l'accès à des équipements.

— Cela permettrait aux jeunes de progresser très rapidement.

— Ce serait surtout un énorme investissement en termes de temps.

— Tu es à la hauteur de ce genre de challenge ou pas ?

Aucun doute, elle le provoquait. À quoi était-il prêt pour essayer de la séduire ?

— Tu sais quoi ? Je vais organiser une séance d'entraînement informelle pour un petit groupe, répondit-il.

Elle hocha la tête et sourit.

— Parfait ! C'est une idée excellente ! Et maintenant, si nous parlions du discours que tu feras lors de la soirée de levée de fonds ?

Elle ne ratait pas une seule opportunité ! Il était temps pour lui de lui renvoyer le palet.

— Je crois avoir quelques discours que je peux recycler, à propos du goût de l'effort et du dépassement de soi, rétorqua-t-il.

— Il faudra dire quelques mots au sujet de Pershing, suggéra-t-elle.

— De quoi pourrais-je bien parler ? De ma suspension ou de l'épisode du canapé du club théâtre ?

— Je croyais que nous étions d'accord que je n'avais pas eu vraiment le choix face à M. Hayes…

— Certes, mais difficile pour moi de ne pas faire état de ce haut fait de mes années lycée !

— Il te suffit de rester centré sur ton cursus de sportif. Il ne s'agissait pas d'une *promotion canapé*, non plus ! Tu n'étais pas un jeune premier venu auditionner pour le rôle de sa vie !

Il éclata de rire.

— C'est vrai, mais d'une certaine façon, c'est toi qui me faisais passer un casting, non ? J'espère que je t'ai fait bonne impression.

— Oui, même si on a vu mieux, répliqua-t-elle dans un raclement de gorge.

— Je crois que j'ai grandement progressé depuis, ma belle. Tu ne voudrais pas en juger par toi-même, par hasard ?

Il adorait la taquiner. Il la regarda détourner le regard, l'air troublé. Elle sembla alors voir quelque chose ou quelqu'un et se figea.

Lorsqu'elle reporta son attention sur lui, ses joues étaient cramoisies.

Avant qu'il ait le temps de réagir, elle saisissait son visage entre ses mains avant de plaquer ses lèvres contre les siennes.

Bon sang, mais qu'est-ce que… ?

Il se laissa faire, évidemment, bien que ne comprenant pas sa réaction.

Ses lèvres étaient douces et pleines. Il aimait leur goût comme il aimait son parfum floral. Il était surpris qu'elle ait fait ainsi le premier pas, mais plus qu'heureux d'être son obligé !

Entrouvrant les lèvres, il l'attira vers lui. Elle se glissa entre ses jambes, le prenant par le cou.

Enfin, il goûta ses lèvres et sa langue avec délectation, sentant son souffle se mêler au sien dans un gémissement étouffé.

Le bruit ambiant s'éloigna, il n'y avait plus que Marisa et leur baiser. Il ne songeait qu'à l'envie folle de la sentir plus près, encore plus près de lui, sentir ses seins contre son torse, sa chaleur…

— Tiens, mais quelle surprise !

Les mots venaient de derrière eux, et Marisa se dégagea.

Cole nota son regard coupable à l'instant où elle se retourna, juste avant qu'il découvre Sal Piazza et son expression joviale un peu trop forcée, vu les circonstances. À son bras était accrochée Vicki, apparemment sous le choc.

En croisant le regard de Marisa, Cole comprit alors ce qui venait de se passer. Cela le refroidit sérieusement, ce dont il avait besoin après le baiser qu'ils venaient d'échanger.

Sal lui tendit la main.

— Je ne m'attendais pas à te voir ici, Serenghetti.

— Piazza, répondit sobrement Cole en serrant la main tendue.

L'expression de Vicki passa du choc à la surprise, tandis que Sal regardait Marisa et Cole tour à tour.

— Et donc, vous êtes ensemble, tous les deux…

C'était un simple constat.

Cole sentit Marisa se tendre à côté de lui et songea qu'il n'y avait qu'une seule chose à faire. Il l'enlaça.

— Oui, mais peu de gens le savent, déclara-t-il.

À vrai dire, quelques secondes plus tôt, lui-même n'était pas au courant ! Ce baiser était sorti de nulle part et lui avait fait un effet plus impressionnant encore que celui de la salle des archives.

— Je n'ai pas été beaucoup en contact avec Marisa dernièrement, expliqua Sal.

— Il se passe toujours tellement de choses après une rupture, affirma Cole, laissant volontairement supposer que sa liaison avec Marisa datait de leur rupture.

Sal sembla encaisser difficilement le coup.

— Eh bien, je…

— Toutes nos félicitations, intervint Vicki d'une voix trop aiguë pour être sincère.

Marisa sourit.

— Merci, c'est vrai que Cole et moi n'avons pas encore parlé de notre relation.

Cole essaya de rester naturel. Il était impatient de se retrouver seul avec elle pour l'interroger sur le sens de tout ce cirque. Est-ce qu'elle ne l'avait embrassé que parce qu'elle les avait vus entrer ? Il en avait bien l'impression.

Sal se mit à rire, toujours un peu tendu. Vicki, quant à elle, regardait Marisa en coin.

— Tu devrais faire attention, ma chère, il n'est pas du genre à s'engager, lança-t-elle, déguisant la pique acerbe en un conseil de bonne camarade.

— Duquel des deux me parles-tu ? répliqua Marisa, un grand sourire aux lèvres.

Vicki en resta sans voix, et Cole se retint d'éclater de rire.

— Nous avons prévu de dîner, nous vous abandonnons donc au bar. C'était un plaisir de vous croiser, assura Sal, un sourire plaqué sur le visage.

Sans un regard de plus, ils se dirigèrent vers la salle du fond.

À l'instant où Cole se demandait quel tour prendrait sa soirée, Marisa se dégagea en douceur de son bras qui l'enlaçait toujours.

— Je tremblerai de devoir te rencontrer sur un ring ! s'exclama-t-il en souriant.

— Pourtant ça a déjà été le cas !

— Oui, mais cette fois-là Jordan était présent pour me défendre !

Elle sourit.

— En tous les cas, poursuivit-il, c'est un début de soirée des plus intéressants.

— Qui aurait pu imaginer que Sal et Vicki viendraient précisément le soir où nous nous retrouvons ensemble ici ?

— Il y avait tout de même quelques chances, étant donné qu'il travaille dans le monde du sport et que nous sommes dans un bar sportif. Mais ce n'est pas vraiment de cela que je parlais.

— Je sais. Sur le moment, ce baiser m'a semblé une bonne idée, je ne sais pas à quoi je pensais…

— Je crois que tu n'as pas vraiment eu le temps de penser, justement. C'est de l'ordre de la réaction spontanée, plutôt, non ?

— Oui, sans doute que faire croire que nous étions ensemble coupait court à toutes les questions au sujet des raisons de notre présence ici tous les deux…

— Et pourquoi ne pas dire la vérité ?

— C'était loin d'être aussi satisfaisant !

— Je dois reconnaître que je te rejoins sur ce point ! déclara-t-il en riant.

Ils se regardèrent quelques instants sans un mot. Ils

étaient tout près. Il pouvait sentir la chaleur qui émanait d'elle…

— Tu sais qu'ils vont en parler à tout le monde ? reprit-il. C'est trop beau pour rester secret.

— Oui, je sais. Si nous laissons courir sans rien dire, la rumeur finira par s'éteindre.

— C'est loin d'être aussi satisfaisant.

— Que quoi ?

— Que de prétendre que nous sommes un couple !

— Quoi ? s'exclama-t-elle en ouvrant de grands yeux.

— Maintenant que la rumeur est lancée, autant jouer le jeu quelque temps pour éviter qu'elle ne nuise à nos réputations.

— Je suis certaine qu'elle va s'éteindre aussi rapidement qu'elle fera le tour de la ville.

— Je crains que ce ne soit un peu plus long que cela, et tout le monde va déduire que c'était une manœuvre pour rendre jaloux nos ex !

Elle se mordit la lèvre, visiblement perplexe.

— Dans ce cas, il faudrait attendre la soirée de charité de Pershing, suggéra-t-elle. Après cette date, je suppose que les curieux auront d'autres sujets d'intérêt.

Elle se trompait, mais il ne releva pas.

— Sal devait vraiment compter pour toi, pour que tu mettes en place ce genre de stratagème, fit-il remarquer.

— Non, ce n'est pas vraiment ça… C'est plutôt le dépit d'être plaquée pour quelqu'un qui semble offrir une plus belle vitrine…

— Vicki ?

— Je n'arrive pas à croire que tu sois sorti avec elle !

— Hé, c'est toi qui as été jusqu'à te fiancer avec ce… ce type ! rétorqua-t-il en pointant du pouce en direction de la salle du fond.

— Alors explique-moi ce qui pousse un homme à sortir avec une fille comme Vicki ?

Il sourit.

— Le simple fait que ce soit possible !

— Sal semble penser que lui aussi peut arborer un tel *trophée* à son bras.

Cole prit la bouteille de bière et la leva devant elle avant de la porter à ses lèvres.

— En tous les cas, après un tel baiser, je crois que notre relation peut être déclarée officielle, non ? dit-il.

Elle inspira, semblant réfléchir à ce qu'il lui disait.

Elle était surprenante. Elle avait toujours cette capacité à le prendre par défaut, comme un joueur de hockey qui l'attaquerait par son angle mort.

Et tout cela allait sans doute se révéler plus intéressant encore, puisqu'elle venait de lui offrir un motif idéal pour la revoir souvent…

- 7 -

C'était une vision enchanteresse.

Une superbe femme venait de lui ouvrir la porte de son appartement. Des arômes délicieux titillèrent ses narines.

Marisa semblait pourtant un peu surprise.

— Qu'est-ce que tu fais ici ? demanda-t-elle.

Elle portait un T-shirt blanc et un tablier noir et blanc couvert de dentelle. Ses jambes étaient nues, et une paire de mules assez insolites, ornées de plumes, laissait apparaître ses ongles vernis de rouge.

L'idée d'improviser un jeu de rôle vint le titiller, et il lui fallut faire un effort pour garder la tête froide face à sa tenue qui lui évoquait une soubrette terriblement sexy qui viendrait l'accueillir et se montrer des plus entreprenantes...

— Cole, qu'est-ce que tu fais ici ?

Il fallait répondre, maintenant.

— Est-ce ainsi que tu reçois ton nouveau... chevalier servant ?

— Nous savons l'un comme l'autre que ce n'est pas la réalité !

— C'est réel, même si ce n'est que temporaire !

Elle ne semblait pas franchement convaincue.

Depuis leur rencontre au Puck & Shoot en fin de semaine dernière, il avait cherché un motif pour la revoir, avant de déterminer qu'une approche directe était sa meilleure et seule option du moment.

— Les gens s'attendent à ce que je vienne passer du temps avec ma petite amie. Et il faut au moins que je sache à quoi ressemble ton appartement, non ?

Elle s'adossa au chambranle de la porte.

— Notre relation n'est pas réelle, répéta-t-elle.

— Mais tout le monde doit penser qu'elle l'est. Ce baiser que nous avons échangé, n'était-il pas réel pour toi ?

Il ne savait pas encore où en était la rumeur, il n'avait en tous les cas pas encore reçu d'appel inquisiteur de sa famille, même si Sal et Vicki n'avaient certainement pas été les seuls à être témoins de leur baiser au Puck & Shoot.

Marisa fronça les sourcils.

— Tu n'es pas offensé que je me sois servie de toi ?

Il haussa les épaules.

— Quand une belle femme se pend à mon cou, j'ai rarement d'arrière-pensée de cet ordre ! N'hésite jamais à te servir de moi, ma belle !

— C'est étrange, je ne suis même pas surprise de ta réaction…

Il sourit, mais nota le rapide coup d'œil qu'elle lui jeta, comme si elle détaillait sa tenue, composée d'un jean et d'un T-shirt couleur brique avec une fine veste aux manches retroussées. Visiblement, il n'était pas le seul à être sensible à ce que les vêtements pouvaient couvrir et révéler…

— Tu es persévérant.

— Et ça marche ?

Dans un soupir, elle libéra le passage et il franchit le seuil de son appartement.

Elle referma derrière lui et porta la main à ses cheveux, qu'elle avait relevés en un chignon sommaire sur le haut de sa tête, et dont des mèches folles s'échappaient de toutes parts.

Il eut l'envie fugace de dénouer ses longues boucles brunes pour les voir cascader à nouveau sur ses épaules. Un grand miroir derrière elle lui donnait une vision d'ensemble de son hôtesse et lui fit découvrir le mini-short de sport noir qu'elle portait sous son tablier et qui mettait merveilleusement en valeur sa chute de reins et ses formes avantageuses.

Il allait avoir du mal à résister...

— Tu allais faire du sport ? demanda-t-il.

— Oui, j'essaie de reste en forme.

À ses yeux, elle avait un corps absolument irrésistible. Il aimait ses formes généreuses et imaginait déjà quel genre d'entraînement sportif il pourrait lui proposer pour en tirer le meilleur parti qui soit !

Elle eut un geste en direction du séjour.

— Viens, entre, dit-elle.

Il la suivit et s'engagea dans la pièce principale.

— C'est un immeuble qui date d'avant-guerre, la disposition des pièces est plutôt traditionnelle, expliqua-t-elle. Cela doit te changer des vastes espaces ouverts que l'on construit de nos jours.

— Il y a quelque chose qui sent délicieusement bon ici.

— J'ai une réunion parents-professeurs demain, et nous organisons généralement un buffet à cette occasion. Je prépare une *parmigiana* d'aubergine.

Elle le conduisait jusqu'à une cuisine aux couleurs un peu vieillottes. Les odeurs qui en provenaient lui mettaient véritablement l'eau à la bouche. Si elle avait voulu le séduire, elle n'aurait pas pu mieux s'y prendre !

— Je ne m'attendais pas à ce que tu passes, dit-elle. J'étais en train de terminer la pâte de mes cupcakes.

— Je vois, tu cuisines donc pour la communauté !
Elle sourit.

— Pour tout te dire, j'ai mis de côté une portion de *parmigiana* pour moi. Tu veux goûter ?

— Avec grand plaisir !

La *parmigiana* d'aubergine était sans doute son plat préféré, mais depuis qu'il ne vivait plus chez ses parents il était rare qu'il ait l'occasion d'en manger.

Tandis que Marisa lui préparait une assiette, il nota son robot ménager au look parfaitement vintage.

— Ton mixer est une véritable antiquité, je me trompe ? demanda-t-il.

— Ah, Kathy ?

— Tu lui as donné un nom ?

Elle lui jeta un regard amusé par-dessus son épaule.

— Il appartenait à ma grand-mère. C'est mon héritage, et en tant que tel il porte un nom ! En fait, *Nonna* m'a proposé de lui choisir un petit nom quand j'avais six ans.

Il la regarda préparer son assiette et enleva sa veste, qu'il rangea sur le dossier d'une chaise avant de s'asseoir. Marisa déposa l'assiette fumante devant lui et lui tendit une fourchette.

La mozzarella grésillait encore sur les tranches d'aubergine grillées disposées en fines couches, comme une sorte de millefeuille délicat.

Il se passa la langue sur les lèvres.

— Tu veux boire quelque chose ? lui proposa-t-elle.

— Un verre d'eau serait parfait.

Elle alla chercher une bouteille dans le réfrigérateur, tandis qu'il goûtait une première bouchée. C'était moelleux et gratiné, savoureux et fondant à la fois. Absolument fantastique.

— Je n'ai pas d'eau gazeuse, dit-elle. Mais c'est de l'eau filtrée.

Il s'essuya les lèvres avec la serviette qu'elle avait placée à côté de son assiette et saisit le verre d'eau fraîche.

Il était venu avec l'idée de lui faire un numéro de charme, et voilà qu'elle l'éblouissait de ses talents de cuisinière. Son plat était à se damner.

— Marisa, sais-tu que cette *parmigiana* te permettrait de réduire quiconque à l'état d'esclave ?

Elle sembla enfin se détendre et lui sourit, amusée.

— Vous devez avoir une recette de famille, j'imagine, fit-elle remarquer.

— Oui, mais je suis forcé d'admettre que la tienne est supérieure, même si devant ma mère je démentirais formellement avoir dit cela !

— Ta mère n'a vraiment pas à redouter la concurrence, en matière de cuisine !

— Oui, c'est vrai qu'elle est très fière d'être reconnue pour ce talent.

Marisa hocha la tête et porta la main à ses cheveux une nouvelle fois.

— Je… Euh… Je vais te laisser finir ton assiette tranquillement, je reviens dans deux minutes.

— Comme tu veux.

Il savoura chaque bouchée de sa *parmigiana*, puis alla déposer son assiette et son verre dans l'évier, comme le lui avait appris sa mère. S'il y avait une chose sur laquelle Camilla Serenghetti était à cheval avec ses fils, c'était bien les règles de savoir-vivre.

Il jeta alors un coup d'œil autour de lui, un peu gêné de le faire pendant que Marisa n'était pas là, mais trop curieux pour pouvoir s'en empêcher.

En sortant de la cuisine, il reprit le couloir en sens

inverse, passant devant la porte de la chambre de Marisa qui était fermée. Il entra dans le vaste séjour et en détailla le mobilier, constitué d'une immense bibliothèque, d'un coin bureau, d'une grande télévision à écran plat, et d'un canapé aux motifs rayés crème et vert pâle. Plusieurs tables basses en bois massif, visiblement anciennes, étaient disposées sur les tapis.

Marisa avait réussi à valoriser les volumes tout en évitant des travaux d'aménagement importants. L'ensemble était harmonieux, chaleureux et féminin.

Il avança jusqu'à la bibliothèque sur laquelle de nombreux cadres photo étaient disposés et tomba sur un portrait de Marisa telle qu'il l'avait connue au lycée. Elle riait et était accoudée à une balustrade. Elle semblait plus naturelle et détendue qu'il ne l'avait jamais vue dans les couloirs de Pershing. La gorge soudain nouée, il se demanda si ce cliché datait d'avant ou d'après l'incident de dernière année.

Il parcourut rapidement quelques rangées de livres. *Perdre les trois derniers kilos*, *Rendre un homme heureux*, *Se remettre d'une infidélité* et, dernier et pas des moindres, *Pourquoi choisit-on toujours les mauvais garçons ?*

Nul besoin d'être grand clerc pour interpréter ses lectures à l'aune du peu qu'il savait de sa vie… Il se demanda s'il était personnellement concerné par le dernier titre ?

Il prit soudain conscience des questionnements profonds qu'elle devait abriter sous des dehors plutôt impassibles. Il avait aussi du mal à concevoir que sa Marisa du lycée puisse douter de son pouvoir de séduire ou satisfaire un homme. Elle semblait essayer de maigrir à tout prix, sans doute pour mieux correspondre aux canons de minceur en vigueur, alors qu'elle était absolument irrésistible, justement avec ses formes.

Quel genre d'hommes avait-elle fréquenté ? Bien sûr, sa relation avec Sal n'avait pas dû encourager son estime personnelle. Pensait-elle réellement que Sal l'avait trompée parce qu'elle n'était pas assez séduisante ? Si elle pouvait avoir accès à un échantillon des fantasmes qu'il nourrissait à son égard, elle serait rapidement détrompée ! Il serait tellement heureux de pouvoir la rassurer quant à son sex-appeal !

Il se retourna en entendant un bruit derrière lui et vit Marisa entrer dans la pièce, les cheveux défaits.

— Tu as une collection de livres intéressante, fit-il remarquer.

Elle rougit et ne répondit pas.

— Sal a un gros complexe, reprit-il. Il aurait voulu être un de ces athlètes qu'il conseille et il voudrait avoir tout ce qu'ils ont. C'est là qu'intervient Vicki. Elle est un trophée, cela n'a rien à voir avec toi.

— Tu voudrais que je ne prenne pas son infidélité de façon trop personnelle, c'est ça ?

— S'il avait été capable d'être un vrai sportif professionnel, il le serait devenu, poursuivit-il sans lui répondre directement.

— On dit aussi que ceux qui ne sont pas capables de faire quelque chose de concret deviennent enseignants, alors que le métier d'enseignant est l'un des métiers les plus...

— Difficiles au monde ! conclut-il à sa place. Je le sais, Marisa. Même si j'étais de ces élèves qui rendent la vie dure aux enseignants.

Elle laissa échapper un petit rire sans joie.

— Je suppose qu'après tout nous étions faits l'un pour l'autre, avec Sal..., murmura-t-elle. Ni l'un ni l'autre n'étions capables de faire réellement ce à quoi nous aspirions.

— Je ne peux pas te laisser dire ça, déclara-t-il en avançant vers elle.

— Bien sûr que si, répondit-elle en s'écartant. Mais tu viens ici, tu goûtes ce que je prépare, tu découvres mes livres, et je ne sais toujours pas ce qui t'amène.

— Ah non ?

— Non.

— En tout cas, tu es une grande cuisinière, affirma-t-il en tentant une nouvelle approche.

— Tu voulais déclarer ta flamme à ma *parmigiana* d'aubergine ?

Il sourit.

— Tout ce que je sais, je l'ai appris de ma mère, précisa-t-elle.

— Tu sais que ma mère présente une émission culinaire sur une chaîne locale et qu'elle est constamment en recherche de nouveaux invités ?

Marisa leva les mains en l'air.

— Oh ! Je n'aime pas du tout ce que tu dis !

— Bien sûr que si ! répliqua-t-il, satisfait d'avoir un motif pour la tourmenter. Je vais être obligé de parader à la soirée de gala de Pershing, tu peux bien faire une apparition à une émission de télévision en retour.

— Nous avons déjà passé un marché. Est-ce que tu veux le renégocier, maintenant ? Il me semble que le chantier du gymnase est un échange suffisant.

— Mais je suis tout disposé à t'offrir quelque chose en échange de ton passage devant les caméras.

— Comme quoi, par exemple ?

— Pourquoi ne reparlerions-nous pas de ces cours de hockey auxquels tu faisais allusion ?

Elle ne répondit pas et soupira.

Il avait marqué un nouveau point. Il aurait été d'accord

pour enseigner aux enfants sans contrepartie, si ce n'était celle d'avoir une raison de plus de la voir.

— Je ne sais pas, murmura-t-elle. Au sujet de l'émission de ta mère. Cela va me demander de me préparer longuement, d'être sûre de la recette… Et puis me coiffer et me maquiller… Et puis c'est ma mère, qui est le vrai cordon-bleu de la famille.

— Eh bien, elle pourrait venir aussi, comme ça, tu te sentirais moins stressée !

— Oh non ! s'exclama-t-elle. Je ne sais pas pourquoi on parle de cela, je n'ai jamais dit que j'étais d'accord !

— C'est une idée brillante, au contraire ! Tu m'as dit que ta mère travaillait dans un grand magasin, au rayon cuisine, en prime ! Nous pourrions faire une opération publicitaire incroyable, tu imagines ? Allez, arrête de tergiverser !

— C'est que j'ai beaucoup de travail en ce moment. Des réunions et des conseils en soirée, le comité pour la levée de fonds. Et puis je dois repeindre ma cuisine avant qu'il ne fasse trop chaud car je n'ai pas d'air conditionné dans mon appartement.

Il jeta un rapide coup d'œil à la cuisine.

— Oui, c'est plutôt rétro…

— Je préfère parler de style vintage !

Il n'était pas tout à fait familier avec ces nuances de style, mais il venait d'avoir une idée…

— Je t'aiderai à peindre, dit-il.

— Ce n'est pas nécessaire, tu sais, ce n'est pas comme si nous sortions vraiment ensemble. Tu es dispensé de ce genre de corvées.

— Il ne s'agit pas de cela, c'est un échange de bons procédés.

— Est-ce que c'était ainsi que tu voyais les choses avec Vicki ? Comme un échange de bons procédés ?

Il eut un semblant de sourire.

— Oh ma belle, il faut vraiment que tu te détendes. Je suis sûr que je peux faire quelque chose pour toi…

— Tu es toujours en train d'essayer de séduire toutes les femmes autour de toi ?

— J'aime les femmes, c'est vrai, il faudrait peut-être que je me soigne, mais pour le moment je suis focalisé sur les enseignantes au caractère bien trempé !

— Je connais un très bon thérapeute, répliqua-t-elle, moqueuse.

— Moi j'ai une bien meilleure idée pour affronter nos manies ou nos phobies…

Avant qu'elle ait eu le temps de répliquer quoi que ce soit, il la prit dans les bras et l'attira tout contre lui.

Marisa resta un instant sidérée, avant de répondre à son baiser. Elle s'accrocha à son cou et glissa les doigts dans ses cheveux.

Un moment auparavant, elle luttait de toutes ses forces contre l'attirance qu'elle éprouvait pour lui, et voilà qu'elle se collait à lui !

Il la serrait fermement, et elle sentait sa langue caresser la sienne. Elle avait aussi envie de le sentir tout contre elle, de sentir son torse contre ses seins tendus par le désir, de sentir son désir à lui. Elle n'arrivait plus à penser, son esprit était embrumé par les sensations.

Lorsqu'il interrompit son baiser, elle soupira, et il se mit à parcourir son cou de ses lèvres, puis remonta vers son oreille. Lorsqu'il en lécha le lobe, elle étouffa un gémissement. Elle avait envie de lui, terriblement envie…

Elle se hissa sur la pointe des pieds pour un nouveau

baiser et sentit l'accoudoir du canapé tout contre sa jambe. Un pas de plus, et ils seraient tous deux allongés dessus.

Il s'écarta, et elle retint son souffle.

— Dis-moi de partir maintenant, sinon il sera trop tard...

— Que se passera-t-il ?

— Tout ce dont j'ai tellement envie, murmura-t-il en plongeant son regard dans le sien.

Sa franchise était très excitante. Il lui sourit et sembla la déshabiller du regard. Elle songea qu'elle portait toujours son tablier à dentelle.

— Je n'aurais pas imaginé tenue plus sexy !

— C'était pour cuisiner ! protesta-t-elle.

— Entre autres, en effet, dit-il en posant les mains sur sa taille et l'attirant tout contre lui pour l'embrasser dans le cou. Tu ne m'as pas demandé de partir...

Elle s'en sentait incapable. Elle essaya une dernière fois de mobiliser sa volonté, mais les mots restèrent coincés dans sa gorge.

— Tu es si belle et si sensuelle, je veux te faire l'amour et entendre mon prénom dans ta bouche lorsque tu crieras de plaisir.

Oh mon Dieu... L'entendre parler ainsi éveilla en elle un trouble inconnu. Il faut dire que le sexe avec Sal n'avait jamais vraiment été un feu d'artifice. Il ne lui avait jamais dit ce genre de choses non plus.

Cole l'enlaça, et ses mains descendirent jusqu'à ses fesses qu'il saisit avant de la soulever.

Elle prit son visage entre ses mains et l'embrassa à nouveau.

— Allons sur ton lit, dit-il entre deux baisers. Bien que ton canapé doive suffire.

— Hum, marmonna-t-elle.

Il dut interpréter cela comme une réponse positive, car l'instant d'après il l'allongeait sur le canapé.

Il glissa une main sous son T-shirt et lui caressa un sein, l'entourant d'abord de sa large paume, avant de se concentrer sur sa pointe, déjà particulièrement sensible. Il embrassa et goûta la peau de son cou, descendit jusqu'au creux de son épaule, avant de saisir son T-shirt pour le lui enlever. Elle se redressa pour l'aider.

Le regard de Cole se posa sur sa poitrine mise en valeur par un soutien-gorge en dentelle, et elle dut faire un effort pour ne pas se couvrir. Elle s'était toujours sentie gênée par sa poitrine généreuse et, très jeune, avait fait son possible pour la dissimuler sous des vêtements amples.

— Tu es encore plus belle que dans mon souvenir, sussura-t-il.

Il se pencha vers un de ses seins et, sans ôter le soutien-gorge, en saisit délicatement la pointe entre les dents avant de l'entourer de ses lèvres.

Le désir était à son comble, elle avait envie de lui, tout de suite, et elle avait l'impression qu'elle ne résisterait pas plus de quelques secondes, alors qu'il avait seulement caressé son sein !

Lorsqu'il releva la tête, il souffla doucement sur son téton tendu, et le tissu humide se colla contre sa peau. La sensation était irrésistible. Elle eut l'impression que son sein se tendait encore plus, et elle pressentit qu'elle pourrait atteindre l'orgasme sans même qu'il effleure une autre partie de son corps !

Il dégrafa finalement son soutien-gorge et le lui enleva, avant de reprendre son mamelon entre ses lèvres. Il ouvrit grand la bouche, comme pour en avaler la plus grande bouchée possible, puis sa langue entra en action, lapant, léchant, tourbillonnant autour de son téton.

Elle entoura sa tête et le maintint fermement contre elle. Il semblait prendre tout son temps. Elle se rappela avoir tenu sa tête ainsi contre sa poitrine, près de quinze ans plus tôt... Entre-temps, il était devenu un homme plus fort, plus sûr de lui, plus expérimenté. Elle regarda la cicatrice, ligne nette sur son visage. Elle sentait sa barbe de deux jours contre sa peau, entre irritation et plaisir à chacun de ses mouvements.

Il passa à l'autre sein, et elle s'accrocha à lui comme à une bouée tandis qu'elle renversait la tête en arrière et fermait les paupières. Le monde n'existait plus. Ne restaient que Cole et ses caresses, dont l'intensité semblait croître à chaque instant.

Il releva la tête à ce moment-là, le souffle court.

— Qu'est-ce que tu veux, Marisa ?

Elle rouvrit les yeux et redressa la tête.

— Tu le sais très bien.

— Je veux te l'entendre dire.

— Toi. Je te veux toi.

Il lui offrit un sourire plein de promesses.

— Certaines choses ne changent jamais, ma belle, je suis incapable de te résister.

Elle prit ses mains et les guida jusqu'à ses seins.

— Marisa, oh Marisa..., murmura-t-il d'une voix rauque.

Elle fondait. Le plaisir visible que Cole prenait à découvrir son corps était comme un baume pour son cœur meurtri. Jamais elle ne s'était sentie désirée ainsi...

Il repoussa doucement ses épaules pour l'inciter à s'allonger, et elle s'exécuta, laissant ses jambes reposer sur l'accoudoir, les pieds dans le vide. Ses mules tombèrent sur le tapis avec un bruit étouffé.

Il releva son tablier et fit glisser d'un mouvement fluide

son short le long de ses jambes. Il caressa ses cuisses, et elle perçut la peau épaisse de ses paumes contre sa peau délicate.

— Ah Marisa, dit-il en écartant d'un doigt sa petite culotte avant de passer son pouce, puis le reste de la main sous le fin tissu ajouré.

Tandis qu'il glissait un doigt en elle, il chercha du pouce son point sensible.

Elle retint son souffle.

— Qu'est-ce que tu fais ?

— À ton avis ? demanda-t-il, sans la quitter des yeux. Tu n'en reviendras pas, ma belle !

— Je n'en reviendrai pas ? répéta-t-elle avant de perdre la voix.

Elle s'abandonna aux sensations que lui procuraient les doigts habiles de Cole, et en quelques secondes le plaisir la submergeait et l'emportait en vagues convulsives. Elle eut l'impression que cet orgasme était le fruit de quinze longues années d'attente frustrée.

Il lui fallut plusieurs minutes avant de songer que, si elle avait trouvé le plaisir si longtemps attendu, Cole, de son côté, n'avait toujours rien reçu de sa part. La respiration haletante, elle chercha son regard et y lut l'intensité de son trouble.

— Oui, dit-il, ce sera encore meilleur qu'avant.

Meilleur qu'avant...

Elle crut entendre frapper un coup, mais perdue dans un brouillard de sensations il lui fallut quelques secondes pour réagir. Tout à coup, elle se figea.

Cole s'immobilisa lui aussi, lui confirmant qu'il y avait bien eu quelque chose.

Elle perçut un bruit de clé, et le verrou tourna.

Elle planta ses yeux grands ouverts dans ceux de Cole.

L'instant d'après elle sautait du canapé, cherchant dans la panique de quoi se couvrir tandis qu'il lui tendait son short qu'elle n'eut que le temps de cacher sous le coussin du fauteuil, avant de rabattre son tablier.

— Marisa ? Marisa, tu es là ?

Serafina apparut sur le seuil du séjour, et Marisa songea qu'elle venait de gagner un prix pour *La situation la plus embarrassante jamais vécue chez soi.*

Serafina s'immobilisa.

— Oh… Bonjour…

Marisa pria pour que son visage ne la trahisse pas davantage.

— Ah. Salut Sera. Je ne savais pas que tu devais passer !

— J'avais laissé quelques affaires, et comme j'avais toujours ton double j'ai pensé que je pouvais m'arrêter, vu que je passais juste devant chez toi. J'ai frappé, pourtant.

On aurait dit qu'elles faisaient comme si un gaillard de près d'un mètre quatre-vingt-cinq ne se trouvait pas dans un coin de la pièce avec elles.

Marisa jeta un rapide coup d'œil à Cole. Il s'était réfugié derrière un fauteuil qui le masquait partiellement. Elle n'avait pas cette chance et espérait que son tablier suffisait à couvrir un peu ses jambes nues, et sa petite culotte.

— Sera, tu connais Cole Serenghetti, je crois ? dit-elle de sa voix la plus naturelle possible.

Le regard de sa cousine tourna vers lui.

— J'avais cru vous reconnaître, en effet.

— Ravie de rencontrer une cousine de Marisa.

Serafina hocha la tête.

— Je vais aller chercher mes affaires, dit-elle. J'ai laissé des appareils ménagers dans la cuisine.

— Bien sûr, je t'en prie ! lança Marisa.

Lorsque sa cousine s'engagea dans le couloir, elle

soupira de soulagement. Cole saisit son short et le lui envoya. Elle l'enfila aussitôt, sans oser croiser son regard.

— Je vais y aller, annonça-t-il. Inutile de me raccompagner.

— Nous n'aurions pas dû faire ça, murmura-t-elle.

Rien n'avait changé. Il la séduisait aussi facilement qu'à l'époque. Elle était à sa disposition, aussitôt qu'il claquait des doigts.

Il se passa la main dans les cheveux.

— Tu peux te débarrasser de ces livres, dit-il avec un signe de tête en direction de son étagère. Tu n'en as pas besoin.

Elle le fixa. C'était le genre de compliments dont Cole était coutumier. Sardonique, mais bienveillant sans en avoir l'air.

— Je te tiendrai au courant pour l'émission, ajouta-t-il avant de lui adresser un dernier regard, puis de quitter la pièce.

Elle entendit la porte se refermer. Elle inspira profondément et se dirigea vers la cuisine où elle retrouva Serafina, ouvrant et fermant les portes des placards.

— Il me semble pourtant que mon mixer était quelque part par là, marmonna cette dernière.

— Tu as regardé au-dessus des plaques ?

Serafina se retourna et la détailla des pieds à la tête.

— Eh bien, tu sembles finalement visible ! s'exclama-t-elle, narquoise.

— Cole est passé parce que nous devions discuter de détails au sujet de Pershing, et puis il m'a dit que sa mère cherchait des invités à son émission de cuisine. J'essaie de le convaincre d'ouvrir un cours de hockey et…

— Et vous avez discuté de tout cela en sous-vêtements ? demanda Serafina d'un air innocent.

Marisa rougit jusqu'aux oreilles.

Serafina haussa un sourcil.

— Il faut avouer qu'il est sexy, en tout cas, fit-elle remarquer. Et contrairement à son frère il n'a pas la réputation de passer d'une femme à l'autre comme s'il devait diffuser la bonne parole !

— Je…

— Il te faut un garde du corps. Visiblement, ni l'un ni l'autre n'êtes capables de vous tenir ! En tous les cas, il semble t'avoir pardonné, depuis le lycée.

— Ce n'est pas ce que tu crois…

Serafina n'avait pas encore entendu parler du baiser au Puck & Shoot, sinon elle y aurait fait allusion.

— Ce n'est pas ce que je crois ? Waouh, alors ce n'est pas d'un garde du corps que tu as besoin, mais d'un psy ! Je peux t'en recommander si tu veux.

Marisa soupira.

— Allez, Sera !

— En tout cas, il y a quelque chose entre vous, c'est une évidence.

— Non, ce n'est pas ça, affirma-t-elle sans conviction.

— Mais s'il te propose de participer à l'émission de sa mère, c'est que c'est du sérieux !

— C'est simplement une émission, ce n'est pas une invitation dans sa famille !

— Si tu le dis… Faites attention que le passé ne vous rattrape pas, c'est tout ce que je peux dire.

— Je le sais.

— Dans ce cas, c'est une affaire entendue.

— C'est un peu plus compliqué que cela, en fait.

Sa cousine sursauta.

— Ah bon ?

— Eh bien, nous prétendons être en couple…

— Ce n'est pas une complication, c'est n'importe quoi !

— Vraiment, Sera, nous faisons *croire* que nous sommes ensemble, mais ce n'est pas le cas.

— Tu veux dire que vous étiez en train de faire *semblant*, quand je suis arrivée ?

— Non… En fait, si ! Ce que je veux dire, c'est que notre relation n'est pas sérieuse.

Elle raconta à sa cousine ce qui s'était passé au Puck & Shoot, précisant les tenants de son accord avec Cole, le temps que la levée de fonds ait lieu pour le gymnase de Pershing. Tout en décrivant la situation, elle songea qu'il faudrait qu'elle pense, à l'avenir, à définir la frontière entre ce qui était sérieux et ce qui ne l'était pas.

Lorsqu'elle eut terminé, Serafina la regarda un long moment, l'air un peu inquiet.

— Marisa, je ne voudrais pas que tu souffres encore comme tu as pu souffrir par le passé.

— Je n'ai plus quinze ans.

— Non, mais Cole a quinze ans de plus et c'est un séducteur, il risque de ne faire de toi qu'une bouchée ! Et puis toi, tu travailles ici, tu as une réputation à tenir.

— Je lui ai dit qu'il ne pouvait y avoir quelque chose entre nous. Je lui ai même parlé de l'historique des Danieli avec des athlètes.

— Si c'est la raison derrière laquelle tu as choisi de te retrancher, tu sais qu'il est retraité du sport professionnel ?

— Oui, mais ce qu'il fait en ce moment au sein de l'entreprise familiale ne durera pas, c'est simplement une transition.

— Eh bien tu risques de devenir la transition pendant la transition. Alors, fais attention.

Marisa leva les yeux au ciel et ne répondit pas.

- 8 -

Marisa avait connu des moments difficiles dans la vie. Alors qu'elle n'était qu'une enfant, plusieurs fois elle s'était retrouvée à deux doigts de faire les poubelles en quête de nourriture. Mais rencontrer la famille de Cole dans le cadre d'une émission de télévision présentée par Mme Serenghetti mère, alors que la rumeur de sa relation avec Cole était en train d'être propagée comme une traînée de poudre atteignait un niveau d'embarras des plus élevés.

— Détends-toi, dit Cole en déposant un léger baiser sur sa joue alors qu'elle montait sur le plateau. Tout va bien se passer.

— Pourquoi est-ce que Jordan me regarde comme ça ? demanda-t-elle à mi-voix.

Cole se tourna vers le siège occupé par son frère dans le public.

— On ne peut pas dire que la situation soit banale, il s'en amuse, c'est tout, répondit-il en jetant un regard noir à son frère. Je lui ferai passer l'envie de plaisanter la prochaine fois que je le retrouverai sur le ring !

Marisa se retourna et fit mine de descendre du plateau.

— Je rentre chez moi. Je ne me sens pas capable de faire cela !

Il la retint par le bras.

— Bien sûr que tu en es capable !

— Cole, mon chéri, je t'en prie, présente-nous !

Marisa sursauta et se tourna vers Camilla Serenghetti qui venait à leur rencontre.

Trop tard…

Il était facile de deviner le lien de parenté entre Cole et sa mère. Même couleur de cheveux, mêmes yeux. Marisa n'avait jamais rencontré les parents de Cole pendant leurs années à Pershing, mais elle les avait entrevus sur les gradins des patinoires lors des matchs de hockey.

— Soit elle a le pardon facile, chuchota-t-elle à Cole, soit elle est tellement heureuse de te voir en couple qu'elle est prête à passer sur tout le reste…

Il sourit.

— Tu pourras tirer tes propres conclusions, ma belle !

— Laisse-moi deviner… Mère italienne, pas de petits-enfants…

— Elle ne sait pas quel a été ton rôle dans ma suspension, précisa-t-il à voix basse. Et j'ai gardé secrets la plupart de mes émois adolescents.

Elle lui adressa un regard interrogateur.

— Tu veux dire qu'elle ne sait pas que nous…

— Avons testé la qualité du canapé du département de théâtre ? dit-il en arquant les sourcils. Non.

Elle rougit.

Pauvre Mme Serenghetti ! D'abord, Marisa avait fait renvoyer son fils du lycée, et voilà qu'elle l'avait incité à prétendre qu'ils étaient en couple. Elle avait du mal à la regarder en face, même si cette dernière était censée ignorer ces points-là.

— Tu vas voir ce que tu vas voir, murmura Cole, quand sa mère arrivait à leur hauteur.

Marisa ouvrit de grands yeux alors qu'il affichait son plus beau sourire pour sa mère.

124

— Maman, je te présente Marisa, qui cuisine une *parmigiana* d'aubergine qui rivalise avec la tienne !

Marisa inspira profondément. Bien, bien, bien.

— J'ai tout appris de ma mère…, expliqua-t-elle.

— C'est merveilleux ! s'exclama Camilla. Je suis si heureuse qu'elle participe elle aussi à mon émission !

— Elle ne va plus tarder. Ma mère regarde votre émission, vous savez, madame Serenghetti. En fait, nous la regardons toutes les deux.

Elle évitait de croiser le regard de Cole, mais sentait le rouge lui monter aux joues. Elle n'aurait jamais osé lui dire qu'elle avait cherché à obtenir de ses nouvelles au fil des ans, et qu'elle avait fini par trouver cette émission, *Saveurs d'Italie*, présentée par sa mère, qu'elle avait regardée par pure curiosité au départ, avant d'y prendre goût.

— Je vous en prie, appelez-moi « Camilla ». Cela fait tellement longtemps que j'essaie de convaincre Cole et Jordan de refaire une apparition dans mon émission.

Marisa se tourna vers Cole, surprise. Il y avait donc participé au moins une fois. Comment avait-elle pu rater cette émission ? Cela devait être lors des premières diffusions. Étrangement, elle était déçue de ne l'avoir pas vue.

— Tu ne veux pas participer à l'émission de ta mère ? lança-t-elle.

Cole fronça les sourcils.

— Je ne peux tout de même pas être sur tous les fronts en même temps !

Oui, bien sûr, son entreprise lui demandait beaucoup de travail.

— Vous habitez Welsdale, Marisa ?

— Oui, je possède un appartement sur Chestnut Street.

— Vous vivez seule ?

— Ma cousine Serafina était ma colocataire jusqu'à il y a peu.

— Pour ma mère, vivre seul est une sorte de calamité, précisa Cole devant la mine déconcertée de sa mère. Lorsque nous étions enfants, nous avions toujours des membres de la famille installés chez nous pour des durées plus ou moins définies.

— Tu ne crois pas si bien dire, *caro* ! D'ailleurs, ta cousine Allegra viendra avec sa famille à l'automne. Maintenant que les enfants sont partis, j'ai de la place, précisa Camilla en se tournant vers Marisa.

Marisa n'eut pas besoin de répondre et alla à la rencontre de sa mère qui arrivait.

— Maman, laisse-moi te présenter Camilla Serenghetti. Et ses fils, dit-elle en se tournant vers Cole et Jordan à tour de rôle.

— Tu n'as pas parlé de moi à ta mère ? murmura Cole à son oreille.

— Arrête ! répondit-elle à voix basse.

— Intéressant… C'est la première fois que tu me demandes de m'arrêter, fit-il remarquer d'un ton moqueur.

— Arr…, commença-t-elle avant de se reprendre. Ça te plaît, n'est-ce pas ?

— Il y a beaucoup de choses qui me plaisent, avec toi…

Marisa se sentit rougir de plus belle. Heureusement, leurs mères étaient trop occupées à faire connaissance pour prêter attention à leurs messes basses.

Elle songeait à ce qu'ils avaient fait chez elle, dans ce qui devenait le canapé n° 2, tandis que le canapé n° 1 se trouvait toujours à Pershing. D'ailleurs, à chaque fois que des élèves du cours de théâtre avaient utilisé le n° 1 dans une mise en scène, elle sortait de la salle sans la moindre idée de l'intrigue qui s'était déroulée sur scène, tant les souvenirs et les sensations la submergeaient.

Et voilà que Cole était d'humeur séductrice à nouveau, même s'il était parfaitement inenvisageable pour eux de tester le canapé qui servait de décor à l'émission de sa mère !

Elle se retint de rire à cette pensée et aux images qui naissaient dans son esprit.

Camilla et sa mère étaient engagées dans une vive discussion pour savoir si elles prépareraient une *tiella*, à base de fruits de mer et de pommes de terre, ou plutôt une *calzone di cipolla*, une recette de tarte à l'oignon originaire des Pouilles tout comme la famille de Marisa.

— La *calzone* est une recette traditionnelle au moment des fêtes de Noël, expliquait Donna, un peu comme le *plum-pudding* en Angleterre, mais comme l'émission sera diffusée au printemps je pense que la *tiella* sera plus adaptée.

— Donna, *cara*, *siamo d'accordo* !

L'enthousiasme de la mère de Cole était visible quelle que soit la langue dans laquelle elle s'exprimait.

Quand est-ce que leurs mères avaient sympathisé au point de se parler comme deux vieilles amies ?

— Vous serez *perfetta* à l'image, très chère Donna. Vous et votre *bellissima* Marisa, d'ailleurs.

— Je suis si heureuse de participer à votre émission, Camilla, répondit Donna avec enthousiasme. Marisa aussi d'ailleurs. Elle a toujours adoré cuisiner, depuis qu'elle est petite fille !

— Cole, lui, a toujours aimé manger ! répliqua Camilla avec un large sourire.

— C'était un sujet de préoccupation pour moi, au

contraire, car Marisa est née prématurée et j'ai passé de nombreux mois à m'inquiéter de sa prise de poids.

Marisa se mordit les lèvres.

— Oh ! Maman, je t'en prie, pas cette histoire encore !

Sa mère avait la fâcheuse habitude de raconter avec force détails les anecdotes de sa petite enfance.

— Je l'avais surnommée « l'oisillon » !

— Cole pesait quatre kilos à la naissance, j'aime autant vous dire que ça a été une naissance éprouvante, raconta Camilla, à son tour.

— Je me demande pourquoi on n'a pas parlé de tous ces détails lorsqu'on s'est rencontrés, dit Cole à mi-voix à l'attention de Marisa.

— Sans doute parce que tu étais sous le charme de mon tablier en dentelle ? répliqua-t-elle sur le même ton.

Un sourire appréciateur monta aux lèvres de Cole.

— Ah oui, je dois avouer que c'était là une sacrée distraction !

— Ta mère est un phénomène.

— Oui, on n'y croirait pas si on ne la voyait pas en chair et en os, elle est faite pour la télévision !

Comme si elle devinait que l'on parlait d'elle, Camilla s'avança vers eux.

— Marisa, *bella*, vous serez des nôtres pour la fête dans quinze jours, n'est-ce pas ?

Une fête ? Quelle fête ?

— Eh bien, euh… Certainement ! répondit-elle, sans bien savoir à quoi elle s'engageait.

— Quel dommage que votre mère ne puisse pas être présente, elle est déjà invitée à un mariage.

— La fille du cousin de Ted se marie, expliqua Donna à Marisa qui lui adressait un regard interrogateur.

— Oui, bien sûr ! dit-elle en prenant conscience du fait

qu'elle allait se retrouver seule en pleine fête de famille chez les Serenghetti.

— *Grazie per l'invito*, Camilla, dit Donna. Une prochaine fois, j'espère.

— Ta mère parle italien ? questionna Cole.

— Oui, elle a grandi dans une famille où l'on parlait italien à la maison, répondit Marisa.

— Cole aussi parle italien, nous allions *en vacanze in Italia* quand il était enfant.

Marisa se dit que c'était sans doute pour cela qu'il n'était pas en cours d'italien à Pershing avec elle.

— Et vous, Marisa, vous parlez *italiano* ?

— *Abbastanza*.

Camilla joignit ses mains, visiblement ravie.

— Elle parle italien, quelle merveille ! s'exclama-t-elle en regardant Cole avec insistance.

Marisa se retint de lever les yeux au ciel. Camilla était en train d'évaluer le pedigree de sa potentielle belle-fille…

Heureusement pour elle, le producteur les rejoignit à cet instant et interrompit cette conversation qui promettait de se révéler embarrassante très bientôt. Une fois les détails de leur intervention dans l'émission en tant qu'invitées exposés, Marisa se dirigea vers la sortie.

Mais Cole se glissa devant la porte, juste avant qu'elle tende la main vers la poignée.

— Qu'est-ce que tu fais ce week-end ? s'enquit-il.

— Pourquoi tu me demandes ça ?

— Je vais organiser la première réunion au sujet de ces cours de hockey dont tu m'as parlé. Il se pourrait même que j'arrive à créer une véritable école, soit dit en passant. Mais je ne compte pas pour autant passer tout mon week-end avec des gamins.

— Tu es vraiment sûr de vouloir te lancer comme professeur ?

— On verra. En tous les cas, j'ai parlé de toi pour donner des cours d'économie du sport.

— *Économie du sport* ? Mais je n'ai jamais fait cela !

— Tu étais plutôt brillante au lycée, pourtant.

— Parce que tu crois que tu étais capable d'en juger, à l'époque ? répliqua-t-elle en riant.

— Nous n'étions concentrés ni l'un ni l'autre, c'est vrai, mais je ne vais pas m'excuser d'avoir été une distraction pour toi. À ce propos, que dirais-tu de dîner chez Agosto, ce samedi vers 19 heures ?

— Je ne peux pas, ce week-end, je repeins ma cuisine !

— Tu te moques de moi ?

— Pas le moins du monde !

— On a déjà refusé mes invitations par le passé, mais jamais on n'avait prétexté avoir une cuisine à repeindre ! s'exclama-t-il.

— Notre relation n'est faite que de premières fois, mon cher !

De toutes les premières fois, d'ailleurs. Il avait été son premier amant, pour commencer. À voir son expression, elle n'était pas la seule à faire le lien avec cela…

— Hum, toi, moi, un pot de peinture, je n'imagine rien de plus sexy…, murmura-t-il.

Elle leva les yeux au ciel pour masquer le frisson que lui procuraient ses mots. Depuis l'évocation d'un dîner romantique dans un restaurant chic, jusqu'à des images inavouables de corps nus maculés de peinture !

— J'espère que tu as choisi une couleur chaude…, poursuivit-il.

— J'avoue que je n'ai jamais imaginé que le monde du bâtiment puisse être sexy, mais je me rends compte que je faisais fausse route. Je vois que le simple choix d'une peinture peut se révéler des plus torrides !

— Si tu veux bien m'inviter, je suis prêt à te montrer tout ce qui peut se révéler torride entre nous.

— J'avais prévu de repeindre ma cuisine en solitaire, figure-toi.

— Pourquoi t'embêter à faire ça toute seule, quand tu disposes d'un ouvrier sexy prêt à t'y aider ? Et très… *compétent*, qui plus est.

Elle commençait à avoir vraiment chaud. Cole, lui, restait imperturbable, alors qu'elle avait déjà le souffle court.

— Je n'ai pas les moyens de faire appel à un professionnel ! rétorqua-t-elle.

— Pour toi, ma belle, je suis disposé à travailler gratuitement.

— Ma cuisine est toute petite et pas très agréable.

— Il suffira d'y mettre un peu de couleur.

— J'ai prévu de repeindre les placards en jaune.

Il se retint de rire.

— J'aurais dû m'en douter, tu avais vraiment prévu de peindre ?

— J'ai déjà acheté les pots de peinture.

— Génial ! Quand commence-t-on ?

— Samedi de bon matin, répondit-elle en espérant encore le décourager.

— Je serai là à 8 heures.

Lorsque Marisa ouvrit la porte de son appartement, samedi matin, Cole lui tendit un plateau avec deux tasses de café et brandit de l'autre main un sachet en papier kraft.

— Des donuts, un indispensable des ouvriers du bâtiment !

— Merci beaucoup, répondit-elle en prenant le plateau avant de l'inviter à entrer.

Son cœur s'était mis à battre de façon accélérée dès qu'il avait frappé à la porte. Elle le détailla discrètement. Il était si grand, solide et masculin, et tellement attirant… Interdit, mais attirant. Son bleu de travail maculé de peinture lui allait vraiment bien, avec ses chaussures de chantier et sa chemise en flanelle ouverte sur un fin T-shirt blanc.

Elle portait un haut vert avec un vieux survêtement gris. Elle avait relevé ses cheveux en une simple queue-de-cheval et avait du mal à se présenter devant lui sans maquillage ni bijoux, alors que sa présence réveillait des sensations prohibées. Elle avait déjà trop chaud, alors qu'ils n'avaient pas encore attaqué les choses sérieuses. Les images de leur dernière rencontre sur son canapé ne cessaient de lui revenir à l'esprit et de parasiter ses pensées.

— Allons prendre le café dans le salon, proposa-t-elle. Ma cuisine est déjà vidée.

Elle posa le plateau sur la table basse en même temps que lui le sachet de donuts. Leurs mains s'effleurèrent, et leurs regards se croisèrent.

Il se pencha et effleura sa bouche de ses lèvres.

— Je pensais que nous nous en tiendrions au prétexte de repeindre ma cuisine au moins jusqu'à 9 heures, dit-elle en baissant les yeux.

— Je ne suis pas certain d'avoir cette endurance-là, pour tout te dire… Et quoi de mieux pour commencer la journée ? Je peux te garantir que mes talents de peintre n'en seront que décuplés, répliqua-t-il, les yeux brillants.

Elle laissa échapper un petit rire. Elle était un peu nerveuse. Et terriblement tentée… Mais ce n'était pas raisonnable. Il était assez difficile de résister à pareille

tentation quand un homme aussi sexy que Cole lui déclarait sa flamme alors qu'elle était habillée comme un sac !

Il avança d'un pas et prit son visage entre ses mains.
Ses doigts se glissèrent dans ses cheveux et défirent sa
queue-de-cheval. Le regard fixé sur sa bouche, il murmura :

— Tu sais, il m'arrivait de t'observer en douce, quand
tu préparais nos exposés en économie. J'aimais tellement
te regarder.

— Vraiment ? bredouilla-t-elle, le souffle court.

Il hocha la tête et l'embrassa légèrement.

— Je voyais bien que tu me regardais parfois…,
avoua-t-elle. Au point de me demander si je n'avais pas
quelque chose sur le visage pour que tu me fixes ainsi.

Il plissa légèrement les yeux.

— Marisa ?

— Oui ?

— Les adolescents de sexe masculin ne pensent
généralement qu'à une seule chose, et cela n'a rien à voir
avec une tache sur le visage !

— Oh ! Et à quoi penses-tu, maintenant ? lança-t-elle
en ayant déjà une idée assez claire de ce dont il pouvait
s'agir.

— À ça ! répondit-il en l'embrassant plus fougueu-
sement cette fois.

Du bout de la langue, il suivit la ligne de ses lèvres
avant de se glisser dans sa bouche. Elle inspira et reconnut
son odeur masculine, chaude et profonde, et elle accueillit
sa langue en se plaquant contre son corps. La puissance
de son baiser s'insinua en elle.

Elle suivit son mouvement, s'abandonnant à son tempo,
jusqu'à ressentir une délicieuse langueur, comme une sorte
d'ivresse. Lorsqu'il s'écarta et interrompit son baiser, elle
inclina la tête et laissa son front reposer contre ses lèvres.

Il posa les mains sur sa taille puis les glissa sous son T-shirt. Il caressa son dos, remontant doucement pour détacher son soutien-gorge d'un geste précis.

Elle sentit ses seins libérés s'épanouir contre son torse alors qu'il relevait la tête.

— Marisa, murmura-t-il.

— Oui ?

— J'ai rêvé de tes seins…

— Quand ?

— Ces derniers temps. Au lycée. Toujours.

— Ah bon ?

Il saisit son T-shirt et le fit passer par-dessus sa tête. Baissant le regard, il soupira.

— Tu as toujours les plus beaux seins que j'aie jamais vus, tu sais ?

— Qui aurait dit qu'une prof de lettres serait ton fantasme ? répliqua-t-elle, ironique.

— Sexy Danieli. Tu es à la hauteur de ton surnom.

— *Quoi ?*

— Tu n'étais pas au courant ? C'était ton surnom dans les vestiaires de la patinoire. Nous regrettions tous que tu caches ta poitrine derrière tes piles de livres…

Elle ouvrit de grands yeux.

— Dis-moi que c'est une plaisanterie !

Il lui adressa un petit sourire en coin.

— Pas vraiment, non. Tu sais bien que l'imagination des garçons de cet âge n'a aucune limite ! dit-il en baissant à nouveau les yeux vers sa poitrine dénudée. Sauf qu'en l'occurrence elle était encore en dessous de la réalité !

— Je ne me suis jamais figuré que l'on puisse parler de moi dans les vestiaires de la patinoire !

— Oh ! Je peux t'assurer que si, et plus souvent que tu ne le présumes !

— Vous donniez des surnoms à tout le monde ?

Elle n'arrivait pas à croire ce qu'elle entendait, elle qui avait toujours supposé être passée inaperçue pendant ces années-là. Jusqu'au malheureux incident qui avait mené à l'exclusion de Cole, tout au moins.

Cole haussa les épaules.

— En tous les cas, tu as pu avoir une idée très précise au sujet de mes seins un peu plus tard…, reprit-elle. Je te suis reconnaissante que tu n'aies pas diffusé de bulletin d'information à ce sujet dans tous les vestiaires.

— À partir de ce moment-là, je ne te voyais plus que comme ma petite Lolita personnelle. La fille pour qui j'avais secrètement craqué et qui m'avait trahi.

— Et maintenant ? demanda-t-elle, curieuse bien qu'un peu sur la défensive. Est-ce que je ne suis plus qu'un objet de fantasme sexuel avec une paire de seins à ton goût ?

Il plongea son regard dans le sien.

— Maintenant, tu es la femme qui occupe mes pensées. Je te désire. Je veux te faire l'amour, Marisa.

Il lui tendit la main, et elle se sentit frémir. Hésitante, elle posa sa main dans la sienne. Pour être honnête, elle avait pensé à cet instant depuis qu'il s'était porté volontaire pour l'aider à peindre. La dernière fois qu'ils s'étaient retrouvés seuls dans son appartement, ils avaient fini enlacés sur son canapé jusqu'à l'arrivée impromptue de Serafina. Elle aurait pu refuser qu'il vienne ou tout faire pour que cela ne se reproduise pas mais, dans les secrets de son cœur, elle ne pouvait nier qu'elle n'avait jamais vraiment cessé de le désirer, comme si leur histoire lui avait laissé un goût d'inachevé.

Il jeta quelques coussins sur le sol et s'agenouilla face à elle sur cette couche improvisée, puis l'enlaça doucement d'un bras avant de l'embrasser, tout en caressant sa poitrine de l'autre main.

Elle poussa un soupir, tandis que s'évanouissaient ses derniers scrupules. Elle sentait les doigts de Cole qui effleuraient la pointe de son sein, faisant naître des sensations merveilleuses dans tout son corps.

— Oh Cole…, murmura-t-elle en enfouissant les doigts dans ses cheveux. S'il te plaît…

— Oui ? demanda-t-il le souffle court.

— Continue, encore…

— Oui.

Elle s'allongea sur les oreillers, tandis qu'il enlevait sa chemise et son T-shirt.

Elle poussa un soupir. Il était sacrément bâti, bien plus massif et carré qu'à l'époque du lycée. Et tellement musclé. Il avait peut-être quitté les patinoires profession-nelles, mais il semblait toujours en condition physique exceptionnelle. Ses abdominaux sculptés, ses muscles saillants… Elle l'avait deviné sur le ring lors de sa visite, mais une fois dévêtu c'était encore plus spectaculaire.

Il la dévorait du regard avec gourmandise. Il saisit sa culotte et la fit descendre sur ses jambes, avant de s'arrêter à ses chevilles pour enlever du même geste ses baskets en toile et ses socquettes.

Il déposa tout cela à côté d'eux et se retourna vers elle, caressant sa cuisse avant de saisir sa jambe et de la plier légèrement pour aller embrasser le creux de son genou.

— Tu es si belle… Tu sais que ton corps est fait pour l'amour, ma belle ?

Elle avait aspiré à ce moment tant de fois…

Cole, lui, semblait disposé à profiter de chaque seconde. Il se leva pour retirer ses chaussures avant de se débarrasser du reste de ses vêtements. Lorsqu'elle tendit les bras vers lui, il revint aussitôt tout contre elle.

Il prit sa bouche dans la sienne tandis qu'elle caressait avidement ses bras, pour sentir chaque relief de ses muscles sous ses doigts. C'est alors qu'elle sentit son sexe tendu se glisser entre ses cuisses.

Combien de fois par le passé avait-elle rejoué mentalement leur unique étreinte ? En fait, elle n'avait jamais vraiment réussi à le chasser de son esprit…

Lorsqu'il releva la tête, elle effleura sa joue.

— Tu m'as parlé de la blessure qui t'a valu de cesser ta carrière professionnelle, mais je ne sais pas comment tu t'es fait cette cicatrice.

Il eut un regard frondeur.

— C'est assez simple. Il a suffi d'une rencontre fortuite entre la lame d'un patin et mon visage.

Elle fronça les sourcils et suivit du doigt la longue ligne claire qui divisait en deux son profil.

— Tu n'as jamais pensé à te faire opérer pour l'effacer un peu ?

— Certainement pas ! Je ne veux pas être abîmé par un chirurgien esthétique.

Elle se redressa et déposa de légers baisers sur la marque laissée par sa blessure. Lorsqu'elle s'écarta, il la fixait d'un air grave.

— Ah, Marisa, dit-il dans un souffle, c'était… vraiment très agréable.

— N'importe quelle femme serait prête à mourir pour entendre tes compliments sur leur corps. La plupart des femmes pourraient mourir pour t'avoir tout court, quand on y pense !

Il esquissa un petit sourire.

— J'ai rêvé si souvent de ce que nous aurions pu faire

si nous avions continué à nous voir au lycée, dit-il. J'avais une liste entière de choses que je voulais expérimenter ou améliorer avec toi.

— Vraiment ?

— Vraiment. J'ai quelques idées très claires en tête, d'ailleurs…

Elle soupira, songeuse, et il caressa ses bras doucement, du bout des doigts.

— Ferme les yeux, Marisa. Laisse-toi aller aux sensations, murmura-t-il.

Lorsqu'elle eut fermé les yeux, il la fit tourner sur le ventre et se mit à lui masser le dos, dénouant ses muscles tendus. Progressivement, elle sortit de l'état d'excitation purement sexuelle qui l'habitait pour atteindre un bien-être profond de son corps et de son âme.

Cole vint l'embrasser, et elle se retourna. Il descendit alors le long de son cou, puis jusqu'à la pointe d'un de ses seins qu'il lécha avant de s'écarter pour souffler délicatement dessus, puis le reprit dans sa bouche. Lorsqu'elle se redressa, il lui fit signe de rester silencieuse et de se laisser faire, l'apaisant de ses caresses. Il passa alors à son deuxième sein et le prit dans sa bouche à son tour.

Emportée par des sensations inédites, elle l'attira contre sa poitrine en enlaçant sa tête. Elle avait l'impression que le rêve se mêlait à la réalité. Cole était là, ils étaient en train de faire l'amour. Combien de fois avait-elle rêvé de cet instant ? Elle retrouvait ses fantasmes, mais la réalité était tellement au-delà de tout ce qu'elle avait pu imaginer !

Il était devenu un homme sûr de lui, confiant dans sa capacité à la satisfaire. La version mâle de l'adolescent qu'elle avait connu.

— Nous n'utiliserons donc jamais un vrai lit ? murmura-t-elle.

Cole sourit.

— Chaque chose en son temps. Sans oublier ta cuisine, bien entendu, c'est ce qui m'amène ici, après tout !

Elle rouvrit les yeux.

— Ma cuisine ?

— Ah, Marisa…

Il descendit et déposa un baiser sur chacune de ses cuisses avant de se couler délicatement entre ses jambes pour presser ses lèvres au creux de son intimité brûlante de désir. Il la découvrit avec sa bouche avant d'y insinuer la langue.

Elle gémit et se cambra, mais il la maintenait contre lui d'une main passée sous son bassin.

Elle tourna la tête pour l'enfouir dans un coussin alors que le plaisir devenait irrésistible. Impossible de lutter contre le raz-de-marée qui l'emportait. Elle lâcha prise et s'abandonna en s'arquant de plaisir au contact de sa bouche.

Elle retomba finalement sur leur lit improvisé, pantelante.

Cole s'avança au-dessus d'elle.

— Je n'en ai pas fini avec toi, annonça-t-il, un sourire déterminé aux lèvres.

Oh.

— Il va me falloir un petit peu de temps, dit-elle, le cœur battant, tandis qu'elle sentait la vigueur de son érection contre sa cuisse. Mais je note que tu ne manques pas de ressources !

— Que ce soit dans le sport ou les affaires, tout est question de maîtrise de soi, répondit-il en glissant une main dans ses boucles folles. Mais tu sembles aussi pleine de ressources !

— Tu m'as toujours donné l'impression de te contrôler parfaitement en ma présence.

— Oh non, ce n'est vraiment pas le cas, lança-t-il d'une voix rauque. Et je vais te le prouver dès maintenant !

Se redressant, il sortit de sa poche un petit emballage d'aluminium qu'il déchira avant de se protéger.

— C'était sans doute de l'ordre de la superstition, mais j'ai préféré venir équipé, précisa-t-il.

Elle se passa la langue sur ses lèvres sèches. Elle qui n'avait connu avec Sal que des relations paisibles, sur un lit, la nuit, et rapidement oubliées, elle n'était pas préparée à Cole et ses audaces. Et, ma foi, prétendre qu'elle n'aimait pas cela ne serait que pur mensonge.

L'instant d'après, il la faisait tourner sur le ventre et saisissait ses jambes qu'il ouvrit en l'attirant vers lui. Il se pencha en avant, et elle sentit son sexe se placer juste au creux de ses cuisses.

— Tu es si chaude et si offerte, murmura-t-il à son oreille. Tu es toute prête à m'accueillir en toi !

Elle le sentit se glisser en elle sans qu'elle offre la moindre résistance et poussa un cri alors qu'il la possédait enfin. Puis il sortit avant de revenir en elle, d'un même mouvement ample. Et encore et encore. Elle cria son nom. Une fois. Puis une autre.

Elle sentit ses mains se resserrer sur ses hanches et devina qu'il allait atteindre l'orgasme lui aussi.

Elle cria alors que le plaisir montait encore d'un cran au point qu'elle en avait les larmes aux yeux.

Après quelques instants, il poussa un gémissement rauque et retomba sur son dos, avant de rouler sur le côté, l'entraînant au creux de ses bras.

Il venait de lui offrir l'une des expériences les plus intenses de toute sa vie. Elle était partagée entre le plaisir merveilleux qui l'inondait encore et la gêne face à sa réaction et ses vocalises plutôt débridées.

— C'était ce que tu avais imaginé ?

— En partie, avoua-t-il en riant.

Avait-il encore beaucoup d'autres scénarios en tête ?

— Je dois reconnaître que c'était bien mieux que sur un vrai lit, fit-elle remarquer.

Il sourit et lui mordilla l'oreille.

— Je t'avais dit que ce serait bien mieux avec un ouvrier sexy !

- 9 -

Si Marisa avait eu le moindre doute sur les contextes différents dans lesquels Cole et elle avaient grandi, il ne lui en resta plus aucun en découvrant la villa de ses parents. De style méditerranéen, l'immense demeure était entourée d'un vaste jardin qui déployait ses paysages autour d'une grande allée centrale ouvrant sur une entrée circulaire avec une fontaine en pierre sculptée en son milieu. Elle avait l'impression de se retrouver en pleine Toscane, qu'elle avait eu l'occasion de sillonner en autocar, un été.

L'idée de cette fête à venir l'avait rendue nerveuse, depuis que Camilla l'y avait invitée. Elle s'était longuement demandé comment s'habiller avant d'opter pour une jupe courte avec un chemisier. Cole était venu la chercher à son appartement, elle lui avait donné rendez-vous en bas, n'ayant pas la moindre confiance en leur capacité à se retrouver à l'intérieur seuls tous les deux, même pour quelques minutes seulement. Lorsqu'elle le vit arriver en simple pantalon de toile avec une chemise, elle songea que sa tenue au moins serait appropriée.

Elle le suivit dans les vastes pièces luxueusement décorées et qui rendaient hommage à leurs racines italiennes. Ils arrivèrent à l'arrière de la maison, où se trouvait un patio avec un dallage en ardoise, aménagé d'une impressionnante cuisine d'extérieur ombragée par un store coloré. La journée était étonnamment chaude pour le mois de mai, et tout le monde était dehors. Les convives allaient et venaient, un verre à la main, s'arrêtant devant des plateaux de délicats amuse-bouches répartis un peu partout.

Marisa regarda Cole. Quand avait-elle commencé à penser à lui comme l'homme qu'elle fréquentait ? Elle n'aurait su le dire. Il s'était présenté comme un ouvrier sexy un beau matin, et depuis elle s'était laissé porter par les événements. Elle savait bien que ce glissement était dangereux. Bien sûr, leurs étreintes étaient toujours aussi fulgurantes, et elle avait l'impression d'avoir quitté sa zone de confort pour se retrouver dans une dimension plus vulnérable, plus exposée aux sensations et aux émotions. Et pourtant il ne fallait pas qu'elle y attache trop d'importance. Elle ne devait pas prendre cela trop à cœur. Elle s'était déjà brûlé les ailes, et la chute avait été brutale. Est-ce que les invités devineraient, en les voyant, qu'ils étaient amants, et ce pour la deuxième fois ?

Il posa la main dans le creux de ses reins, et elle se tourna vers lui. Il ne cherchait pas à jouer la discrétion quant à leur relation.

Il s'approcha et déposa un baiser léger sur ses lèvres.

— Je suis heureux que tu sois là.

— Je n'ai jamais vu autant de Serenghetti à la fois, répondit-elle, cherchant du regard qui avait pu voir ce baiser.

Cole se mit à rire.

— Ne t'inquiète pas, ils ne mordent pas, dit-il. Contrairement à moi…, ajouta-t-il dans un murmure.

À la façon qu'elle eut de retenir son souffle, il sourit, le regard brillant.

Tâchant de contenir la vague de chaleur qui la traversait, elle balaya l'assistance du regard. Elle savait que Cole avait deux frères plus jeunes, mais elle ne les avait pas plus fréquentés que cela. Elle avait entendu parler de Jordan au fil des années, en raison de sa carrière de hockeyeur professionnel qui faisait de lui une célébrité locale, et l'avait rencontré plusieurs fois brièvement. Cole lui avait dit que sa petite sœur, Mia, était styliste et vivait à New York, tandis que son deuxième frère, Rick, menait une carrière de cascadeur qui lui permettait de parcourir le monde au gré de ses tournages.

— Viens, dit Cole, je vais faire les présentations.

Marisa se mordit la lèvre inférieure.

— Oui, bien sûr…

Elle inspira profondément et lui emboîta le pas alors qu'il se dirigeait vers une belle jeune femme, fine et stylée, avec qui il partageait un indéniable air de famille.

— Mia, je te présente Marisa Danieli.

La sœur de Cole était très belle. Elle avait des cheveux longs et légèrement ondulés. Ses yeux en amande, très légèrement bridés, lui donnaient un air slave ou peut-être germanique.

— Je me souviens de vous, dit Mia en s'avançant d'un pas pour la saluer.

Sans doute à cause du mal qu'elle avait fait à son frère, songea Marisa, mal à l'aise.

— Vous êtes la brillante élève qui avait réussi à séduire notre arrogant capitaine d'équipe au lycée ? Vous venez terminer le travail, c'est ça ? lança Mia, un large sourire aux lèvres.

Marisa se sentit rougir jusqu'aux oreilles. Le ton de Mia était plutôt léger, voire plaisant. La sœur de Cole semblait sérieuse lorsqu'elle parlait de l'arrogance de son frère à l'époque et soulignait que Marisa était une bonne élève.

— Mia, je…

Avant que Cole ait le temps d'ajouter quoi que ce soit, Marisa retrouva sa voix.

— J'ai trop besoin de lui pour en finir avec lui, reprit-elle. Il est le parrain de notre grand gala de charité pour subventionner un nouveau gymnase à Pershing ! Et puis il semble s'être amélioré avec le temps, au point de presque devenir un type bien, non ?

Mia sourit et sembla se détendre.

— Je le pense, dit-elle. D'autant plus que vous n'êtes pas le genre de fille qu'il fréquente habituellement, ce qui pour moi est un compliment !

— Merci pour les présentations, frangine, répliqua Cole, pince-sans-rire.

— On pourrait croire que vous êtes une de ces top models que votre frère fréquente habituellement, dit Marisa en souriant à Mia, impressionnée par le physique de la jeune femme.

— J'ai fait quelques photos à une époque, reconnut Mia en souriant. Je n'ai pas du tout aimé ça mais, comme je voulais déjà devenir styliste, j'ai pensé que ce serait une bonne chose pour moi de connaître un peu mieux le monde de la mode de l'intérieur, en quelque sorte.

— À l'époque elle était embauchée pour des photos de ses jambes, précisa Cole. Je lui ai souvent dit qu'elle aurait dû les assurer !

Il avait parlé sur le ton de la plaisanterie, mais Marisa nota pourtant une touche de fierté dans sa voix. Elle ressentit une pointe d'envie en constatant les relations évidentes qu'il entretenait avec ses frères et sa sœur. Elle avait bien sa cousine Serafina, mais elles avaient grandi séparément, même si elles s'étaient toujours côtoyées et avaient fini par habiter ensemble quelque temps.

— Il faudrait que je réfléchisse à cette histoire d'assurance, parce que je vais sans doute devoir continuer à jouer les mannequins pour mes propres créations, expliqua Mia. Les jeunes stylistes n'ont pas beaucoup d'autres options.

— Pourquoi est-ce que tu ne fais pas appel à Jordan ? suggéra Cole. Il a fait un tabac avec ses publicités pour des sous-vêtements, je suis certain qu'il serait parfait en robe dos nu !

Marisa sourit, et Mia éclata de rire.

— Jordan va te sauter à la gorge s'il entend cela !

— Ne t'inquiète pas pour ça, petite sœur. En plus, il ne te reviendra pas cher, il me doit plusieurs services.

Marisa se sentit plus à l'aise, soudain.

Cole se tourna vers elle.

— Je peux t'offrir quelque chose à boire ?

— Oui, volontiers, répondit-elle. Un Coca light serait parfait !

— Je crois que tu as besoin de quelque chose de plus fort que ça, affirma-t-il en souriant. Tu n'as pas encore rencontré *tous* les Serenghetti !

— Je vais aller voir si maman n'a pas besoin d'aide en cuisine, dit Mia. La connaissant, j'imagine qu'elle ne touche pas terre, aujourd'hui.

Lorsqu'elle se retrouva seule, Marisa regarda autour d'elle. Il y avait moins de monde, une partie des convives étaient rentrés, semblait-il, et elle remarqua Serg Serenghetti installé sur une chaise dans le patio. L'air de famille était indéniable.

Il lui fit un signe de tête, et elle n'eut pas d'autre choix que de s'avancer jusqu'à lui.

Il avait les cheveux poivre et sel, avec des tempes plus

blanches, et il partageait de nombreux traits avec son fils aîné, en particulier une sorte de charisme imposant dont la posture assise ne le privait guère.

Lorsqu'elle arriva à sa hauteur, Serg plongea son regard dans le sien.

— Vous êtes enseignante, Marisa. Ici, à Welsdale, d'après ce que m'a dit mon épouse. Vous ne ressemblez pas à toutes ces belles filles sans cervelle que me ramène mon fils.

— Oui, j'enseigne au lycée de Pershing depuis que j'ai obtenu mon diplôme. Cole a eu la générosité d'accepter de parrainer le comité qui essaie de lever des fonds pour le lycée.

— Pfft ! Ce n'est pas de la générosité. Il veut simplement avoir des raisons de vous revoir.

Elle ne sut que répondre et sentit qu'elle rougissait.

Serg hocha la tête et l'observa avec attention.

— Et il a bien raison ! déclara-t-il avant de rajuster la couverture qui lui couvrait les jambes. Ma femme me couvre comme si j'étais un Esquimau sur la banquise un jour de blizzard ! Pourtant le printemps a été précoce cette année.

Cole les rejoignit, des verres à la main.

— Je vois que tu as fait connaissance avec le *pater familias*, dit-il en lui tendant un verre de vin. Il est grincheux façon ours de manière générale, mais je le soupçonne d'essayer de faire bonne impression à mes petites amies.

— Ha ! s'exclama Serg, triomphant. Je remercie tes professeurs chaque jour d'avoir au moins réussi à t'apprendre un peu de latin !

Cole hocha un sourcil.

— *Acta est fabula, plaudite*. La pièce a été jouée, applaudissez.

Marisa retint un sourire.

— Cela prouve en tout cas que j'ai le sens de l'accueil, fils. En particulier avec les charmantes jeunes femmes que tu me présentes.

— Tel père tel fils, n'est-ce pas ? répliqua Cole, une note d'humour dans la voix.

Serg leva les yeux en direction de Marisa.

— Une très belle femme qui vit ici, à Welsdale, dit-il. Elle est parfaite.

— Je comprends que tu penses cela, papa.

— Débrouille-toi pour qu'elle accepte de t'épouser et te voilà casé ! Tu pourras t'occuper pleinement de Serenghetti Construction.

— C'est sûr.

Le ton narquois de Cole était évident, mais l'attitude de Serg plus difficile à déchiffrer. Marisa avait un peu l'impression d'atterrir comme un cheveu sur la soupe, en plein drame familial. Un drame dont elle n'aurait pas toutes les ficelles.

Serg fronça les sourcils.

— Ce n'est pas parce que j'ai eu une attaque que je ne comprends plus les sarcasmes !

— Tu n'as pas mieux que moi pour le moment, papa. Jordan et Rick seraient encore pires !

— *Vade in pace*. Allez en paix. Moi aussi j'ai appris le latin à mon époque, vous savez !

Marisa lui répondit d'un sourire et recula pour s'éloigner. Elle heurta quelqu'un et se retourna vivement.

— Bonjour ! lança un homme de grande stature au physique avantageux.

Cole poussa un soupir résigné.

— Marisa, je te présente mon frère Rick. Le fils prodigue de retour d'un de ses tournages du bout du monde.

— Ne l'écoutez pas, dit Rick avec un sourire en coin. Je suis l'acteur de la famille, mais j'essaie depuis longtemps de convaincre Cole d'endosser un rôle de malfrat. Avec ses cicatrices, vous ne lui trouvez pas un air menaçant du plus bel effet ?

Marisa trouvait surtout qu'il avait une sérieuse capacité à faire tambouriner son cœur…

— Acteur, acteur, c'est un bien grand mot ! s'exclama Cole, moqueur. Tu es cascadeur et tu as joué les doublures pour une tête d'affiche hollywoodienne, ça ne fait pas de toi une star du cinéma non plus.

— Merci pour cette précision frérot, trop aimable !

Marisa devait reconnaître que Rick avait un physique de cinéma. Il avait peu d'écart d'âge avec Cole et avait comme lui un physique très viril. Il avait pratiqué la lutte quand ses frères s'adonnaient au hockey sur glace, c'était tout ce qu'elle savait.

— J'entends dire que vous êtes ensemble tous les deux ? ajouta Rick avec une expression un brin moqueuse. Tu as craqué pour la prof, grand frère ?

Marisa se sentit rougir jusqu'à la racine des cheveux. Elle prit une gorgée de vin pour se donner du courage.

— On peut toujours compter sur un frère pour vous mettre mal à l'aise gratuitement ! rétorqua Cole qui ne semblait pas perturbé pour autant.

— Je constate simplement que ton goût pour les femmes est de plus en plus sûr, il n'y a rien pour te mettre mal à l'aise !

— Simplement ta présence, alors ?

— Bien joué ! répliqua Rick. Alors, que s'est-il passé ?

Marisa a réussi à te faire exclure du lycée, et depuis tu es resté sous le charme ?

De nouveau mal à l'aise, Marisa ne dit rien, observant le petit jeu auquel se livraient les deux frères avec une pointe de nervosité qu'elle tâchait de masquer sous un sourire figé.

Cole perdit son air moqueur et redevint sérieux.

— M. Hayes l'a obligée à avouer qui avait piraté sa présentation en diaporama, gros malin ! expliqua-t-il. Si elle n'avait pas avoué elle aurait perdu sa bourse d'études.

— Laisse tomber, intervint-elle. Cette histoire explique mon comportement, mais ne le pardonne pas pour autant.

— Je ne suis pas d'accord, tu avais une très bonne raison pour faire ce que tu as fait, répondit Cole.

— Je me suis laissé impressionner, dit-elle en haussant les épaules. Il y avait de grandes chances pour que M. Hayes soit en train de bluffer. Il ne risquait pas vraiment de perdre son poste comme il l'a prétendu. J'ai paniqué, et toi tu as payé le prix fort.

— Je l'avais mérité, et finalement tout s'est est rentré dans l'ordre, conclut Cole.

Marisa allait poursuivre la discussion, mais elle surprit l'expression amusée de Rick.

— C'est un festival de déclarations d'amour, fit remarquer ce dernier. Je ferais bien de m'éclipser pour vous laisser poursuivre cet échange de pardons et de bénédictions mutuelles !

Marisa ne fit aucun commentaire, songeuse. Quelque chose avait changé entre Cole et elle. Elle avait l'impression qu'un lien invisible s'était tissé entre eux et que Cole semblait pressé de se retrouver en tête à tête avec elle.

Il lui prit les mains.

— Allez, viens, il y a d'autres gens que j'aimerais te présenter, dit-il.

Rick leur fit signe de passer.

— Amusez-vous bien ! lança-t-il. Moi je vais continuer à essayer d'éviter maman. Elle semble vouloir mettre à profit ma rare apparition à un événement familial…

Hochant la tête en guise de salut, Marisa laissa Cole l'entraîner vers les autres convives. Il lui présenta les diverses branches de sa famille, les unes après les autres, jusqu'à ce qu'elle perde le fil. Elle fut aussi invitée à goûter les délicieux petits plats de Camilla, avant d'accompagner Cole qui était attendu pour superviser le traditionnel barbecue.

Lorsqu'ils prirent enfin une petite pause, elle sortit son téléphone et constata qu'ils étaient déjà sur place depuis plus de trois heures.

Cole lui prit la main.

— Allons-nous-en, proposa-t-il.

— Mais la fête est loin d'être finie…

— C'est vrai, c'est justement le meilleur moment pour s'en aller. On comprendra que nous voulons être un peu seuls, et cela entretiendra l'idée que nous sommes bel et bien un couple.

Elle se sentit traversée par un frisson délicieux.

— Et où irons-nous ?

Il porta sa main à ses lèvres.

— Chez moi. C'est plus près.

Elle retint son souffle.

— D'accord, murmura-t-elle.

Elle n'avait jamais été chez lui, et l'idée qu'ils étaient sur le point de franchir un nouveau palier dans leur relation lui traversa l'esprit.

Le trajet jusque chez Cole fut rapide. Ils gagnèrent rapidement le hall d'entrée et s'engagèrent dans l'ascenseur pour le dernier étage.

Lorsqu'ils entrèrent dans son loft, Marisa découvrit les lieux avec curiosité. Elle y retrouvait beaucoup de choses de son bureau. C'était sobre et masculin, plutôt imposant. Les équipements étaient du dernier cri, qu'il s'agisse d'électronique ou de l'électroménager qu'elle découvrait dans sa cuisine.

Sans prévenir, Cole l'enlaça pour un torride baiser, la faisant reculer jusqu'au mur de briques apparentes.

Lorsqu'il s'écarta, elle le regarda, le souffle court.

— Il faut que nous cessions cela, notre relation n'est pas réelle et…

— Justement, cela nous aide à prétendre plus, justement !

— Je ne suis pas certaine de suivre ta logique !

— Inutile, laisse-toi simplement porter.

Il déclenchait en elle tellement de sensations, que cela devenait effrayant. Et pourtant elle ne parvenait à résister à l'envie de se laisser aller.

Il effleura son visage.

— Je veux t'emmener dans mon lit, cette fois. Je veux t'entendre crier mon nom quand je te ferai l'amour.

Elle posa une main tremblante sur le bouton du col de son chemisier, et Cole baissa les yeux vers ses doigts.

— J'ai passé la soirée à essayer d'entrevoir ton soutien-gorge en dentelle, avoua-t-il avec un clin d'œil. Ce petit jeu de cache-cache m'a mis dans un état d'excitation indescriptible.

— Tu as fixé mes seins toute la soirée ?

Elle se demanda si d'autres invités avaient remarqué que l'on voyait son soutien-gorge ? Comment se faisait-il qu'elle n'ait pas remarqué cela en se préparant ? Sans doute était-elle trop stressée à l'idée de cette soirée pour noter ce détail.

Une amie l'aurait prévenue que son soutien-gorge était visible pour qu'elle puisse ajuster sa tenue, mais pas Cole, évidemment.

— Tu n'as qu'à te dire que c'était une sorte de préliminaire, conclut-il avant d'embrasser sa joue puis de poursuivre jusqu'à son cou, juste derrière son oreille.

Elle frémit et défit les boutons de son chemisier, avant de l'ouvrir. La fraîcheur sur sa peau lui donna la chair de poule.

— Tu es si belle, murmura Cole en laissant glisser son doigt depuis ses lèvres et son menton, le long de son cou, jusqu'au creux entre ses seins.

Elle baissa les yeux pour voir la main de Cole effleurer son sein, encore et encore en une caresse légère et répétitive. Ses tétons durcirent.

Il mit une main sous sa jupe et remonta le long de sa cuisse, tandis qu'elle se renversait en arrière contre le mur de briques. Ses doigts remontèrent lentement jusqu'à trouver ce qu'ils cherchaient, et qui les attendait, chaud et humide de désir.

Elle passa la main dans ses cheveux.

— Cole.

— Oui ? dit-il dans un souffle.

— Tu avais prévu tout cela ?

— Non, mais ce qui va suivre, je dois avouer que j'y pense depuis longtemps, reconnut-il avant de tomber à genoux.

Levant les yeux vers elle, il remonta sa jupe et poursuivit ses caresses de la langue.

Elle sentit ses genoux fléchir et enfouit ses doigts dans

les cheveux de Cole, comme si elle cherchait à s'amarrer à lui alors que les sensations se faisaient vertigineuses.

— Oh Cole, s'il te plaît…

— Encore ?

— Oh… Je… Oui…

— Avec plaisir.

Il ne lui fallut pas beaucoup plus longtemps pour que le plaisir n'atteigne une cime inconnue et explose à la façon d'un feu d'artifice, tandis qu'elle priait pour que le mur la soutienne.

Cole se redressa et posa une main contre la paroi juste à côté de sa tête, tandis qu'il la fixait, le regard brillant.

— Je veux que tu me chevauches, dit-il d'une voix rauque. Je veux te voir sur moi et voir tes seins qui me rendent fou. Je veux entrer en toi d'un seul coup.

Elle entrouvrit la bouche. Elle n'avait jamais été aussi excitée de sa vie.

— Emmène-moi dans ta chambre. Maintenant !

— Tu sais me parler, répondit-il, un large sourire aux lèvres.

Il la souleva aussitôt de terre et la porta le long du couloir, jusqu'à sa chambre. C'était une pièce immense, avec des baies vitrées qui ouvraient sur une terrasse.

Lorsqu'il la déposa à terre, ils entreprirent de se déshabiller rapidement, leurs doigts défaisant chaque bouton le plus vite possible.

Il se retrouva nu le premier, tandis qu'elle avait toujours ses sous-vêtements.

Il avança vers elle. Il avait un corps de rêve. Tout de muscles sculpté. Il dégageait une impression de force brute, et pourtant elle savait qu'elle serait délicatement choyée.

Il prit ses seins dans les mains, embrassant chacun avant de venir embrasser ses lèvres. D'un geste adroit, il défit son soutien-gorge et libéra sa poitrine contre son torse nu.

Il fit glisser vers le bas sa culotte, jusqu'à ce qu'elle tombe à ses pieds, puis il la fit s'allonger sur le lit et l'y rejoignit, lui caressant les cheveux pour les répartir délicatement sur l'oreiller autour d'elle.

— Qu'est-ce que tu fais ?

Il eut un sourire charmeur.

— C'est exactement comme cela que j'ai rêvé de toi, ma chérie. J'imaginais tes cheveux étalés sur mon oreiller, tout autour de ton visage.

— Tu ne voulais pas plutôt être en dessous ?

— Chaque chose en son temps, chuchota-t-il avant d'embrasser tout son corps.

Quelques instants plus tard, il la faisait rouler sur lui. Elle se redressa sur les genoux, se plaçant au-dessus de son sexe tendu avant de l'enfourcher. Ils gémirent ensemble, et Cole la prit par les hanches et commença à donner un rythme.

Elle se laissa guider et sentit le plaisir croître et monter en elle jusqu'à atteindre à nouveau un pic irrésistible. Elle entendit ses soupirs se changer en cris, comme si cela venait d'une personne extérieure à elle. Cole semblait retenir son souffle, mais il s'abandonna à son tour pour la rejoindre une dernière fois en un ultime coup de reins puissant.

Elle se laissa retomber sur son torse, et il l'enlaça, leurs deux cœurs battant la chamade.

— Je ne sais pas si je vais résister très longtemps ainsi, Marisa.

— Inutile de résister, je t'ai déjà tout donné, murmura-t-elle.

C'était la vérité. C'était aussi ce qu'elle redoutait. Il la possédait corps et âme. Elle espérait seulement ne pas être une conquête de plus à son tableau de chasse.

— Cole, viens donc par ici goûter ce qu'a préparé Marisa !

Il sourit aux caméras. Qui avait donc eu cette idée lumineuse ? Était-ce un des producteurs ou sa mère elle-même ? Cette dernière avait l'air totalement enthousiaste, mais son sourire semblait pourtant bien innocent.

Si Marisa n'avait pas eu l'air aussi choqué, il aurait presque imaginé que c'était elle qui avait soufflé à sa mère de lui jouer ce bon tour. Que craignait-elle donc ? Il ne devait pas y avoir beaucoup d'adolescents devant la chaîne locale pour regarder un programme culinaire. Le risque que ses élèves tombent sur cette émission diffusée en plein après-midi était plus que mince. En tous les cas, il n'avait pas prévu de se retrouver invité exceptionnel aujourd'hui…

Un large sourire aux lèvres, il monta sur le plateau.

— Je suis certain que c'est délicieux, mais je ne suis pas un connaisseur.

Camilla tendit à Marisa une cuillère de *tiella* et hocha la tête avec impatience.

Marisa se tourna à son tour vers lui pour lui tendre la cuillère.

— Non non, Marisa, s'exclama Camilla amusée. Il faut lui présenter la cuillère à la *bocca* pour faire goûter notre spécialité.

Le public rit de ce bon tour qui était joué au jeune couple, tandis que Camilla et Donna s'adressaient des regards complices.

Cole vit la nuance de lassitude dans le regard de Marisa lorsqu'elle comprit qu'elle n'avait aucune issue.

Contrairement à lui, elle n'avait pas l'habitude d'être filmée. Il était évident que tout le monde attendait de la voir lui porter la cuillère à la bouche.

Lentement elle s'exécuta, plaçant sa main sous la cuillère pour éviter de faire tomber quoi que ce soit. Il chercha son regard et lui prit le poignet pour accompagner son geste. Elle entrouvrit les lèvres, et cet instant fugace se changea en une seconde d'éternité entre eux.

Le plat était délicieux. Marisa était délicieuse. Après cette mise en bouche avec la *tiella*, c'était d'elle qu'il avait faim, même s'il ignorait quand ils pourraient se retrouver enfin seuls tous les deux. Ce petit jeu de la cuillère avait excité son imagination, et il regrettait de ne pouvoir annoncer sur le plateau qu'il kidnappait l'invitée star du jour !

Marisa finit par retirer la cuillère, l'air légèrement troublée.

— Alors ? demanda Camilla

Il goûta longuement, prit le temps de s'éclaircir la voix, puis regarda tour à tour Marisa et sa mère.

— C'est absolument fantastique ! On sent que ça a été cuisiné avec amour.

Il ne savait pas d'où lui venaient ces mots, lui qui n'avait jamais été du genre sentimental, et qui n'avait jamais eu la sensation d'être troublé par quelque chose ou quelqu'un sans que cela se manifeste par un désir physique tangible… Ce qui, dans le contexte télévisé qui était le leur, n'aurait pas été du tout pratique !

Heureusement, sa mère le tira de son trouble en reprenant la parole :

— Et maintenant nous avons le plaisir de vous présenter notre grand jeu concours qui vous permettra de gagner une batterie de cuisine en inox grâce à notre invitée, représentante de la chaîne des grands magasins Stanhope, Donna Casale !

Sous les applaudissements du public, on présenta la gamme de dix casseroles et faitouts étincelants.

Il y eut un court temps de pause, sans doute le temps d'un message publicitaire, et les caméras s'approchèrent de Camilla pour conclure l'émission.

— Si vous appréciez les recettes de la famille Danieli, vous pouvez aussi les retrouver dans le détail sur notre site Internet !

Camilla se tourna vers le public, suivie par les caméras et salua tout le monde de la main, les remerciant d'être venus nombreux.

— À la semaine prochaine, *alla salute* !

Lorsque les caméras et les lumières s'éteignirent, indiquant la fin du show, Marisa sembla enfin se détendre un peu.

— Bien joué, maman, dit Cole.

Cette dernière lui adressa un sourire extatique.

— Merci pour *l'assistenza* !

Lorsqu'il ne reprenait pas l'entreprise paternelle, il était présent sur l'émission maternelle. Même s'il doutait que son père ait conscience de son investissement familial et ne voie que le fait qu'il envisage de revendre… D'ailleurs, il avait reçu une proposition un peu plus tôt cette semaine, sans en avoir parlé à quiconque.

Mais à cet instant il avait d'autres préoccupations prioritaires. Il prit Marisa tendrement par le bras.

— Est-ce que ça va ? demanda-t-il à voix basse. Tu as eu l'air de passer un sale quart d'heure sur le plateau tout à l'heure.

— Peut-être moins douloureux que pour tes légions de passionnés de sexe féminin, répliqua-t-elle.

Il se retint d'éclater de rire.

Sa mère et Donna étaient approchées et saluées par des personnes du public, aussi profita-t-il de ces quelques instants de relative intimité.

— Il est possible que toi aussi tu aies gagné quelques admirateurs aujourd'hui, fit-il remarquer.

Elle lui jeta un regard en coin.

— Et toi ?

— Moi, je suis un fan de la première heure !

— De ma cuisine ?

— De tout, ma belle.

Elle s'éventa le visage de la main d'un geste théâtral.

— Tu as le don pour faire monter la température, lança-t-elle.

Il lui sourit, charmeur.

— Cela me fait penser que nous avions parlé de ta cuisine sans rien y faire d'autre que de la peinture, ma belle…

Face à ses yeux ronds, il retint un sourire. Il devait bien admettre qu'il adorait la troubler !

— Il y a du monde autour de nous, murmura-t-elle comme s'il n'en avait pas conscience.

Il se pencha vers elle pour lui répondre de la même façon :

— Ta cuisine ou la mienne ?

Elle se mordit la lèvre.

— Je… Je dois raccompagner ma mère.

Il lui adressa un regard ardent, mais acquiesça. Tôt ou tard, il aurait une autre occasion d'attiser les braises avec elle.

Marisa quitta le studio accompagnée de sa mère, et traversa le parking, absorbée dans ses pensées.

— Alors qu'est-ce que je ne suis pas censée savoir ? demanda sa mère.

Marisa se tourna vers elle.

— Je ne vois pas de quoi tu veux parler.

— Eh bien… J'ai l'impression qu'il y a plus que des histoires de travail entre Cole Serenghetti et toi.

Marisa sentit une vague de chaleur lui monter aux joues.

— J'essaye simplement de me montrer aimable pour le remercier de son coup de pouce, marmonna-t-elle. Et puis je m'étais dit que ce serait amusant, tu n'as pas trouvé ?

— Si, bien sûr. J'ai pris un grand plaisir à faire cette émission, et en particulier en vous regardant, Cole et toi. Il avait l'air plus qu'impatient de se retrouver seul avec toi !

— Maman !

— Ma chérie, tu es une très belle femme, très désirable. Je connais ta valeur, et Cole serait stupide de ne pas s'en rendre compte !

Voilà comment sa mère venait de résumer le problème en trois mots ! Elle ne savait guère où ils en étaient, Cole et elle, où s'arrêtait la façade et où commençait la réalité. Était-ce juste une relation sans lendemain ou pouvaient-ils imaginer un futur commun ?

— En tout cas, Camilla Serenghetti elle-même est persuadée qu'il y a quelque chose entre vous et elle en est ravie, reprit sa mère. Elle m'a dit qu'elle avait entendu des rumeurs en ville. Les mères sont toujours les dernières informées !

Marisa soupira. Elle n'avait pas le cœur de continuer à mentir à sa mère.

— Cole et moi avons un passé compliqué.

— Toutes les relations sont compliquées, ma chérie, mais ce que je vois, moi, c'est que Cole te dévore des yeux, et cela veut dire quelque chose !

— Maman ! protesta-t-elle, peu habituée à avoir ce genre de discussions à cœur ouvert avec sa mère.

Cette dernière éclata de rire.

— Ma chérie, je sais ce que c'est de tomber amoureuse, tout de même ! Et d'un athlète en particulier.

— Je le sais bien, merci !

Sa mère fronça les sourcils.

— J'espère que tes hésitations avec Cole n'ont rien à voir avec ce qui s'est passé entre ton père et moi, au moins ?

Elles s'arrêtèrent un instant. Comme Marisa ne répondait pas, sa mère reprit :

— Oh, ma chérie, tu sais, si le base-ball ne nous avait pas séparés, il y aurait eu autre chose, nous étions si jeunes et si différents.

Marisa voyait ce qu'elle voulait dire, pour l'avoir déjà vécu avec Cole par le passé.

Pourtant, elle était surprise de la réaction mesurée de sa mère. Depuis qu'elle avait appris la vérité au sujet de ses parents, près de dix ans auparavant, et en particulier le fait que son père avait déjà débarrassé le plancher bien avant de mourir dans un accident, elle avait eu la certitude que sa mère aurait été profondément opposée à ce qu'elle ait une relation avec un sportif professionnel.

Bien sûr, sa mère avait toujours présenté sa grossesse et sa rupture de façon très factuelle, et Marisa avait toujours pensé qu'elle le faisait pour la préserver. Elle avait des souvenirs très vivaces du type de sacrifices qu'avait dû faire sa mère pour l'élever seule, et elle avait du mal à croire que cette dernière n'ait pas conservé au fond de son cœur une certaine amertume, même si elle la cachait soigneusement.

Dernièrement, elle avait l'impression qu'elle s'était trompée.

— Tu sais, maman, je crois que ton mariage a réellement changé ta perception de la vie !

— Je deviens aussi plus sage en vieillissant. Les événements de ma vie auxquels tu fais allusion sont vraiment du passé maintenant. J'ai eu le temps d'aller de l'avant, de passer à autre chose. Et puis surtout je n'ai jamais, pas une fois, regretté de t'avoir mis au monde. Tu es un don du ciel !

Des larmes perlèrent aux paupières de Marisa.

— Oh ! maman, arrête, je t'en prie.

Donna lui serra la main et se mit à rire.

— Tu veux que j'arrête de te questionner sur Cole Serenghetti, c'est ça ? Alors tiens-moi un peu au courant ! Parfois les mères auraient besoin de ne pas être toujours les dernières informées !

- 10 -

Marisa découvrit la grande salle de bal où aurait lieu la soirée de gala de Pershing. C'était une belle salle assez prisée pour ce genre d'événements, à quelques minutes de Welsdale. Il se trouvait qu'elle l'avait déjà visitée lorsque Sal et elle avaient des projets de mariage...

Cette pensée lui fit prendre conscience du changement qui s'était opéré en elle dernièrement. Le seul homme qui occupait son esprit maintenant était Cole.

Cette soirée avait un goût un peu aigre-doux, pourtant. Elle était soulagée d'avoir réussi son pari au sein du comité et d'avoir organisé un tel événement avec Cole pour parrain. Grâce à sa présence, et à celle de Jordan, ils avaient vendu bien plus de tickets qu'ils l'avaient espéré. Mais, même si elle n'en avait guère reparlé avec Cole depuis, ils avaient décidé qu'après cette soirée ils cesseraient de jouer la comédie du couple.

Elle chercha Cole du regard et le trouva occupé à discuter avec M. Dobson. Son cœur se serra.

Il était très séduisant, en smoking. Elle se doutait qu'il n'aurait pas la moindre difficulté à attirer l'attention d'une femme aussitôt qu'il serait officiellement déclaré célibataire. D'ailleurs, elle pouvait d'ores et déjà noter les regards féminins sur lui, ce soir.

Elle soupira. Elle aurait dû se concentrer sur autre chose. Après cette soirée, bien partie pour être une réussite totale, elle aura sans doute suffisamment fait preuve de sa compétence pour un poste de proviseur adjoint à Pershing. D'ailleurs, M. Dobson lui avait proposé de déposer sa candidature la semaine précédente. Il n'avait pas semblé au courant de sa relation avec Cole. De son côté, elle avait tout fait pour éviter que cela ne s'ébruite au sein de son établissement, sans pour autant cacher le fait qu'ils se connaissaient et s'étaient souvent vus à l'occasion de la mise en place de ce parrainage.

Il regarda dans sa direction et lui sourit.

Elle se sentait belle dans ses yeux. Ce soir, elle portait une robe de satin vert, rehaussé de dentelles noires autour du décolleté, avec de longs pendants d'oreilles. C'était en pensant à lui qu'elle avait choisi sa tenue.

Au fil des dernières semaines, elle avait passé bien plus de temps avec lui qu'elle ne l'avait prévu. Ils étaient allés voir ensemble un match des Razors avec Jordan et avaient même été filmés et projetés sur l'écran géant, en train de s'embrasser dans les gradins. Elle avait assisté à son deuxième cours de hockey pour les élèves de Pershing. Ils avaient cuisiné ensemble, un soir, préparant un repas italien des plus réussis.

Elle rougit en songeant à tout ce qu'ils avaient fait d'autre ensemble… En particulier dans sa cuisine !

Elle savait maintenant qu'elle était tombée amoureuse de lui. Elle qui était abonnée aux histoires vouées à l'échec…

— Oh ! mon Dieu, il n'a d'yeux que pour toi !

Elle sursauta, tirée de ses pensées par l'arrivée de Serafina.

— Tu dis n'importe quoi !

— Pas du tout et tu le sais.

— Mesdames !

Serafina et elle firent demi-tour pour faire face à Jordan.

Ce dernier regarda Serafina et lui adressa son sourire capable de faire fondre la glace.

— J'ignorais que Marisa avait de si charmantes personnes, dans sa famille, fit remarquer Jordan. Je me présente, cher ange, je suis…

— Je ne suis pas votre ange et je sais qui vous êtes, répliqua sèchement Serafina.

— Jordan, le frère de Cole, conclut Jordan, sans se démonter.

— L'ailier droit des New England Razors, et accessoirement leur meilleur buteur.

— Vous suivez le hockey ?

— Je lis la presse et je travaille aussi comme extra au Puck & Shoot.

— Oui, je le sais, et pourtant nous n'avons jamais été présentés.

— En effet, par chance ! s'exclama Serafina.

Marisa s'éclaircit la gorge. Elle ne regrettait pas de ne plus être le centre d'attention de Serafina, mais il était peut-être temps pour elle d'intervenir.

— Jordan, je te présente ma cousine Serafina.

— Un nom d'ange ! J'avais vu juste alors, belle Serafina.

— Dans vos rêves, peut-être, rétorqua cette dernière.

— C'est bien là que je vous retrouverai ce soir, à moins que vous ne veniez me rejoindre au bar un peu plus tard ? poursuivit-il.

— Mon Dieu, mais rien ne vous arrête jamais ?

Marisa savait que Serafina pouvait être un peu abrupte, et n'avait pas d'inclinaison pour les sportifs, mais elle ne l'avait jamais connue si directe.

— Comment savais-tu que Marisa et moi étions de la même famille ? demanda-t-elle.

Pour la première fois, Jordan quitta Serafina du regard quelques secondes.

— Vous avez la même silhouette, la même forme du visage et vos peaux ont la même carnation, impossible de se tromper.

— D'accord, marmonna Serafina.

— Vous êtes charmante.

— Vous êtes insistant.

— C'est ce qui fait mon charme.

— C'est discutable.

Il sourit à nouveau, puis haussa les épaules.

— Mon invitation tient toujours, cher ange. Retrouvez-moi au bar un peu plus tard.

— Sans façon, merci, répondit Serafina. Je ne serai pas au rendez-vous.

Il encaissa ce nouveau revers sans broncher.

— C'était un plaisir de faire ta connaissance, mon ange ! lança-t-il en s'éloignant.

Serafina attendit qu'il ne soit plus à portée d'oreilles pour se tourner vers Marisa.

— Un vrai joueur professionnel, dans tous les sens du terme.

— Cole l'est aussi.

— Au moins est-il retraité du sport professionnel, répliqua Serafina avant de la laisser et de traverser la salle d'un pas rapide.

Marisa la regarda s'éloigner, perplexe.

— Que s'est-il passé ? s'enquit Cole en la rejoignant.

Elle haussa les épaules.

— À vrai dire, je ne sais pas vraiment, si ce n'est que ton frère et ma cousine ne se sont pas franchement entendus, a priori.

Il fronça les sourcils.

— C'est étonnant, Jordan est habituellement capable de charmer…

— N'importe quelle personne du sexe opposé ?

Il éclata de rire et, s'approchant d'elle, effleura ses cheveux d'une caresse légère.

— En tout cas, moi, la seule personne sur qui je veux faire usage de mes charmes, c'est toi, murmura-t-il.

Elle sentit son pouls s'emballer aussitôt.

— Pas ici…

— Pourquoi pas ? Nous sommes censés être en couple.

Un couple qui n'en serait plus un très bientôt…

— Nous sommes aussi censés nous montrer professionnels, ce soir, rétorqua-t-elle.

Elle détourna les yeux, puis sursauta.

Cole fronça les sourcils et suivit son regard.

— Qu'y a-t-il ? demanda-t-il.

M. Hayes. L'ancien chef d'établissement avait dû être invité pour l'occasion. Elle se souvint y avoir pensé, au moment où la secrétaire s'occupait des invitations, mais avait oublié entre-temps de vérifier s'il faisait partie des convives.

Elle espéra que des retrouvailles, quinze ans plus tard, ne seraient pas à l'origine d'un désastre…

— Cole Serenghetti et Marisa Danieli, déclara M. Hayes en arrivant à leur hauteur.

— Monsieur Hayes, répondit Marisa. Quelle surprise de vous revoir.

Cole soupira. Bien sûr que M. Hayes était de la partie… Comment n'y avait-il pas pensé ? Il avait vieilli et semblait moins imposant qu'à l'époque où il avait son avenir entre ses mains, mais il avait toujours l'air aussi sûr de lui.

Il trouva enfin le regard de Marisa et sentit qu'elle

l'implorait de ne pas faire d'éclat. Il savait à quel point cette soirée comptait à ses yeux et il était disposé à jouer le jeu pour elle. Un petit peu, du moins. Il lui adressa un sourire rassurant.

M. Hayes les regardait à tour de rôle d'un air surpris.

— J'ai cru comprendre que vous étiez ensemble, je vous présente mes félicitations, dit-il.

Marisa sourit.

— Merci.

— Je devine que c'est une surprise pour vous, intervint Cole.

Marisa lui jeta un regard inquiet.

— Pas tant que cela, répondit M. Hayes.

Cole fut surpris mais n'en montra rien.

— Je m'en suis mieux sorti que vous l'auriez pensé, fit-il remarquer.

— Eh bien, naturellement…

— J'ai cru comprendre qu'il y aurait une rétrospective vidéo ce soir, peut-être feriez-vous mieux de réserver votre jugement jusque-là.

Marisa le fixa, l'air totalement angoissé cette fois, et il lui adressa un sourire insouciant. Il avait envie de s'amuser un peu, même s'il s'interdisait de provoquer physiquement M. Hayes, ce dont il brûlait d'envie.

Ce dernier se racla la gorge.

— Puisque nous parlons de présentation vidéo, c'est sans doute l'occasion pour moi de replacer certaines choses dans leur contexte. Lorsque Marisa a été convoquée dans mon bureau et que je lui ai demandé…

— Lorsque vous l'avez *contrainte* à vous répondre, vous voulez dire ?

— Qui était à l'origine du canular dont j'étais la victime, j'ai pu constater qu'elle tenait à vous. Elle était très réticente au départ et, lorsqu'elle m'a donné votre nom, elle était terrifiée à l'idée que vous puissiez subir des représailles, avec toutes les implications que cela aurait pour vous.

Cole, surpris, se tourna brièvement vers Marisa.

Elle tenait à lui à cette époque déjà, et même M. Hayes avait pu le percevoir. Il se demanda comment il ne s'en était pas rendu compte.

Il regarda de nouveau M. Hayes.

— J'ai beaucoup appris de cet épisode malheureux, dit-il en prenant la main de Marisa dans la sienne. Je n'ai plus fait le moindre canular par la suite. Heureusement, tout est bien qui finit bien. Mieux que bien, même. J'ai conscience d'être très chanceux.

Marisa restait immobile, et il se demanda si elle doutait de la véracité de ses propos. Sans doute imaginait-elle qu'il jouait la comédie face à M. Hayes, comme s'il voulait prendre sa revanche.

Pourtant, il ne faisait pas semblant. Il était plus sérieux que jamais. Et cette prise de conscience le frappa comme un joueur de l'équipe adverse qui lui serait rentré dedans de plein fouet.

Il voulait que Marisa fasse partie de sa vie. Il avait besoin d'elle dans sa vie.

Tôt ou tard, il arriverait à lui prouver qu'elle aussi avait besoin de lui.

Deux jours plus tard, Marisa ouvrit sa porte pour tomber nez à nez avec la dernière personne qu'elle s'attendait à retrouver sur son palier.

Sal.

Depuis le gala, elle n'avait pas revu Cole, qui lui avait simplement envoyé un SMS pour la féliciter de la réussite de la soirée. À la fin du gala, il était reparti avant elle, puisqu'elle était en charge de superviser les équipes de rangement et qu'il devait se lever tôt le lendemain en vue d'une réunion.

Elle ne savait quoi penser de l'état de sa relation avec lui. Est-ce que sa réunion était un prétexte pour filer à l'anglaise ? Est-ce qu'il avait en tête le fait que leur relation illusoire n'avait plus de raison d'être et que, comme pour Cendrillon, le carrosse redeviendrait citrouille à minuit sonnant ?

Quoi qu'il en soit, Sal était la dernière personne qu'elle avait imaginé retrouver devant sa porte ce matin.

À contrecœur, elle s'écarta pour le laisser entrer.

— Marisa, il faut que nous parlions.

Elle referma la porte avant de se tourner pour faire face à celui qui était son fiancé il y a encore peu de temps.

— Marisa, Vicki vient de me quitter.

— Tu m'en vois désolée.

Voici qui était un rebondissement inattendu. À vrai dire, elle aurait pu prévoir cette séparation. Sal et Vicki semblaient avoir peu de choses en commun, si ce n'est leur goût commun pour les stars du sport.

Mais que pouvait bien lui vouloir Sal ? Attendait-il qu'elle lui offre une épaule sur laquelle s'épancher ?

— C'est plutôt une bonne chose, à vrai dire. J'ai compris que je m'étais comporté comme un idiot, expliqua Sal avec une moue contrite.

Elle n'allait certainement pas le contredire sur ce point, mais préféra ne rien ajouter.

Il lui jeta alors un regard implorant.

— J'en ai assez de tout ce cirque, les athlètes et leur mode de vie tape-à-l'œil, poursuivit-il. J'ai cru que j'avais envie de cela, mais je faisais fausse route. J'ai remis ma démission à mon agence sportive. Je vais maintenant travailler dans une fondation qui vise à proposer des activités sportives aux enfants défavorisés. Je veux faire quelque chose d'utile de ma vie.

Elle n'avait rien à redire à son élan généreux en faveur des enfants. Elle qui travaillait tous les jours avec des jeunes savait à quel point c'était une vocation épuisante, même si elle était formidablement gratifiante. Mais, bien qu'elle soit heureuse de voir Sal évoluer dans cette direction prometteuse, elle avait toujours du mal à comprendre son cheminement.

— Et c'est le fait que Vicki te quitte qui est à l'origine de ce petit miracle ? demanda-t-elle.

— Elle était tellement différente de toi, dit-il en prenant un air penaud.

— N'était-ce pas justement ce qui t'a plu chez elle ?

— Je me suis comporté comme un imbécile. Mais j'ai beaucoup réfléchi, ces derniers jours.

Elle attendit la suite.

— Marisa, j'ai toujours des sentiments à ton égard.

Elle ouvrit de grands yeux. Elle aurait voulu se pincer pour y croire.

Il leva la main avant qu'elle ne dise quoi que ce soit.

— Attends, Marisa. Laisse-moi terminer. Je sais que ce sera un long chemin pour regagner ta confiance, mais je ne crois pas que ce soit impossible. Je voudrais te demander une nouvelle chance, dit-il en prenant sa main. Marisa, je t'aime. Je suis prêt à tout essayer, tout ce que tu demanderas pour te récupérer.

— Sal…

— Prends ton temps, tu n'as pas besoin de me répondre tout de suite. J'ai réfléchi à tout et je sais tout ce que tu as à me reprocher. Ce que je veux que tu saches, c'est que j'ai pris peur, lorsque nous nous sommes fiancés. Il a fallu que je rencontre Vicki pour comprendre ce que je désirais vraiment dans la vie. Et c'est toi, Marisa.

Pour une déclaration à chaud, c'était plutôt pas mal. Pourtant elle n'arrivait à se convaincre que Sal était l'homme qu'il lui fallait.

Il avait commis une erreur, il le reconnaissait lui-même, mais il était par ailleurs quelqu'un de fiable et de relativement prévisible, soit ce qu'elle avait toujours imaginé qu'il lui fallait...

Jusqu'à ce qu'elle rencontre Cole.

De son côté, Cole n'avait jamais manifesté la moindre velléité de s'établir. Et, si elle était tombée amoureuse de lui, elle n'avait pas la moindre preuve... que c'était réciproque.

Elle se racla la gorge.

— Sal, je...

— Non. Ne dis rien. Prends le temps de réfléchir. Je sais que tout cela est un peu compliqué à envisager.

— Vraiment, je...

Il déposa un baiser au coin de ses lèvres, ce qui la prit par surprise.

— Nous en reparlerons bientôt, si tu le veux, dit-il avant de faire demi-tour et de sortir de chez elle aussi rapidement qu'il y était entré.

Cole venait de sortir d'une visioconférence lorsque son assistante lui passa un appel de Steve Fryer, une connaissance du temps où il était encore hockeyeur.

Il jeta un coup d'œil aux documents éparpillés sur son bureau. Il était déjà en retard et il était impatient de retrouver Marisa. Il ne l'avait pas revue depuis le gala, à cause d'un emploi du temps chargé et d'un certain nombre d'urgences de dernière minute. Et aujourd'hui ne semblait pas déroger à la règle. Mais il devait prendre l'appel de Steve.

— Cole, j'ai une bonne nouvelle, annonça ce dernier. L'entraîneur des Madison Rockets a décidé d'accepter un poste au Canada et c'est à toi que l'on a pensé pour le remplacer !

Cole se laissa aller contre le dossier de son fauteuil, retenant son souffle. C'était là l'opportunité qu'il avait attendue pendant des mois… Les Rockets étaient une des meilleures équipes de la ligne mineure de l'American Hockey League. Ce poste d'entraîneur serait un tremplin idéal pour accéder à terme à un emploi d'entraîneur au sein de la NHL. Plutôt que de commencer comme assistant dans une équipe nationale, il pouvait directement faire ses preuves en tant que coach de sa propre équipe.

— C'est une sacrée nouvelle, Steve. Je pense que les Rockets prennent une bonne décision !

Steve se mit à rire.

— Écoute, je vais revenir vers toi, reprit Cole en balayant du regard tous les dossiers en retard sur son bureau. Comme tu peux l'imaginer, je dois réfléchir et m'organiser de mon côté avant de te donner ma réponse.

Steve ne pouvait deviner que ce qui le préoccupait était plus complexe. Il avait besoin de se désengager de Serenghetti Construction, pour commencer. Il pensa à l'offre de rachat qu'il avait reçue. C'était maintenant ou jamais. Et puis, il y avait Marisa…

— Prends ton temps, répondit Steve. Nous en reparlons la semaine prochaine.

— Je te rappelle, lui promit Cole avant de raccrocher, l'esprit en ébullition.

La roue du destin semblait vouloir tourner dans la

direction qu'il avait attendue, même si au fil des mois passés à Welsdale de plus en plus de liens s'étaient noués. Et Marisa était le principal d'entre eux…

Et pourquoi ne pas lui suggérer de venir avec lui à Madison ?

Il ressentit un poids en moins tandis qu'il examinait cette piste. Bien sûr, il y aurait forcément du travail pour elle là-bas. Si elle était en bonne voie pour obtenir un avancement à Pershing, ce serait d'autant plus valorisable auprès d'autres établissements. Peut-être même que ce serait la meilleure option pour sa carrière, puisqu'elle n'avait pas encore obtenu cette promotion à Pershing.

Il pouvait faire en sorte que cela fonctionne. Que cela fonctionne pour tous les deux. Il ferait ce qu'il faut.

Avant cela, il devait gérer une autre situation délicate. Il était temps de parler à son père de l'offre qu'il avait reçue pour revendre Serenghetti Construction.

Il saisit sa veste sur le dossier de son fauteuil et sortit en précisant à son assistante qu'il serait joignable sur son portable. Après avoir envoyé un SMS à sa mère, il sauta dans sa voiture pour gagner la villa familiale, où il s'attendait à trouver son père oscillant entre deux humeurs : mauvaise ou très mauvaise.

Lorsqu'il arriva chez ses parents, sa mère vint l'embrasser à l'entrée, et il la suivit jusqu'au salon où son père était immuablement installé dans son fauteuil.

Il s'assit face à lui dans le fauteuil en cuir. Sa mère prit place sur le canapé voisin, et ils évoquèrent le temps qu'il faisait, la santé de Serg ces derniers temps. Cole savait que son père se doutait de quelque chose et n'était en tous les cas pas dupe des motivations de sa visite imprévue. Il le fixait, les sourcils froncés, dans l'expectative.

Il décida donc de prendre le taureau par les cornes.

— J'ai reçu une proposition de rachat pour l'entreprise, annonça-t-il.

— Tu l'as *reçue* ? demanda son père de sa voix rocailleuse. Tu veux dire que l'on est venu frapper à ta porte avec une offre ou que tu as sollicité des acheteurs ?

— Qu'est-ce que ça changerait ? C'est une très bonne offre qui vient d'une entreprise plus importante, avec des chantiers dans le Nord-Est.

Il avait la certitude qu'ils ne trouveraient pas mieux.

Son père marmonna quelque chose, son regard toujours aussi dur.

— Je vais faire une nouvelle attaque, déclara-t-il soudain en grimaçant.

Camilla se leva précipitamment.

— *Madonna*, Serg ! Où est-ce que tu as mal ?

— Tout de suite, papa ?

Son père lui jeta un regard noir.

— Qu'est-ce que ça peut faire, quand ? Tu me tues, c'est ce qui compte !

— Serg, s'il te plaît, implora Camilla en adressant un regard exaspéré à Cole.

Il était habitué à la propension dramatique de sa famille, il avait connu cela toute sa vie.

— Tu as travaillé dur pour décrocher le contrat du gymnase pour Pershing et maintenant tu envisages de revendre l'entreprise, reprit son père, accusateur. Je commençais à me dire que tu tenais ton sens de la négociation de moi.

— C'est le cas et c'est ce qui me fait évaluer que les conditions de vente sont optimales.

— Camilla, apporte-moi mes médicaments, ordonna Serg en faisant signe à Cole de s'éloigner. J'ai besoin d'un peu de repos.

— C'est une bonne offre, précisa Cole avant de se lever. Tiens-moi au courant, lorsque tu seras prêt à écouter les détails du contrat.

Il avait prévu, avant même de commencer à parler de cette offre, qu'il lui faudrait jouer cette partie en plusieurs coups et que son père aurait besoin de se faire progressivement à cette idée.

Une première étape était en cours. Il lui fallait passer à la seconde.

Tandis qu'il regagnait sa voiture, il sortit son téléphone portable pour envoyer un message à Marisa, lui demandant de venir le retrouver au Puck & Shoot aussitôt qu'elle sortirait du lycée.

- 11 -

Lorsqu'elle entra au Puck & Shoot, Marisa était tendue. Cole lui avait donné rendez-vous, et elle savait qu'il fallait qu'elle lui parle de la visite de Sal.

Elle le vit installé à une table et prit place en face de lui au moment où une serveuse venait s'enquérir de leur commande. Face au regard interrogatif de Cole, elle demanda une bière.

Le portable de Cole se mit à sonner, ce qui lui évita d'avoir à parler aussitôt. Il s'excusa de devoir prendre un appel professionnel, avant de se lever pour faire quelques pas.

La dernière fois qu'ils s'étaient retrouvés au Puck & Shoot, ils avaient croisé Sal et Vicki. C'était ainsi que leur prétendu couple était né. Par une curieuse coïncidence, ils finiraient peut-être par signer son arrêt de mort ici même ?

Lorsque la serveuse revint avec leurs boissons, elle n'attendit pas le retour de Cole pour boire une gorgée. Elle en avait besoin.

Lorsque Cole la rejoignit, elle sentit son pouls accélérer. Elle s'imagina le rejoindre sur la banquette, l'enlacer, l'embrasser. Mais, ignorant où en était leur relation, elle ne savait plus ce qu'elle avait le droit de faire ou pas. Ni l'un ni l'autre n'avait osé aborder le sujet, depuis la soirée de gala.

Comme s'il lisait dans ses pensées, Cole lança :

— Nous avons été plutôt convaincants en tant que faux couple, non ?

— Oui.

— On vient de me proposer un poste d'entraîneur dans le Wisconsin. À Madison.

Elle sentit son cœur exploser dans sa poitrine.

Cole, pourtant, était souriant. Est-ce que leur relation, ou prétendue relation, avait signifié si peu à ses yeux ? Pourquoi lui parlait-il de ce poste juste après avoir évoqué leur mensonge ? À moins que ce ne soit sa façon de rompre, tout simplement.

— Sal voudrait que je lui donne une deuxième chance, répliqua-t-elle.

Elle savait que c'était une façon réflexe de contre-attaquer, mais elle n'avait pu s'en empêcher. Il n'avait pas dit qu'il allait prendre ce poste dans le Wisconsin, mais il semblait plutôt heureux.

Sal l'avait quittée, et elle avait survécu. Toutefois, elle n'était pas certaine de s'en tirer aussi bien avec Cole… Elle tenait tellement à lui. Bien sûr, elle ne pouvait pas lui en vouloir de quitter Welsdale. Il avait tenu parole en s'occupant du comité de Pershing jusqu'au gala. Et c'était elle qui avait proposé cette date comme échéance, après tout.

— Ne me dis pas que tu envisages de donner une deuxième chance à cet imbécile ? demanda Cole d'une voix dure en la fixant avec intensité.

Non. Mais à cet instant elle avait besoin d'élever des murs autour d'elle, pour maintenir Cole à distance. Elle était tombée amoureuse de lui, et lui, il n'avait jamais manifesté le moindre désir de se lancer dans une vraie relation. De plus, il venait lui annoncer qu'il allait sûrement partir.

Il hocha la tête comme s'il essayait d'assimiler cette information.

— Revenir avec lui serait vraiment jouer la sécurité la plus basique, ajouta-t-il.

— Je suis enseignante, c'est un beau métier, ne serait-ce que pour la sécurité qu'il procure.

— Si tu veux te persuader que tu n'es ni passionnée ni audacieuse, alors tu fais fausse route, ma belle. Je peux t'en parler mieux que quiconque après ce que nous avons vécu ensemble.

Elle n'était pas passionnée, elle était exclusive et impatiente. Elle voulait tout, tout de suite, et en particulier l'attention et l'amour exclusif de Cole. Alors que lui n'avait aucune envie de s'engager dans une histoire de couple, d'après ce qu'elle comprenait.

— Quant à toi, tu es passionné de hockey, alors tu devrais poursuivre ton rêve, rétorqua-t-elle.

En disant ces mots, elle sentit une enclume de chagrin se poser sur sa poitrine, mais elle savait une chose, c'est qu'il était ridicule d'essayer de se mettre en travers des rêves de quelqu'un.

Cole ne dit rien et saisit sa bière fermement.

— Je pense que tes parents espéraient que tu resterais à Welsdale, poursuivit-elle. C'est sans doute pour cela qu'ils se réjouissaient de nous imaginer en couple. Pour nous c'était différent, nous savions que ce n'était qu'un jeu.

Prononcer ces mots était terriblement douloureux.

— Est-ce que tu oublies pourquoi nous nous sommes engagés dans cette fausse relation, Marisa ?

C'était sa faute, elle le savait. Elle rougit, mais ne perdit pas le fil de ce qu'elle voulait dire.

— Eh bien, nous voilà séparés pour de vrai dans notre faux couple, murmura-t-elle.

— Dans ce cas, il n'y a rien à ajouter. Tout est dit. Je m'en tiens à notre accord.

Elle avait tellement de choses à ajouter, pourtant !

Je t'aime. Ne me quitte pas. Ne pars pas.

Au lieu de ça, elle acquiesça et glissa hors de la banquette en évitant son regard avant de fouiller dans son sac pour trouver son portefeuille et régler sa consommation.

— Laisse ça, dit-il en s'emparant du ticket de caisse. C'est pour moi.

— Il faut que j'y aille. J'ai fait un détour quand j'ai reçu ton message, mais j'ai beaucoup de copies à corriger ce soir. Merci pour la bière.

Elle se dirigea vers la sortie en pilote automatique.

Le lendemain soir, Cole se retrouva à nouveau au Puck & Shoot. Pourquoi était-il revenu là ? Il n'aurait su le dire.

Il n'avait jamais été aussi remué par une rupture avec une femme, il fallait qu'il s'y habitue, c'était tout.

Et à cela s'ajoutaient ses inquiétudes quant à la succession de Serenghetti Construction. La réaction de son père, bien que prévisible, avait réussi à insinuer le doute en lui et tout à coup il n'était plus tout aussi sûr de lui, à l'idée de vendre.

Il jura entre ses dents. Il n'était pas capable de faire face à deux ruptures en même temps.

— Qu'est-ce que tu fabriques ? Tu te soûles tout seul ?

Il sursauta.

— Ta capacité d'observation est très impressionnante, Jordan.

Il songea qu'il aurait pu choisir un autre bar que le Puck & Shoot pour cuver son chagrin tranquillement. Par chance, Serafina ne travaillait pas ce soir. Par malchance, en revanche, Jordan avait décidé de venir boire un verre.

— Bon, où est Marisa ? demanda Jordan en balayant le bar des yeux. J'aurais imaginé qu'un samedi soir les deux tourtereaux seraient inséparables.

— Il semblerait qu'elle préfère un autre que moi, si tu veux tout savoir.

Jordan ouvrit de grands yeux.

— Sal ?

Cole ne répondit pas.

— Et tu ne fais rien pour empêcher cela ?

— Elle a fait son choix…

— Grand frère, là, tu es vraiment pathétique…

Cole saisit Jordan par sa chemise et l'attira brutalement vers lui.

— Laisse tomber ! gronda-t-il avant de le repousser pour prendre une gorgée de whisky.

— Eh ! Tu sais que…

Cole tapa du poing sur le comptoir.

— Laisse-moi tranquille !

— Tu es raide dingue de cette femme.

— Il y a d'autres femmes.

— Vicki ?

— Ah non, avec elle c'est fini !

— Même pour Marisa, tu n'es pas capable de trouver le courage de t'engager ?

— C'est elle ! répliqua-t-il. C'est elle qui a choisi de retourner auprès de ce chien galeux de Piazza !

— Elle te l'a dit ?

— Elle y pense.

Jordan jeta un coup d'œil autour de lui.

— Je pensais qu'elle serait ici, dit-il.

— Qu'est-ce qu'elle viendrait faire ici ?

— Elle m'a envoyé un texto, tout à l'heure. Elle te cherchait et m'a dit qu'elle avait quelque chose à toi. Je lui ai répondu que je ne savais pas où tu étais, mais qu'elle pouvait tenter le Puck & Shoot.

Manquerait plus qu'elle arrive ! Il était hors de question que Jordan et tous les clients du bar profitent du spectacle.

— Ce serait à coup sûr une rupture en beauté, marmonna-t-il, plus pour lui-même que pour son frère.

— Pourquoi tu ne vas pas chez elle pour discuter ?

C'était une sage idée. La dernière chose qu'il voulait, c'était d'être surpris par Marisa seul au Puck & Shoot en train de se soûler. S'il semblait pathétique aux yeux de Jordan, il n'osait imaginer comment Marisa le trouverait !

Si elle était en train de le chercher, mieux valait en finir tout de suite.

Il se redressa sur son tabouret et jeta quelques billets froissés sur le comptoir.

— Je t'appelle un taxi, proposa Jordan.

— Tu crois que je ne suis pas en état de conduire ?

— Je le crois, en effet. Je crois aussi que tu as une tête de déterré et que tu étais déjà dans cet état avant même d'entrer au Puck & Shoot.

Le trajet jusqu'à l'appartement de Marisa fut rapide.

Lorsqu'il arriva devant sa porte, il la trouva entrouverte et la poussa, sans attendre d'y être invité.

Face à la scène qu'il découvrit, son sang ne fit qu'un tour. Devant lui, Sal et Marisa étaient enlacés, et Sal était sur le point de l'embrasser. Le tableau était assez clair.

— Sal, non ! s'exclama Marisa en essayant de se libérer de son étreinte.

Cole se précipita et empoigna Sal pour le plaquer contre le mur.

— Elle a dit « non », dit-il, les dents serrées.

— Hé, doucement !

Cole le secoua plus fort.

— Est-ce que c'est compris, Piazza ?

— On était simplement en train de…

Il le plaqua plus durement contre le mur.

— Tu étais simplement en train de partir.

Sal se débattit.

— Lâche-moi ! J'ai le droit de rendre visite à ma petite amie !

— Ton *ex*-petite amie, rectifia Cole.

— Je pourrais te dire la même chose, il me semble, répliqua Sal, un mauvais sourire aux lèvres. Alors qu'est-ce que ça fait de se faire plaquer, champion ?

Cole jeta un coup d'œil en direction de Marisa.

Elle le fixa sans mot dire, comme sous le choc, avant de s'avancer d'un pas.

— Cole, s'il te plaît, ne lui fais pas de mal.

Il se tourna vers Sal, regardant avec mépris l'agent sportif rouge comme une pivoine.

— Je vais te poursuivre en justice, maugréa ce dernier.

— Tu n'as jamais fait que ça, me poursuivre, me courir après ! Tu rêvais d'avoir l'argent et les femmes, tout ce que tu imaginais faire partie de la vie d'un athlète professionnel. Est-ce que c'est ce qui te fait revenir vers Marisa, maintenant ?

Sal haussa les épaules.

— J'ai changé, depuis. Ne va pas t'imaginer des choses, Serenghetti, je ne t'envie pas !

— Pas plus que moi, Piazza !

— Cole, laisse-le partir. Sal, il faut que tu t'en ailles, maintenant.

Cole relâcha son étreinte et recula.

Sal rajusta son col, puis il se passa la main dans les cheveux avant de se tourner vers Marisa.

— Tu sais où me trouver, fit-il. Je te laisse congédier Serenghetti. Il faut croire qu'il n'avait pas encore bien compris.

Cole serra le poing, mais le laissa quitter l'appartement sans autre incident.

— Ne me remercie surtout pas, dit-il alors d'une voix amère en plongeant son regard dans celui de Marisa.

— Je pouvais me défendre toute seule !

— Sans doute. La vraie question est de savoir ce que Sal faisait ici, et pourquoi tu lui résistais, si tu étais d'accord pour lui donner une seconde chance ?

— Sal et moi ne sommes pas ensemble.

À son corps défendant, il se sentit soulagé par cette nouvelle.

— Pourquoi es-tu venu, Cole ? Pas pour voler à mon secours, je présume ?

— Jordan m'a dit que tu me cherchais.

— Non.

Cole serra les poings. Jordan lui avait donc menti pour qu'il se rende chez Marisa ? Il ne perdait rien pour attendre !

— Bien, tu ne me cherchais donc pas. Mais moi j'ai quelque chose à te dire, et c'est que tu es une très belle femme. Tu es ambitieuse et passionnée, et tu mérites de profiter de tout ce que la vie a à t'offrir. Ce que nous avions à partager est peut-être fini, mais cela ne veut pas dire que tu dois retourner avec Sal pour autant.

Il avait envie de la prendre dans ses bras et de l'embrasser, mais c'était digne de Piazza de profiter de la situation. Il prit donc sur lui et s'en alla sans rien ajouter.

Marisa ne s'était pas attendue à retrouver Cole lors de la pièce de théâtre jouée par les élèves de Pershing pour clôturer l'année.

Depuis qu'il était sorti de chez elle, la semaine dernière, elle n'avait cessé de penser à lui.

Elle ne comprenait pas vraiment pourquoi il était venu chez elle, d'ailleurs. Jordan lui avait-il vraiment dit qu'elle le cherchait ? Mais pourquoi Jordan aurait-il fait ça ?

Elle contempla Cole qui était assis à l'autre bout de la salle. Cesserait-elle un jour de le désirer ainsi ? Elle supposa qu'il avait été invité par M. Dobson, pour le remercier du rôle qu'il avait joué auprès de l'établissement.

Elle avait du mal à se concentrer. Les élèves allaient jouer *Mort d'un commis voyageur* et, dès que le rideau s'ouvrit, elle cessa de respirer et se sentit rougir jusqu'aux oreilles.

Il était là, au milieu du plateau. Ce canapé sur lequel Cole et elle s'étaient aimés, la toute première fois.

Elle ne sut trop comment elle parvint à tenir jusqu'à la fin de la pièce. Le canapé, les souvenirs, la présence de Cole dans l'assistance, Cole qui la regardait, c'était certain… Elle n'avait qu'une envie : disparaître. Quitter la salle et rentrer chez elle.

Elle tint bon jusqu'à ce que le rideau tombe et que les acteurs viennent au-devant de la scène pour saluer. Bientôt, elle serait enfin libérée.

Lorsque le public eut fini d'applaudir, M. Dobson se leva pour gagner la scène. Il se lança dans un long monologue de remerciements avant d'aborder la question du nouveau gymnase.

— Notre école a obtenu les fonds nécessaires à la construction de ce nouvel équipement sportif, déclara-t-il, sous les applaudissements du public. Je voudrais remercier M. Serenghetti et son entreprise pour leur généreuse donation et pour le soutien qu'il nous a personnellement apporté. J'ai l'immense plaisir de vous annoncer que j'ai décidé que cette nouvelle salle serait appelée « Gymnase Serg Serenghetti ».

Elle observa Cole dont le regard était tourné vers M. Dobson, comme tout le reste de la salle.

Cole avait dû faire une donation importante, songea-t-elle. Pourquoi ?

Elle avait pourtant eu bien du mal à le convaincre de donner de son temps et de faire profiter de son image les élèves de Pershing. Il n'avait d'ailleurs accepté que lorsqu'il avait eu la garantie d'obtenir un contrat intéressant en contrepartie. Pourquoi aurait-il réinvesti une bonne part de ses bénéfices dans une donation ?

M. Dobson attendit un peu que le public fasse silence.

— Je voudrais aussi profiter de l'occasion qui m'est donnée d'accueillir comme il se doit notre nouvelle directrice adjointe qui prendra ses fonctions à la rentrée prochaine, Mlle Marisa Danieli !

Elle ne s'attendait pas à une telle annonce ce soir. Sous l'effet de la surprise, son cœur se mit à tambouriner dans sa poitrine, et elle rougit jusqu'aux oreilles. Parmi tous les regards tournés vers elle, elle sentit celui de Cole…

— Marisa, voulez-vous s'il vous plaît venir me rejoindre sur l'estrade ?

Une main lui serra le bras alors qu'un de ses collègues la félicitait, puis elle se leva et descendit l'allée pour gagner l'estrade, tandis que toute la salle redoublait d'applaudissements.

Une fois face à tout le monde, elle chercha Cole du regard. Des larmes commençaient à lui monter aux yeux, mais M. Dobson la fixait et semblait attendre sa réaction, aussi se ressaisit-elle pour prendre la parole :

— Merci à tous. Je suis extrêmement émue d'être nommée à ce poste au sein de Pershing. Il y a près de vingt ans, j'ai passé les portes de cet établissement pour la première fois. J'étais une lycéenne boursière, et Pershing m'a changé la vie. Moi qui étais plutôt appelée à venir rendre des comptes dans le bureau du proviseur, je vais me retrouver à y avoir un poste de travail. Je ne change pas vraiment de locaux, mais je peux vous dire que la route jusque-là a pourtant été longue !

Il y eut des rires et quelques applaudissements dans l'assistance, tandis qu'elle se tournait vers M. Dobson pour lui serrer chaleureusement la main.

Quelques minutes plus tard, M. Dobson déclarait la soirée finie, et tout le monde commença à partir.

Marisa espérait pouvoir filer discrètement. Le temps de remercier quelques-uns de ses collègues venus la féliciter, elle s'engagea dans le couloir… Et se retrouva face à face avec Cole.

Son expression ne laissait rien paraître, tandis qu'elle, elle avait l'impression d'être sur le point de s'effondrer de tant de stress cumulé.

Elle plaqua un sourire sur son visage et prit la parole la première :

— Tu dois être heureux que le gymnase porte le nom de ton père. C'est un bel hommage.

— Mon père est très touché. C'est un grand honneur.

Ils se fixèrent un instant en silence.

Elle entremêla ses doigts dans l'espoir de cesser de

trembler. À moins que ce ne soit pour résister à la tentation de toucher Cole…

— Est-ce que tu as quelque chose à voir avec ma nomination ? demanda-t-elle soudain en pensant à la donation qu'il avait faite au lycée. Tu as tiré les ficelles ?

— Cela changerait-il quelque chose ?

— Oui. Est-ce que tu as joué un rôle ?

Cole haussa les épaules.

— J'ai essayé, mais cela n'était pas utile. Tu étais déjà la favorite pour ce poste.

Elle inspira profondément, soulagée.

— Merci.

— Tu as travaillé dur, Marisa. Tu le méritais. Tu as tout ce que tu voulais, maintenant.

Pas tout à fait. Elle ne l'avait pas, lui. Elle ne l'aurait plus jamais…

À cet instant, un des membres du comité de Pershing vint à leur rencontre.

— Cole, il y a quelqu'un que je voudrais vous présenter.

Marisa fut soulagée de cette interruption. Elle salua Cole du bout des lèvres et s'engagea dans le couloir, tête baissée. Elle était sûre que n'importe qui aurait pu lire l'émotion qui l'habitait d'un simple regard.

Les larmes aux yeux, elle gagna un autre couloir. Elle avait besoin d'un moment de calme avant de repartir. Comment expliquerait-elle pourquoi elle pleurait, si elle croisait quelqu'un ? Elle entra donc dans un local faiblement éclairé du département de théâtre. Des meubles étaient entreposés, recouverts de draps.

Percevant des bruits de pas, elle donna un tour de verrou et s'adossa contre la porte.

Quelqu'un saisit la poignée et l'actionna.

— Marisa ?

Cole…

Elle ne répondit pas, espérant qu'il s'en irait.

— Marisa ? Est-ce que ça va ?

Non, ça n'allait pas. Elle l'aimait, et il ne l'aimait pas. Il quittait la ville. Plus rien n'allait !

— Tu avais l'air bouleversée quand tu es partie, ma belle. S'il te plaît, laisse-moi entrer !

Pourquoi voulait-il la voir ? Pour la quitter encore une fois ? Elle n'y survivrait pas. Elle étouffa un sanglot en priant pour qu'il ne s'en rende pas compte.

Elle l'entendit s'éloigner, et un sentiment irrationnel de déception l'envahit. Le silence se fit à nouveau. Jusqu'à ce qu'elle distingue un bruit de verrou et que la porte s'ouvre.

Cole entra, un couteau suisse à la main.

— J'ai appris à braquer les casiers de mes camarades au vestiaire il y a bien longtemps, expliqua-t-il, avant de jeter un coup d'œil à la salle. Il faut que nous arrêtions de nous retrouver dans ce genre d'endroit…

— Nous ne risquons rien, le canapé est toujours sur scène.

Il l'observa avec attention.

— Cela dépend de ta conception du risque…, murmura-t-il.

Elle sentit son cœur se serrer. Elle savait qu'il avait raison, le risque n'était pas où elle le prétendait.

— Tu passes toujours en force ? demanda-t-elle. On croirait un bulldozer !

— C'est le contraire qui serait étonnant, pour le patron d'une entreprise de construction, non ?

— Et pour un entraîneur de hockey du Wisconsin ?

— Ce n'est plus forcément à l'ordre du jour.

Elle le regarda sans comprendre.

— Tu es sérieux ?

Il la fixa intensément avant de s'avancer vers elle, où il posa la main sur sa joue.

— Très sérieux, Marisa. La seule chose que je veux, c'est toi. Je t'aime.

Elle sentit un tremblement s'emparer de ses lèvres.

— Je n'ai jamais prononcé ces mots auparavant, reprit-il avant de lever les yeux pour regarder la salle autour d'eux. Je n'avais pas vraiment imaginé que cela se passerait ainsi, mais je voulais te demander de m'offrir une seconde chance.

— Mais tu ne vas pas partir ? lâcha-t-elle d'une voix chevrotante.

— Non. Je ne vais pas prendre ce poste. Je reste ici, à la tête de Serenghetti Construction. Il fallait que j'accepte de prendre conscience que cette entreprise fait partie de mon ADN.

Elle sourit et ne fit rien pour retenir les larmes qui lui brouillaient la vue.

— Alors, es-tu prête à me voir par ici très souvent ? lança-t-il avant d'effleurer ses lèvres des siennes.

— Prête, murmura-t-elle.

— Prête à épouser un ouvrier du bâtiment ?

— C'est une proposition ?

Il entremêla ses doigts avec les siens et porta sa main à ses lèvres.

— Plutôt deux fois qu'une !

— Alors cette fois, je veux bien en parler à tout le monde, crier sur tous les toits que tu m'as avoué ton amour éternel avant de me demander en mariage !

Il éclata de rire et l'embrassa.

— Tu oublies de préciser que je suis incapable de

résister à ton corps et que je rêve de tes seins toutes les nuits !

— Je pourrais le préciser, en effet !

— Je suis amoureux de toi.

— C'est bon à savoir, parce que moi aussi je t'aime.

Épilogue

Si leur surprise fonctionnait, ce serait sans doute le coup d'éclat de Cole.

Elle laissait à son futur époux le soin d'annoncer ce qu'il avait secrètement préparé avec sa complicité, tandis qu'autour d'eux les invités savouraient les petits-fours présentés par des serveurs en grande tenue. Tout le monde, sauf eux et leur complice, ignorait ce qui allait se passer ensuite.

Elle ajusta nerveusement sa robe fourreau, avant d'écarter quelques boucles qui frôlaient ses épaules dénudées. Son regard se posa sur un reflet du diamant qu'elle arborait à la main gauche. Elle inspira profondément avant de regarder, émue, la décoration raffinée de la splendide salle de bal du Country Club de Welsdale.

Sur l'estrade, Cole s'éclaircit la voix et, sa flûte de champagne à la main, demanda le silence.

— Merci à tous d'être venus. Marisa et moi rêvions d'une grande fête de fiançailles, et vous voici deux cents réunis autour de nous ! À grand amour, grande célébration !

Des rires s'élevèrent de l'assistance.

— J'ai connu Marisa au lycée, vous le savez, et tout le monde se demandait comment le petit plaisantin du fond de la classe allait réussir à intéresser la belle et brillante élève du premier rang, d'autant plus que sa présence tendait à faire de moi un pauvre adolescent transi et incapable d'articuler deux phrases cohérentes.

Marisa sentit sa gorge se nouer sous le coup de l'émotion. Tout ce qu'il racontait était vrai mais apportait toutefois un nouvel éclairage à leur histoire.

— Marisa, je t'aime, dit-il en tendant la main vers elle tandis que la salle applaudissait.

Elle s'avança dans l'allée centrale, ses jambes comme du coton, puis elle saisit la main qu'il lui tendait pour monter sur l'estrade.

— Quelle déclaration, chuchota-t-elle. Je ne vais plus avoir la moindre once de maquillage !

Il sourit.

— Tu restes toujours aussi belle.

— Tu es décidément aveuglé par l'amour !

— Je n'aurais pas rêvé mieux, ma belle, susurra-t-il en l'embrassant.

— Gardez-en un peu pour la lune de miel ! lança Jordan.

Il y eut de nombreux rires et quelques sifflets, puis Cole reprit la parole :

— Merci, frérot, pour la transition, car il se trouve que Marisa et moi avons une grande nouvelle. Nous allons nous marier, en effet. Et sans plus tarder. Dès maintenant, même, si vous êtes prêts !

Un murmure surpris parcourut l'assistance, alors que le prêtre qu'ils avaient choisi pour célébrer le mariage les rejoignait sur l'estrade.

Lorsque Cole lui avait suggéré un mariage surprise, elle avait pensé qu'il plaisantait, mais elle n'aurait pu rêver plus belle fête. Elle sentait son cœur se gonfler tout à coup, au point d'être prêt à éclater. Elle sourit. Une idée venait de germer dans son esprit…

— Oh Cole, tout cela est tellement merveilleux, c'est trop de bonheur, beaucoup trop, et je pense que…

Elle ferma les yeux et se laissa tomber à la renverse dans un mouvement très théâtral.

Paniqué, Cole se précipita pour la rattraper.

— Marisa ? Marisa ! s'écria-t-il sous les exclamations du public.

Elle rouvrit les yeux, un sourire malicieux aux lèvres.

— Je crois que je pourrais prendre goût à cela, dit-elle en riant et se redressant sous les applaudissements de l'assistance.

Cole soupira, soulagé, et se mit à rire.

— Je serai toujours là pour te rattraper au vol, ma belle.

Et ils scellèrent cette promesse par un tendre baiser.

ANNA DePALO

Le choix de Chiara

Traduction française de
JULIA LOPEZ-ORTEGA

PASSIONS

Titre original :
HOLLYWOOD BABY AFFAIR

Ce roman a déjà été publié en 2017.

- 1 -

LE COUP DE FOUDRE DE L'ACTRICE ET DU CASCADEUR !
AMOUREUX… COMME DANS UN FILM !

Chiara Feran ferma les yeux quelques secondes et s'efforça de se concentrer. Les gros titres de la presse à sensation en ligne revenaient la tourmenter au plus mauvais moment.

Elle se trouvait à cet instant précis à quinze mètres au-dessus du sol, retenue par un filin renforcé, agrippée aux solides épaules du cascadeur en question, dans les rafales de vent et le souffle des pales d'hélicoptère, essayant de prétendre que sa vie était en jeu.

Si elle tentait de relativiser un peu, elle pouvait toujours se dire qu'elle avait besoin de détourner l'attention des médias des frasques de son père, joueur invétéré qui avait encore fait des siennes à Las Vegas dernièrement. Mais la tâche n'était pas aisée.

Elle rejeta la tête en arrière pour dégager son visage des longues mèches de cheveux qui lui masquaient les yeux. Lors des répétitions, elle avait appris que le cascadeur qui travaillerait la scène avec elle se prénommait Rick. Le seul mot qu'elle parvenait pourtant à lui associer était « insupportable ». Il la regardait d'ailleurs de haut avec ses impressionnants yeux verts, comme s'il ne voyait en elle qu'une diva capricieuse qu'il fallait prendre avec des pincettes.

« Je ne voudrais surtout pas abîmer votre manucure », avait-il osé lui lancer.

« Merci de cette attention, mais il y a une maquilleuse sur le plateau. »

Ils avaient eu ce genre d'échanges vaguement moqueurs et déplaisants depuis le début du tournage, et cela avait eu le don de la mettre sur les nerfs. Si les tabloïds savaient ce qu'elle pensait réellement de lui…

Il n'était pas faux, cependant, de dire qu'il aurait pu rivaliser avec les plus grands acteurs, en termes de charisme. Elle se demandait d'ailleurs pourquoi il ne cherchait pas à faire évoluer sa carrière et se contentait de ce rôle de cascadeur. D'un autre côté, vu la taille de son ego, il n'avait sans doute pas besoin de chercher plus de reconnaissance ! Il devait avoir de bonnes raisons de cultiver son goût pour l'anonymat, et c'était sans doute peu reluisant.

Elle avait aussi entendu dire qu'il était richissime. Mais elle n'aurait pas été surprise qu'il ait lui-même lancé cette rumeur sur son compte. Il se comportait en macho, parfaitement en adéquation avec ses missions de cascadeur où il volait généralement au secours d'une demoiselle en détresse. Mais elle n'avait pas besoin qu'on lui sauve la vie. Elle avait appris depuis bien longtemps à ne dépendre de personne, et certainement pas d'un homme.

Elle ouvrit la bouche, mais au lieu de verbaliser tout haut ce qui l'habitait elle se contenta de faire son travail et prononça sa réplique :

— Zain, nous allons mourir !

— Je ne te laisserai pas tomber, répondit-il les dents serrées.

Elle savait que sa voix serait coupée au montage et doublée. Elle prenait donc un certain plaisir cruel à l'appeler du nom du héros dont il doublait le comédien. Finalement, elle n'était qu'à deux pas de la réalité… Et à plusieurs mètres du sol, ce qui lui promettait un atterrissage fatal au terme d'une longue chute s'il ne faisait pas sérieusement son travail !

Même si Rick et elle étaient équipés de discrets harnais sous leur tenue, des accidents de ce genre arrivaient parfois sur les tournages.

Dès que cette scène serait terminée, elle pourrait rejoindre sa loge pour un café. Et peut-être une petite discussion avec Odele, son agent.

— On coupe ! cria le réalisateur dans son mégaphone.

Elle poussa un soupir de soulagement.

On les fit redescendre sur le sol. Pourtant, l'étreinte de Rick restait toujours aussi ferme.

Elle était éreintée, et elle n'était seulement qu'à la moitié des douze heures quotidiennes de tournage auxquelles elle était soumise en ce moment ! Sans même parler d'une autre lassitude, plus morale, et liée aux grandes questions existentielles qui l'habitaient. Heureusement que le tournage arrivait bientôt à son terme.

Les films d'action l'ennuyaient profondément, mais ils payaient son loyer et plus encore. D'ailleurs, Odele lui disait toujours que c'était une façon de ne pas cesser d'exister pour son public et de conserver pour les réalisateurs une cote élevée. Ce film était important de ces deux points de vue. *Pegasus pride* dépeignait les aventures d'une équipe d'élite envoyée pour déjouer une tentative d'attentat contre les Nations unies.

Dès qu'elle posa le pied à terre, elle s'écarta de Rick en réprimant un étrange frisson.

Ses cheveux foncés étaient en bataille et son jean descendait bas sur les hanches, tandis qu'une veste couverte de poussière recouvrait un T-shirt troué, et pourtant il dégageait une autorité totale et le calme implacable d'un maître de l'univers prêt à l'action.

Elle n'aimait pas ce qu'il lui faisait ressentir. Elle se sentait trop femme, face à lui. Bien sûr, il était imposant, et sa large carrure tout en muscles évoquait la force, mais elle ne pouvait oublier qu'il était arrogant et irritant au-delà du possible. Et, comme tous les hommes, bien peu digne de confiance.

Elle ne comptait pas se laisser intimider. Après tout, c'était plutôt risible, car elle devait avoir un bien plus imposant compte en banque que lui.

— Est-ce que ça va ? lui demanda-t-il.

Sa voix était chaude et profonde, et contrastait avec la fraîcheur et l'humidité étonnantes pour une journée d'avril à Los Angeles.

— Bien sûr, pourquoi est-ce que cela n'irait pas ?

Il serra les mâchoires.

— Est-ce que tu as parlé à ton agent récemment ? lança-t-il sèchement.

— Odele ? Non, pourquoi ?

Il jeta un regard en direction de sa loge mobile garée un peu plus loin.

— Tu devrais peut-être aller la voir, dans ce cas.

Sortant son smartphone de sa poche, il chercha un instant avant de lui présenter l'écran.

Il lui fallut quelques secondes pour déchiffrer les titres qu'il lui montrait, mais lorsqu'elle y parvint elle ouvrit de grands yeux.

CHIARA FERAN ET SON CASCADEUR SE RAPPROCHENT.
DEUX CŒURS RÉUNIS SUR L'ÉCRAN ET EN DEHORS.

Bon sang !

L'information mensongère se répandait, et en prime même Rick était au courant, maintenant !

Elle ne put empêcher le rouge de lui monter aux joues. Il n'était pas *son* cascadeur. Il n'était son rien du tout. Elle se demanda si elle n'aurait pas dû démentir aussitôt, tant qu'il n'y avait qu'une seule source ou deux, et éteindre l'incendie avant qu'il ne soit trop tard. Il est vrai qu'elle avait d'abord été soulagée de trouver une diversion aux scandales médiatiques auxquels était abonné son père. Mais maintenant cela allait trop loin.

Face à la mine amusée de Rick, elle rougit de plus belle.

— Je vais en parler à Odele, décréta-t-elle.

Il lui effleura délicatement la joue, comme si elle venait de l'y inviter.

— Si tu souhaitais me faire passer un message, tu aurais pu le faire en direct, murmura-t-il. Inutile de passer par la presse, je suis adepte des approches directes.

Elle repoussa vivement sa main.

— Il y a une méprise, sois-en assuré ! J'espère que c'est assez *direct* pour toi.

Son regard se fit rieur.

— Nous n'avons pas fini d'en parler ! affirma-t-il avec une assurance désinvolte.

Comme si elle avait besoin de cela… En prime, avec l'une des dernières personnes sur terre avec qui elle avait envie de parler !

Elle tourna les talons et s'éloigna sans un mot pour Rick, sentant son regard sur elle à chacun de ses pas. Elle portait un jean et un T-shirt déchirés, tous deux extrêmement moulants, comme il se doit lorsque l'on joue une demoiselle en détresse dans un film grand public. Elle serra les poings, son cœur battait fort dans sa poitrine. Elle bouillonnait, et cette chaleur n'avait rien à voir avec du désir !

Arrivée à sa loge, elle poussa vivement la porte, et Odele redressa la tête. Installée à une table, cette dernière la regarda par-dessus ses lunettes à montures rouges. Son carré grisonnant reflétait la lumière du soleil.

Si Chiara avait bien retenu une chose à son sujet au fil du temps, c'était qu'Odele était toujours imperturbable.

— J'ai pris un antidouleur il y a une heure et j'ai encore mal à la tête, marmonna-t-elle, portant la main à son front.

— Les vrais problèmes ont toujours été au-delà des compétences de la pharmacopée, ma chérie, déclara Odele de sa voix grave et rocailleuse.

Il était inutile de tourner autour du pot avec elle, et Chiara lui raconta donc les rumeurs qui couraient sur Rick et elle, et lui décrivit la réaction de ce dernier.

— Il s'imagine qu'il est le rêve de toute actrice, un cadeau du ciel, rien que ça ! s'exclama-t-elle.

— Tu as besoin d'un homme dans ta vie, répondit Odele, toujours aussi calme.

— Comment ?

Elle était au sommet de sa carrière et avait réussi au-delà de toutes ses espérances. Elle n'avait besoin de rien, et certainement pas d'un homme !

Il est vrai qu'elle était seule depuis quelque temps, maintenant, mais elle pouvait y remédier facilement. Elle n'en avait tout bonnement pas envie. Les hommes apportaient toujours des complications.

Elle laissa échapper un petit rire sarcastique.

— Désolée de te décevoir, mais ce n'est certaine-ment pas à l'ordre du jour, répliqua-t-elle. En revanche j'ai besoin d'un nouveau styliste, maintenant qu'Emery lance sa propre collection d'accessoires. Et, une fois que ce film sera fini, j'aurai sans l'ombre d'un doute besoin de vacances ! Mais d'un homme dans ma vie, certainement pas !

— Tu es l'idole de l'Amérique, tout le monde veut te voir heureuse, lui fit remarquer Odele.

— Par « heureuse », je devine que tu veux dire « mariée avec beaucoup d'enfants » ?

Odele acquiesça, amusée.

Chiara poussa un long soupir.

— La vie n'est pas si simple…, murmura-t-elle.

— Mais tu sais bien que nous vendons du rêve, à Hollywood, ma chérie.

Chiara se retint de lever les yeux au ciel. Elle avait vraiment besoin de vacances.

— C'est la raison pour laquelle une petite histoire sentimentale est exactement ce dont tu as besoin pour entretenir le mythe, conclut Odele.

— Et comment suis-je censée m'engager dans cette histoire en question ?

Odele claqua des doigts.

— J'ai exactement ce qu'il te faut !

— Qui ça ?

— Un cascadeur !

Le doute s'insinua soudain dans l'esprit de Chiara.

— Attends un peu… C'est *toi* qui as dit aux journaux que Rick et moi étions ensemble ? demanda-t-elle, posant un regard méfiant sur son agent.

Bon sang ! Elle avait raconté cette rumeur à Odele dans l'espoir que cette dernière y mettrait un terme aussitôt, et voilà qu'elle découvrait qu'elle était face à l'incendiaire en personne !

Odele hocha la tête, un petit sourire en coin.

— Oui, c'est bien moi, avoua-t-elle, nullement repentante. Il nous fallait de toute urgence une diversion face à ton père.

Chiara la fusilla du regard.

— Mais, Odele, comment as-tu pu faire ça, et surtout avec… avec Rick ! s'exclama-t-elle.

Odele ne répondit pas.

Chiara fronça les sourcils, soudain méfiante. Oh non…

— Est-ce qu'il est au courant ? demanda-t-elle.

— Il n'a pas émis d'objection à mon idée…

Ce qui expliquait son comportement de tout à l'heure. Odele lui avait demandé d'être complice de ce petit jeu !

Chiara inspira profondément.

— Il n'est pas mon type du tout.

— Ma chérie, mais il est le type de toutes les femmes, enfin !

— Pas le mien, je te le répète.

Il était borné, agaçant et insupportable.

— En tous les cas, il est parfait pour le rôle, crois-moi, lui assura Odele. Et tes fans de sexe féminin t'envieront toutes !

Chiara leva les yeux au ciel. C'était une chose de ne pas réagir à une rumeur, mais prétendre qu'elle était réelle en jouant le jeu en était une autre. D'autant plus quand elle découvrait que la rumeur en question avait été lancée par son propre agent !

— Enfin, Odele, tu voudrais vraiment que je fasse mine d'avoir une liaison avec ce… ce type devant les médias ?

— Et pourquoi pas ? Il faut que l'on parle de toi, ce n'est pas plus compliqué que cela !

— J'espérais que l'on parlerait de moi pour mes talents d'actrice, pas pour ma vie privée !

— Je te dis qu'ici, à Hollywood, il te faut un homme. Le cascadeur fera très bien l'affaire.

— Non ! Je n'ai pas besoin d'un homme.

Et certainement pas de ce cascadeur, justement.

Odele sortit son téléphone et fit quelques recherches sur Internet avant de lui présenter l'écran comme l'avait fait Rick un peu plus tôt.

LE PÈRE DE CHIARA FERAN IMPLIQUÉ DANS UNE AFFAIRE DE PARIS ILLÉGAUX.

« MA FILLE REFUSE DE ME VOIR », DÉCLARE LE PÈRE DE CHIARA FERAN.

Bon sang ! Chiara était plutôt familière de ce genre de titres — cela devenait une sorte de mauvais rêve récurrent dont elle semblait ne jamais pouvoir se réveiller. C'était ce qui lui avait fait accepter cette rumeur sur Rick et elle au départ… La raison pour laquelle elle maintenait son père à distance et refusait, effectivement, de le voir, était qu'il était un irresponsable, un joueur et un menteur !

— Maintenant, je ne suis plus responsable de ma seule image publique, mais aussi de celle de mon géniteur ? lança-t-elle, excédée.

Michael Feran n'était rien d'autre à ses yeux. Même le patronyme qu'ils partageaient n'était pas authentique, il avait été transformé, trois générations plus tôt à Ellis Island, et correspondait à l'anglicisation de « Ferano ».

— Il faut que nous puissions promouvoir une image de toi qui soit sans faille, décréta Odele.

— Tout ça à cause de mon père… Je crois que je pourrais l'étrangler !

Rick Serenghetti avait toujours placé le travail avant tout le reste. Pourtant, il ne parvenait à quitter Chiara Feran du regard. Ses yeux couleur d'ambre semblaient translucides, sa peau claire était soulignée par des cheveux d'un brun si profond qu'elle aurait été parfaite pour le rôle de Blanche-Neige.

Il était difficile à un homme de ne pas perdre la tête face à une femme comme elle. Son visage harmonieux était d'une symétrie parfaite. Ses yeux donnaient envie de se perdre dans leur profondeur topaze, et ses lèvres pleines et rosées semblaient appeler les baisers. Et, comme pour sublimer ces traits d'héroïne de conte de fées, elle avait un corps incroyable, aux formes tellement sensuelles qu'elles apparaissaient surnaturelles !

Ils étaient en plein tournage aux studios Novatus de Los Angeles. C'était une belle journée, ensoleillée et douce, qui contrastait avec la fraîcheur de la veille. Il n'avait pas revu Chiara depuis la scène de l'hélicoptère. Il attendait avec impatience la fin du tournage pour se détendre enfin, car chaque scène lui demandait une grande concentration.

Il se déplaça pour observer l'action filmée directement sur l'écran de la caméra. Toute l'équipe de tournage était présente, depuis les assistants jusqu'aux costumières et responsables des effets spéciaux. Et lui, bien sûr, le cascadeur.

Il en savait assez long sur Chiara Feran. Un peu plus qu'elle ne l'imaginait, en tout cas. Elle attendait toujours une grande récompense, un Oscar par exemple, qui la consacrerait, mais faisait régulièrement les unes de la presse spécialisée. Elle avait plutôt une image favorable, malgré les déboires répétés de son père à Vegas, relayés sans relâche par les tabloïds.

Quel dommage qu'ils s'entendent comme chien et chat, car elle avait un sacré tempérament. Il la respectait énormément pour cela. Et puis elle était restée simple, contrairement à son partenaire à l'écran qui était proprement imbuvable.

Et en même temps elle était la féminité incarnée. Il avait encore la sensation de son corps contre le sien, lors de la scène de l'hélicoptère… Si douce et si piquante à la fois. Et voilà que les médias les présentaient comme un couple…

— J'ai besoin de vous parler.

Rick se retourna vers Odele.

Lors des premiers jours de tournage, il avait aussitôt remarqué sa présence, qu'il était d'ailleurs difficile d'ignorer, avec la tonalité de sa voix, rocailleuse et si directe, ses cheveux gris et ses lunettes rouges qui venaient parfaire le personnage. On lui avait rapidement parlé d'Odele Wittnauer, l'agent de Chiara Feran.

Elle devait avoir une soixantaine d'années et semblait parfaitement accepter son âge, ce qui n'était pas si courant à Hollywood. Ses cheveux mi-longs laissés dans leur teinte naturelle, encadraient un visage rond et un imposant double menton.

Rick lui sourit. Il avait à peine échangé quelques mots avec elle, depuis le début du tournage.

— Que puis-je pour vous ? demanda-t-il.

— J'ai une proposition à vous faire.

— Je n'imaginais pas cela de vous, Odele. Est-ce bien sérieux, vous et moi ?

Il était habitué à recevoir des propositions plus ou moins directes de la part des femmes, mais jamais il n'avait été abordé par quelqu'un comme elle, au physique et tempérament de bouledogue.

— Ce n'est pas tout à fait cela, désolée de vous décevoir, rétorqua-t-elle avec aplomb. Il s'agit de Chiara Feran. Je voudrais que vous ayez une liaison avec elle.

Il se frotta le menton, surpris. Il ne l'avait pas vu venir, celle-là ! Il réfléchit un instant et tout s'éclaira.

— Alors c'est vous qui avez lancé cette rumeur à la presse ?

— Oui, répondit Odele, parfaitement à l'aise. Il fallait que je leur donne quelque chose pour les occuper et les distraire un peu.

— À cause du père de Chiara, c'est ça ?

— C'est un véritable obstacle à la carrière de sa fille, il faut bien l'admettre.

— Vous êtes sans pitié, fit-il remarquer, non sans une certaine admiration.

— Il y a quelque chose entre vous deux, poursuivit-elle, imperturbable. Une alchimie.

— Des étincelles, plutôt.

— C'est parfait ! La presse prendra cela pour une idylle naissante. Le cascadeur et la belle actrice, on ne peut pas rêver mieux !

Il avait du mal à voir l'intérêt qu'il tirerait à jouer à ce petit jeu. Sans compter les dangers que cela comportait, des dangers autres qu'une cascade en voiture ou un plongeon dans le vide — dont les risques étaient sérieusement calculés.

— J'ai déjà vu les médias s'emparer de mensonges, avant de les révéler au public et de laisser la vague du scandale emporter leurs auteurs, dit-il. Non merci, très peu pour moi !

— Cela vous servira aussi, Chiara est très populaire, vous le savez.

— Je tiens à ma vie privée.

— Je vous paierai.

— Je n'ai pas besoin d'argent.

— Bien. Et si je fais appel à votre sens de la chevalerie ?

— Que voulez-vous dire ?

— Eh bien Chiara a un autre problème, en dehors de son père. Un admirateur un peu trop enthousiaste et sans doute légèrement dérangé, qui la poursuit de ses ardeurs.

— Il la harcèle ?

— C'est difficile à dire pour le moment, mais l'homme en question a bel et bien essayé d'escalader la clôture de son jardin pour pénétrer chez elle.

— Il sait donc où elle habite ? demanda-t-il, surpris.

— Laissez-moi vous apprendre qu'à l'ère d'Internet, il n'y a plus grand-chose qui reste secret, mon garçon. Mais ne dites pas à Chiara que je vous en ai parlé. Elle est très susceptible sur le sujet et trouve que j'exagère.

Il fronça les sourcils et réfléchit quelques secondes.

— Savait-elle que vous alliez me demander ça ? s'enquit-il.

— Elle pense que je l'ai déjà fait.

Visiblement les deux femmes s'étaient mises d'accord, et Chiara devait avoir changé de stratégie pour tourner la situation à son propre avantage. Si elle était disposée à jouer le jeu pour sa carrière…

Odele avait le regard brillant, comme si elle sentait qu'elle avait trouvé le bon levier pour le faire fléchir.

— Prévenez-moi quand vous serez disposé à en discuter ! lança-t-elle en s'éloignant.

Il la suivit des yeux, pensif.

Depuis une mauvaise expérience, il avait pour règle de ne pas s'approcher des actrices, mais il avait aussi un côté chevalier servant. Et puis Chiara ne le laissait pas indifférent, d'autant plus qu'elle était la tête d'affiche d'un film dans lequel il avait lui-même beaucoup investi dans la plus grande discrétion.

Son téléphone se mit à vibrer, l'arrachant à ses réflexions. C'était Pete, le gérant de la société de production qu'il avait créée.

— Oui, Pete, comment ça va ?

Rick écouta le bilan des réunions des deux derniers jours, et plus particulièrement de la rencontre avec un réalisateur indépendant qui recherchait des producteurs pour un projet prometteur.

— J'aurais besoin que tu me fasses suivre leur proposition par e-mail. Il est possible d'envisager un financement à hauteur de cinq millions, mais il me faudra plus de détails.

— Bien entendu. C'est toi le boss ! répondit Pete en riant.

C'était le cas, mais personne ne le savait, sur le tournage de *Pegasus pride*. Il aimait rester incognito et n'en disait jamais plus que nécessaire. C'est pour cette raison qu'il avait pris un gérant pour sa société de production.

À cet instant, il nota l'arrivée de Chiara, sans doute pour sa prochaine scène. Pour le coup, elle changerait sans doute d'attitude à son égard, si elle apprenait qu'il était le producteur de ce film, elle qui le traitait comme un subalterne depuis le début du tournage !

Les complications étaient monnaie courante dans la réalisation d'un film, mais il avait cette fois la sensation très nette que Chiara était en passe de devenir sa complication principale !

- 2 -

— Salut !

C'était à peu près le genre d'approche sans nuance qu'elle attendait d'un macho en mode séduction. Autant dire que cela correspondait tout à fait à l'image qu'elle se faisait d'un cascadeur.

Pourtant son cœur se mit à battre plus vite. Plus fort aussi. Elle ne comprenait pas pourquoi son corps continuait à réagir ainsi en présence de Rick. Elle était une professionnelle, une actrice avec une formation classique, pas une jeune première propulsée sans préparation sur les plateaux de Hollywood.

Avant de se lancer dans le cinéma, elle avait aussi eu une carrière en tant que Miss dont elle ne faisait guère état. Elle avait été Miss Rhode Island avant de concourir pour le titre de Miss America, où elle était arrivée jusqu'en finale. Et c'était à cette époque que le cursus de formation dramatique de l'université de Yale lui avait fait de l'œil. Avec sa peau claire et ses cheveux d'ébène, on la comparait parfois à l'actrice Camilla Belle. Il est vrai qu'elle détonnait un peu, dans le paysage, au milieu de ces blondes hollywoodiennes passant leur temps dans les salons de beauté ou les clubs VIP.

Elle supposait que monsieur le cascadeur revendiquait comme il se doit d'avoir été formé à l'école de la vie. Sans doute avait-il enduré quelques mauvaises chutes, quelques fractures, des plaies et des bosses. L'expérience, pour tout dire. La vraie.

Il se planta devant elle et la dévisagea. Ils ne se trouvaient pas loin des loges des acteurs. Il n'y avait personne autour d'eux.

Depuis sa petite discussion avec Odele, deux jours plus tôt, elle avait fait son possible pour éviter de croiser son chemin. Là, elle ne pouvait plus l'éviter.

La lumière commençait à baisser, le crépuscule approchait.

Rick portait encore des vêtements déchirés et des traces de ce qui ressemblait à de la peinture ou du cambouis. Elle, elle arborait sa tenue de demoiselle en détresse, soit le pendant féminin de sa tenue, avec des déchirures savamment placées au niveau du décolleté. Un décolleté qu'il n'ignorait pas, à en juger par son regard un peu insistant.

— Alors comme ça Blanche-Neige a besoin d'un prince charmant ? lança-t-il, moqueur.

Elle brûlait d'envie de lui faire ravaler son petit sourire supérieur.

— Je n'ai besoin de rien, rétorqua-t-elle sèchement. C'était une proposition d'arrangement mutuel qui est totalement optionnelle.

Et de fait, dès qu'elle en aurait fini avec lui, elle retournerait discuter avec Odele.

— Tu as besoin de moi, ma belle, reconnais-le !

Elle lui jeta un regard menaçant. Il faisait exprès de jouer sur l'ambiguïté pour suggérer qu'elle avait non seulement besoin, mais envie de lui !

— On ne m'a jamais demandé de jouer les escorts, je suis flatté, ajouta-t-il.

— Tu ne devrais pas, crois-moi. Ne t'emballe pas trop vite !

Il éclata de rire.

— Ne t'inquiète pas, je sais me tenir. Et puis si la grande Camilla Belle n'est pas disponible, je me contenterai de sa doublure.

Elle sentit le feu de la colère lui brûler les joues, mais elle résista à l'envie de le renvoyer dans les cordes.

— Tu es prêt à jouer le jeu ? demanda-t-elle.

— Je ne sais pas trop… Embrassons-nous, et je te dirai ce que j'en pense !

— Si les caméras étaient en train de filmer, ce serait le moment du clap final ! Tu es en train de rêver éveillé, répliqua-t-elle d'un ton narquois.

Il saisit son poignet et l'attira vers lui.

— Nous ne sommes pas dans un film et tu n'es même pas acteur ! lança-t-elle.

— Tant mieux, car je compte t'embrasser pour de vrai. Voyons si je peux me montrer convaincant pour les paparazzis qui nous poursuivront bientôt, murmura-t-il en passant la main dans ses boucles sombres qui glissaient devant son visage. Je suis fou de tes cheveux d'ébène !

— Sans doute un héritage familial. Je suis d'origine brésilienne et italienne, indiqua-t-elle en se dégageant. Mais je devine que tu n'es pas intéressé. Tu sors ce genre de compliment à toutes les actrices que tu cherches à séduire, non ?

— Pas vraiment, répondit-il en souriant. La plupart sont blondes, de toute façon.

Et aussitôt il posa sa bouche sur la sienne. S'il s'était montré insistant, elle n'aurait pas eu de mal à le repousser, mais il se fit doux et délicat, l'effleurant à peine du bout des lèvres. C'était assez fascinant, comme sensation… Il sentait la fumée que l'on utilisait pour les effets spéciaux. Elle se laissa faire, goûtant sa langue au goût de menthe qui se glissait entre ses lèvres.

On l'avait embrassée un nombre incalculable de fois. À l'écran et dans la vie. Pourtant, elle se sentit ébranlée par ce baiser inattendu qui avait quelque chose de doux, d'hypnotique. Maîtrisé et contenu à la fois.

Il effleura sa langue de la sienne, et elle s'abandonna. Une convention tacite faisait que les acteurs ne s'embrassaient généralement pas avec la langue, ce qui signifiait qu'elle était déjà en terre inconnue. La surface solide du torse de Rick effleura sa poitrine, et ses seins se tendirent aussitôt à cette caresse.

Seigneur ! Mais que faisait-elle ?

Elle s'autorisa encore quelques secondes de plus, puis elle se dégagea et recula d'un pas, redressant le menton. L'audace de Rick l'avait impressionnée, mais elle ne comptait pas le laisser transparaître.

— C'est bon, je crois que l'on a fait les essais caméra, maintenant ! lança-t-elle avec tout l'aplomb dont elle était capable.

Il sourit.

— Comment m'en suis-je tiré ? demanda-t-il, sans baisser le regard.

— Je ne connais même pas ton nom de famille, répliqua-t-elle pour éluder sa question.

— Je suis prêt à répondre à toutes tes questions, très chère… Mais tu sais que tu peux m'appeler comme tu le veux : chéri, mon amour, mon cœur…

Il était certain que cet homme avait quelques talents pour amadouer les femmes !

— Je vois, mais je crois que je préfère ton vrai nom,

Rick. Il pourrait m'être utile pour déposer plainte auprès de la police.

Il sourit.

— Rick Serenghetti.

Serenghetti. Un nom italien.

— Mon nom véritable est Ferano, dit-elle. Mes fameuses origines italiennes.

— Tu n'es donc pas une descendante lointaine de Blanche-Neige ?

— Non, mais mes parents ont hésité à m'appeler Blanche, si cela peut te rassurer.

— Cela t'irait bien, mais je dois t'avouer que je ne suis pas vraiment le prince charmant. Juste sa doublure pour les cascades.

Elle avait du mal à garder son calme. Il avait vraiment le don pour la mettre hors d'elle ! Elle prit quelques secondes pour respirer à fond et, plongeant son regard dans le sien, décréta :

— En fait, je crains que tout ceci ne soit une mauvaise idée. Cela ne marchera jamais.

— Tu es une actrice, il te suffira de jouer ton rôle, affirma-t-il avec assurance. Au fait, j'ai appris que tu avais gagné des concours de beauté, c'est vrai ?

— Oui, j'ai été Miss Rhode Island.

— Rhode Island est le plus petit des États d'Amérique, mais j'imagine que la compétition a dû être acharnée.

— Tu te moques de moi ?

— Je ne me moque jamais des femmes que j'essaie de séduire !

— Waouh ! Je ne m'attendais pas à tant de franchise. Pourquoi me dire cela alors que je sens bien que tu ne m'aimes pas beaucoup ?

— Je ne vois vraiment pas le rapport.

— Aucune moralité, si je comprends bien.

Elle n'était pas si surprise, en fait. Quand il s'agissait de séduction, les hommes de Hollywood étaient sans pitié ni principes.

— Est-ce que cela fonctionne ? s'enquit-il.

— Rien ne fonctionnera entre nous. Sauf si Odele parvient à me convaincre que je n'ai pas d'autre option que d'en passer par là.

Rick fronça les sourcils.

— Tu veux dire que ce n'est pas encore le cas ? Tu n'es pas encore convaincue ?

Il lui fallut un moment pour comprendre qu'il ne plaisantait plus.

— Évidemment que non ! s'écria-t-elle. Il n'y a que toi pour sauter sur une telle idée sans réfléchir !

— Je ne me suis comporté ainsi que parce que je pensais que tu étais d'accord.

— Je croyais les cascadeurs moins regardants que ça, répliqua-t-elle en haussant les épaules.

Elle se rendait compte, à présent, qu'Odele s'était bien jouée d'eux, en faisant croire à chacun que l'autre était d'accord avec son idée folle. Rick avait osé l'embrasser car il la pensait consentante...

— Et maintenant que faisons-nous ? demanda-t-elle d'un ton léger.

Il haussa les épaules.

— Nous sommes déjà en train de nous disputer comme un vieux couple, je pense que nous serons parfaits pour les journalistes, répondit-il.

— Alors tu réfléchis sérieusement à jouer à ce petit jeu ?

— Il me semble que cela pourrait être amusant. Et puis j'ai toujours eu un fantasme autour de Blanche-Neige.

Chiara sentit un frisson la parcourir, jusqu'au bout de ses seins encore tendus.

— Alors quelle est ta position ? lança-t-elle.

— Oh ! C'est une réplique parfaite pour un très mauvais film hollywoodien !

Pour la deuxième fois en quelques jours, Chiara fit irruption dans sa loge pour interpeller Odele.

— Je ne peux pas faire croire à une liaison avec Rick Serenghetti. C'est impossible !

Odele, installée sur la banquette du luxueux camping-car aménagé en loge, leva les yeux de son magazine.

— Je ne vois vraiment pas ce qui ne va pas avec Rick Serenghetti, ma chérie.

Chiara le voyait, très bien, elle ! Rick était trop macho, trop insupportable, trop... Trop tout ! Elle avait encore des frissons en repensant à leur baiser échangé quelques minutes plus tôt et elle refusait de se sentir vulnérable face à un homme. Mais elle éluda toutes ces réponses, choisissant à dessein une autre ligne de défense.

— Je ne peux pas mentir, je n'y arriverai pas, c'est aussi simple que cela.

— Tu es une actrice, ma chérie !

— Mais le contexte change tout ! J'ai pour ambition de ne jouer que sur des plateaux de tournage. L'intégrité est une valeur importante à mes yeux.

Et puis la vérité était qu'elle craignait de se perdre, au bout du compte, même si tout était factice.

— Tu ne crois pas que tu en fais un peu trop ? demanda Odele dans un soupir. Nous sommes à Hollywood...

Chiara se campa devant elle, les mains sur les hanches, le regard droit.

— Tu nous as menti, à Rick et moi, en nous laissant

croire que nous étions d'accord pour ton scénario tiré par les cheveux.

Odele haussa les épaules.

— Oh. Vous n'étiez pas franchement fermés à l'idée, l'un et l'autre. Je n'ai fait que suggérer que c'était possible…

Chiara sentit la colère l'envahir.

— Eh bien je ne suis pas d'accord !

Sa conversation avec Rick n'avait mené à rien, et voilà qu'elle se retrouvait, de façon assez humiliante, en train de se plaindre auprès de son agent.

— Très bien, conclut Odele, étrangement docile pour une fois. Il faudra donc trouver une nouvelle stratégie pour distraire les journalistes des frasques de ton père et relancer ta carrière.

— Exactement !

— Dans ce cas nous sommes d'accord, j'ai ce qu'il te faut, il suffira que tu prennes une dizaine de kilos.

Chiara leva les yeux au ciel.

— Pourquoi ?

Elle avait pris sept kilos pour un rôle, deux ans plus tôt, s'autorisant tous les plats de pâtes en sauce et les pâtisseries les plus sucrées, mais avait dû se mettre intensivement au sport par la suite, avec l'aide d'un entraîneur particulier. En prime, elle avait passé deux mois à se cacher des paparazzis, pour éviter que des clichés peu flatteurs ne sortent dans la presse une fois son film terminé.

Elle avait d'ailleurs été déçue de ne pas voir ses efforts récompensés par une nomination pour les Golden Globes…

Quel genre de film Odele pouvait avoir en projet pour elle ?

— C'est une publicité pour un programme qui permet de retrouver la ligne, répondit cette dernière.

— Mais je n'ai pas de problèmes de poids ! s'écria Chiara.

Odele la fixa, amusée.

— Tu pourrais en avoir, ma chérie…

— Odele, tu es vraiment sans pitié !

— C'est ce qui fait que je suis si douée ! La marque Slender You lance une grande campagne qui te permettrait de fidéliser ton public, toujours très en demande de campagnes intimistes sur la vie des stars, surtout lorsqu'elles se montrent vulnérables ! En prime, ils ont un budget de plusieurs millions pour décrocher une vraie tête d'affiche. Si tu obtiens ce contrat, c'est la porte ouverte à de nombreux autres.

— Non, décréta Chiara, fatiguée de la recherche de popularité à tout prix. Pourquoi pas de la téléréalité, tant que tu y es…

— On n'y est pas encore, tu tournes assez souvent pour ne pas y avoir recours, mais c'est un passage obligé dès qu'un acteur se retrouve plusieurs années sans projet digne de ce nom.

Chiara avait beaucoup de mal avec ce discours, même si elle devait reconnaître qu'Odele lui avait toujours permis de décrocher des rôles importants.

— Et pourquoi ne pas écrire un livre ? lança soudain cette dernière.

— Un livre sur quoi ?

— Sur ce que tu veux ! Nous laisserions l'auteur en décider !

— Mais si je ne suis pas l'auteur, quel intérêt ?

— Tu es vraiment trop honnête pour ce métier, ma chérie. Et un parfum, qu'est-ce que tu en penses, cela te plairait ?

— Il me semble que Dior vient justement de changer d'ambassadrice pour sa campagne publicitaire…

— Oui, mais je parlais plutôt d'en lancer un à ton nom, c'est très lucratif, paraît-il !

— Comme Elizabeth Taylor avec White Diamonds, tu veux dire ?

— Oui, tout à fait ! s'exclama Odele avec enthousiasme. Nous pourrions l'appeler Chiara. Ou non, plutôt Chiara Lucida ! Cela évoque une étoile brillante entre toutes !

— Et combien vaut un Oscar ? demanda Chiara pour qui l'idée d'être récompensée pour son travail était la seule valable.

— Oui, bien sûr qu'une récompense de cet ordre serait très lucrative, mais cela ne nous empêcherait pas d'exploiter tous les filons de ta célébrité. Il faut être sur tous les fronts et protéger ton nom, développer ta marque !

Chiara soupira. À une époque, les stars du cinéma n'étaient rien d'autre que des actrices et des acteurs, et pas une sorte de marque déposée à faire fructifier.

— Je ne sais pas, je ne vois pas trop le sens de tout cela, Odele.

— Eh bien, je vais te le dire. Nous devons te protéger contre la mauvaise presse que te vaut ton père, cela rejaillit négativement sur ton image.

— Oui, bien sûr.

Comment oublier cela, alors que des hordes de paparazzis ne cessaient de poursuivre son père, à l'affût du moindre faux pas ? Et comme il n'était pas le dernier pour en commettre, des faux pas…

— Ou alors lancer une tendance comme Gwyneth Paltrow ou Jessica Alba ont pu le faire ? suggéra Odele.

— Oui, peut-être le jour où j'aurai été consacrée par la profession ou que j'aurai des enfants…

En songeant aux enfants, elle sentit son cœur se serrer. Elle avait trente-deux ans, elle serait bientôt trop vieille pour le cinéma hollywoodien, et son horloge biologique se rappelait aussi à son bon souvenir, si elle voulait mettre toutes les chances de son côté pour avoir des enfants naturellement. Malheureusement, ces deux trains étaient lancés sur les mêmes rails et risquaient la collision à tout moment. Pour éviter de sombrer totalement, il lui fallait une carrière bien établie avant de pouvoir s'extraire pour un temps des plateaux et réaliser ce dont elle rêvait : un mariage heureux et des enfants.

Bien sûr qu'elle voulait avoir des enfants. Le problème se situait au niveau du père. Elle avait eu un père tellement absent et défaillant en la personne de Michael Feran que cela influait sans doute sur ses exigences actuelles…

Sa famille, ou en tout cas ce qu'il en restait aujourd'hui, était tellement compliquée ! Et elle craignait que le happy end ne soit pas de rigueur.

Et pourtant l'idée d'avoir un enfant était tellement importante pour elle… Un être qu'elle aimerait de façon inconditionnelle et qui l'aimerait ainsi en retour. Elle éviterait les erreurs commises par ses parents et aurait quelque chose de tangible, de bien réel à quoi s'accrocher pour résister au maelström de la célébrité.

— Dans ce cas, reprit Odele, tes options sont limitées. Reviens me voir lorsque tu seras prête à envisager de sortir avec Rick Serenghetti.

Chiara la fixa, perplexe. Elle eut la sensation désagréable qu'Odele savait dès le départ où leur conversation allait la mener.

— Odele, tu es un vrai requin !

Odele sourit, l'air satisfait.

— Je le sais, c'est pour ça que je suis si douée en tant qu'agent !

Chiara résista à l'envie de lui répondre, cela ne servait à rien avec elle.

— Qu'est-ce qui ne va pas ?

Rick se dit que si même Jordan lui posait cette question, alors il lui fallait améliorer grandement son jeu d'acteur.

— Je ne vois pas pourquoi tu me dis cela…

Son frère et lui étaient assis dans la cuisine, et sirotaient une bière fraîche. Il essayait de voir sa famille aussi souvent qu'il en avait l'occasion, surtout lorsqu'il tournait à l'autre bout du pays, sur la côte opposée. Heureusement, son film actuel étant réalisé autour de Los Angeles, il parvenait à rentrer chez lui au moins les week-ends, même si son « chez-lui » du moment était une chambre louée dans les quartiers ouest de Hollywood.

— Maman m'a demandé de voir comment tu allais, lui expliqua Jordan en se balançant sur son tabouret de bar.

— Elle te demande toujours de voir comment je vais dès que nous sommes dans le même secteur. Et tu sais bien qu'elle me demande la même chose à ton sujet !

— Ma vie à moi n'a rien de trépidant, ces derniers temps…

Jordan était de passage avec son équipe de hockey des New England Razors pour jouer contre les Los Angeles Kings.

Le plus jeune des frères Serenghetti avait lui aussi un physique de jeune premier et ne laissait jamais passer une occasion de souligner qu'au bout du troisième garçon ses parents avaient enfin atteint la perfection.

Rick suivait les saisons de hockey, solidarité familiale, mais il n'était pas un passionné, comme Jordan ou leur frère aîné, Cole, qui avait lui aussi connu une carrière fulgurante interrompue à la suite d'une mauvaise blessure.

Rick, lui, avait pratiqué la lutte au lycée, alors que ses deux frères étaient capitaines de leur équipe de hockey sur glace au même âge. Cela lui avait conféré un statut un peu à part, d'anticonformiste, et il n'avait rien contre.

Il songea soudain à Chiara Feran. Il avait trouvé drôle de la provoquer avec cette idée de faux couple, d'autant plus qu'il la pensait prête à jouer le jeu. Après tout, cela ne portait pas à conséquence et ce n'était pas comme s'il avait vraiment une liaison avec une actrice. Mais... Il aimait la contrarier dans l'espoir de titiller sa susceptibilité.

S'il devait chercher des arguments plus professionnels, il aurait pu prétendre qu'en tant que producteur il avait un réel intérêt à ce que l'actrice star de son film ait une image positive et soit en sécurité, compte tenu de cette histoire de fan harceleur.

Et, en même temps, jouer le prétendu amant de la belle et son garde du corps secret était une mission de haut vol. Et puis, il s'était déjà brûlé les ailes en flirtant avec une aspirante starlette et il en avait tiré une leçon : ne jamais se glisser entre une actrice et la caméra !

Pendant longtemps, il avait eu des amis parmi des acteurs, des réalisateurs et d'autres gens du métier. Hal Moldado, un technicien lumière, avait été l'un de ses plus proches amis. Et puis un jour il avait croisé la route d'Isabel Lanier. C'était la petite amie de Hal à ce moment-là. Elle l'avait suivi un soir à la sortie d'un bar et s'était quasiment jetée sur lui pour l'embrasser. Un baiser qu'elle avait immortalisé avec son smartphone, avant de diffuser ce selfie sur tous les réseaux sociaux.

Sans surprise, cela avait signé la fin de son amitié avec Hal. Il en avait conclu qu'Isabel s'était servie de ce cliché pour rendre Hal jaloux et faire la une des médias pendant quelques jours.

Il avait eu la chance de ne pas avoir été identifié par les journalistes people qui avaient commenté l'affaire, ce qui lui avait évité d'être éclaboussé professionnellement.

Il savait bien que pour les actrices la notoriété était un enjeu majeur. Ce n'était pas pour rien que Chiara avait choisi Odele Wittnauer comme agent.

Mais, s'il ajoutait à l'équation la problématique du harcèlement dont elle était victime, il ne savait plus trop s'il devait se lancer dans cette histoire. Il suffisait peut-être de convaincre Chiara de recruter une équipe de sécurité professionnelle.

— Tu penses à une femme ? lança Jordan, le ramenant à la réalité du moment.

— On t'a déjà dit que tu avais un sixième sens en ce qui concernait les femmes ?

Son jeune frère esquissa un sourire énigmatique.

— Serafina serait sans doute de ton avis. Elle me fait tourner en bourrique !

Leur frère Cole venait d'épouser Marisa Danieli, son grand amour de jeunesse. Leur idylle lycéenne avait tourné court à l'époque, mais c'était finalement pour mieux se retrouver quinze ans plus tard. La jeune cousine de cette dernière, Serafina — Sera pour les intimes —, avait ainsi fait la connaissance de Jordan.

Et visiblement elle lui donnait du fil à retordre.

— Je suis surpris, fit remarquer Rick. Tu arrives d'habitude à charmer toutes les jeunes femmes sur lesquelles ton attention se porte.

— Là, crois-moi, ce n'est pas le cas ! Elle refuse même de me servir lorsque je vais boire un verre au bar du Puck & Shoot.

— Elle travaille là-bas ?

Le bar sportif de Welsdale était une institution, et Rick avait eu l'occasion de le fréquenter.

— Occasionnellement, oui.

— Ainsi, tu veux dire que le talent légendaire du grand Jordan Serenghetti auprès des femmes a rencontré un obstacle ? Ne t'inquiète pas, cela devait bien arriver un jour !

— Merci pour ton soutien, marmonna Jordan.

Rick éclata de rire.

— De rien ! Je regrette seulement que Cole ne soit pas là pour participer à cette petite discussion !

— Pour ma défense, je n'ai pas cherché à séduire Serafina. Tu sais, elle est presque de la famille, maintenant. Mais je dois avouer que j'ai du mal à comprendre pourquoi elle se montre aussi agressive avec moi.

— Pourquoi t'en inquiéter ? Ce ne serait pas la première fois que tu ne t'entends pas avec un membre de la famille.

— Cela ne m'inquiète pas vraiment… Mais revenons-en à tes problèmes de cœur.

Rick regarda son frère avec un large sourire.

— Contrairement à toi, je n'en ai aucun, affirma-t-il.

— Aucun problème ou aucun cœur ?

— Aucun problème et aucune histoire de cœur !

Jordan lui jeta un regard dubitatif.

— Pourtant la presse laisse entendre que tu as une histoire, et tu as la tête de quelqu'un qui aurait un problème !

— Ah, vraiment ?

— Qui est l'actrice de ton dernier film ?

— Chiara Feran.

— Elle est très belle.

— Oui, mais inaccessible.

— Pour qui ?

— Pour n'importe qui.

— Je vois, déjà possessif…

— D'où sors-tu cette histoire ridicule ?

— Je sais lire, tu sais !

Jordan afficha le sourire éblouissant qui lui avait valu d'être repéré pour jouer les mannequins, en particulier dans une campagne pour des sous-vêtements qui avait fait forte impression.

— J'ai lu sur Internet que ton actrice et toi vous étiez rapprochés, pour parler à demi-mot, précisa Jordan, sans cesser de sourire.

— Tu sais qu'il ne faut pas croire tout ce qui est écrit sur Internet.

Si Jordan avait eu vent de cette rumeur, alors la nouvelle était en train de s'étendre bien plus vite qu'il ne l'aurait cru. Il n'aurait pas dû être surpris, pourtant, car Chiara était une célébrité nationale.

— Je le sais très bien et justement je te le demande : qu'en est-il *vraiment* ?

À vrai dire, Rick commençait à ne plus trop savoir ce qui était vrai et ce qui ne l'était pas.

— Il ne s'est rien passé entre nous, répondit-il.

À part un baiser…

La bouche de Chiara avait un goût de pêche sucré et entêtant… Il avait du mal à ne pas s'imaginer d'autres étreintes avec elle, beaucoup, beaucoup plus serrées… Elle le défiait, et cela lui laissait imaginer que se retrouver avec elle dans un lit serait particulièrement piquant. Chiara était vive et passionnée, elle incendiait tout ce qu'elle touchait. Ce qui lui faisait peur, c'était de finir par se brûler…

Jordan ne le quittait pas du regard.

— Tu veux dire qu'il ne s'est *encore* rien passé entre vous ? lui demanda-t-il.

— Contrairement à toi, je ne considère pas toutes les femmes comme des buts à atteindre.

— Uniquement les actrices...

— C'est de l'histoire ancienne.

Isabel était la tête d'affiche d'un film qu'il produisait, à l'époque des faits, et leur collaboration avait plaidé en faveur des rumeurs, en particulier pour les équipes qui travaillaient avec eux sur le film et qui avaient bien failli le lyncher, quand la photo avait circulé sur les réseaux sociaux.

Il jeta un coup d'œil à sa montre. Il n'avait plus le temps de chercher à convaincre son frère, ils avaient réservé une table d'ici un quart d'heure pour dîner dans un restaurant en vogue.

Ils terminèrent leur bière d'un même mouvement.

- 3 -

Durant les deux jours suivants, Rick ne croisa pas le chemin de Chiara, en plein tournage avec Adrian Collins, l'acteur principal. Il se réfugia donc dans la salle de sport des studios pour tâcher de se défaire partiellement de la tension qui l'habitait.

Jusqu'à présent, ils n'avaient pas émis le moindre démenti dans la presse au sujet des rumeurs les concernant. Il se demandait ce que Chiara envisageait, mais ne comptait pas attirer l'attention sur lui en commentant cette affirmation dans un sens ou dans l'autre. Mais, à vrai dire, la presse se moquait bien de lui, le simple cascadeur. C'est la réaction de Chiara qui leur importait.

Une fois sorti de la salle de sport, il se rendit sur le plateau, passant à dessein devant la loge de Chiara, un peu en retrait par rapport aux autres.

Il remarqua alors une silhouette masculine devant la porte. Continuant à marcher, il nota que l'homme, bedonnant et presque chauve, semblait se parler à lui-même en manipulant le bouton de porte.

Préoccupé, Rick pressa le pas, il n'y avait personne d'autre alentour.

— Hé, je peux savoir ce que vous faites ? lança-t-il en arrivant à portée de voix, alors que l'homme bataillait toujours avec le bouton de porte.

L'inconnu se retourna vivement.

— Je suis un ami de Chiara.

— Est-ce qu'elle sait que vous êtes ici ?

— Je dois la voir.

— Je comprends, mais ici vous êtes sur un lieu privé. Avez-vous une pièce d'identité ?

Rick n'avait jamais vu cet homme auparavant. Il nota qu'il transpirait abondamment, au point que son front était constellé de gouttes de sueur. S'agissait-il du fan dont Odele lui avait parlé ?

Il décida de tenter le tout pour le tout.

— Je suis son petit ami, elle n'attendait aucune visite, aujourd'hui, dit-il.

L'homme fronça les sourcils.

— Ce n'est pas possible, vous mentez ! s'écria-t-il avant de prendre la fuite en tentant de le renverser au passage.

Rick chancela mais ne tomba pas. Il se lança à la poursuite de l'intrus qui se dirigeait vers l'entrée principale des studios, où il espérait que les agents de sécurité l'intercepteraient.

Il se demanda comment il avait fait pour pénétrer dans l'enceinte. Sans doute comme certains paparazzis, qui avaient pris l'habitude de s'agripper à l'arrière des camions de livraison juste avant leur entrée.

Il arriva rapidement à sa hauteur et, d'un croche-pied rapide, les envoya tous deux au sol. Au moment de rouler, l'épaule en appui, comme un cascadeur expérimenté qu'il était, il nota du coin de l'œil que les deux vigiles venaient en courant à leur rencontre.

L'homme se débattit lorsqu'il le saisit pour le maintenir au sol.

— Lâchez-moi ! Je vais vous attaquer en justice ! hurla-t-il.

234

Rick lui tordit le bras dans le dos, ce qui l'immobilisa aussitôt.

— Vous serez arrêté avant moi, répliqua-t-il. Où est votre autorisation d'entrée ?

— Je suis le fiancé de Chiara, marmonna l'homme.

Rick interpella les deux agents.

— J'ai trouvé cet individu en train d'essayer de forcer la loge de Chiara Feran.

— Je suis son fiancé, je vous dis !

— Chiara Feran n'a pas de fiancé, rétorqua Rick.

Il nota que quelqu'un avait sorti son téléphone portable pour les filmer. Il ne manquait plus que ça !

— Nous sommes destinés à vivre ensemble, il faut que je parle à Chiara, reprit l'homme, très agité.

Tout à coup il se tut et commença à respirer avec difficulté.

— Je… Je… fais… de l'asthme, expliqua-t-il.

Rick s'écarta aussitôt tandis qu'un des vigiles prévenait le chef de la sécurité.

On appela la police, et l'homme, un certain Todd Jeffers, fut emmené. Puis on fit venir Chiara pour l'informer de l'incident.

Rick répondit à quelques questions et il insista auprès des agents pour que l'homme réponde des chefs d'accusation d'intrusion sur un site privé, tentative d'effraction et harcèlement. Lorsqu'il se retourna, Chiara avait regagné sa loge, sans un mot pour lui.

Il se dirigea vers le luxueux camping-car, ne prit pas même la peine de frapper et entra.

Chiara était installée à sa table, un script à la main.

Était-elle tout bonnement en train d'apprendre son texte ? Il s'était attendu à la retrouver dans tous ses états.

— Les témoins m'ont dit qu'ils ont mis du temps à

déterminer si tu courais vraiment après un intrus ou si tu étais en train de t'entraîner pour une nouvelle cascade, dit-elle en levant les yeux vers lui.

— Je t'en prie, c'est tout naturel ! répondit-il, volontairement provocant, en s'adossant au plan de travail, les bras croisés. Heureusement que tu n'étais pas dans ta loge lorsqu'il s'est présenté.

— J'étais en train de répéter, nous avons une scène délicate.

— J'ai du mal à imaginer ce que la presse fera de cet incident.

Elle réagit enfin en fronçant les sourcils. Elle n'était donc pas si impassible qu'elle voulait bien le faire croire.

Il avait déjà enjoint au témoin de supprimer la vidéo de l'interpellation de l'intrus. Mais, même sans ces images, les médias auraient certainement vent de ce qui venait de se passer. Il y aurait aussi un rapport de police et une audience en justice pour Todd Jeffers. Ce dernier souhaiterait d'ailleurs peut-être s'exprimer à son tour.

— En tous les cas, cela permettra au moins de changer des déboires de ton père au casino, reprit-il en se demandant si elle avait la moindre idée de ce qu'elle avait risqué.

C'était le hasard le plus complet qui lui avait fait faire un crochet pour passer devant sa loge. S'il ne l'avait pas fait, l'homme aurait pu entrer et attendre le retour de Chiara tranquillement… Il chassa vivement cette idée de son esprit.

— Difficile de faire oublier mon père…, murmura-t-elle.

— Et si tu me parlais de ce fan qui te harcèle ?

Il avait du mal à garder son calme à l'idée qu'elle puisse être en danger. Elle lui semblait si frêle, malgré son fort tempérament…

— Tu sais ce que c'est, je ne suis pas la première

actrice à avoir des admirateurs un peu trop enthousiastes, répondit-elle d'un ton détaché. Maintenant que ma propriété a été équipée de caméras de surveillance, je n'ai plus à m'inquiéter.

— Est-ce que tu as déjà eu affaire à ce Todd Jeffers par le passé ? Quel genre d'homme est-il ? De ceux qui t'écrivent des lettres énamourées ou un peu plus tordu que cela ?

Elle haussa les épaules.

— Il a essayé d'escalader les clôtures de ma propriété, mais il a été repéré par un jardinier et jeté dehors avant même que les agents de sécurité aient été prévenus. C'était il y a quelques mois, et depuis je n'avais plus entendu parler de lui.

C'était donc bien Jeffers qui s'était introduit chez elle. Elle ne se rendait visiblement pas compte qu'elle était véritablement en danger.

— Comment sais-tu que c'est lui qui a pénétré dans ta propriété ? demanda-t-il.

Elle sembla hésiter.

— Il m'a écrit après cela pour me dire qu'il avait cherché à me rencontrer.

— Il fait irruption dans ta propriété et t'écrit ensuite en donnant son nom ? Est-ce que tu as prévenu la police pour qu'il lui soit interdit de t'approcher ?

— Non, reconnut-elle en soupirant. Mais il ne s'est jamais montré physiquement menaçant, simplement un peu trop insistant.

— Tu sais qu'il y a souvent une escalade, dans ce genre d'actions de harcèlement, en particulier lorsque les premières tentatives sont déjouées.

Chiara redressa le menton.

— C'est sans doute un pauvre type ébloui par ce que

lui renvoient les magazines people, comme la plupart des fans le sont, expliqua-t-elle.

— Je te trouve très optimiste ! Certains tueurs en série ne sont au départ qu'un peu trop *éblouis*, comme tu le dis. Je ne veux pas briser ton rêve, Blanche-Neige, mais il y a des méchants partout, en dehors de la reine.

Il se tut. Il comprenait que ce type ait pu être fasciné par Chiara…

— Tu sais, j'ai une solution à ton problème, reprit-il. Si tu es harcelée, c'est parce qu'il te sait seule. Il te faut un petit ami. Je suis l'homme de la situation !

Il avait bien réfléchi, et c'était la solution la plus simple. S'il prétendait être son fiancé, il serait parfaitement justifié qu'il reste auprès d'elle, voire qu'ils emménagent ensemble. Odele avait peut-être vu juste depuis le départ, finalement.

Chiara sembla hésiter.

— Tu n'es pas franchement un garde du corps professionnel, fit-elle remarquer.

— Certes, mais je pose ma candidature et j'ai quand même quelques arguments de poids, d'autant que j'ai déjà travaillé dans la sécurité.

— Tu ne peux pas décider comme ça de jouer les protecteurs, répliqua-t-elle, visiblement déstabilisée. Non, vraiment, ce n'est pas possible.

— Mais cela te permet de résoudre deux problèmes à la fois : ton père et ton admirateur ! Inutile de chercher la petite bête à tout prix, c'est la seule issue.

— Je vais commencer par demander à la justice qu'il lui soit interdit de s'approcher de moi.

— Oui, tu dois le faire, et plutôt deux fois qu'une.

— Eh bien dans ce cas le problème est réglé, je n'ai pas besoin de toi.

— Mais tu as besoin d'une protection physique dans tous les cas, car un ordre de restriction émis par un tribunal ne sera rien d'autre qu'un bout de papier aux yeux de ce type !

Chiara plongea son regard dans le sien.

— Eh bien j'embaucherai des professionnels !

— Cela ne réglera pas le problème avec ton père.

Chiara soupira, à court d'arguments.

— Pourquoi t'inquiéter ? Je serai discret, un vrai garde du corps, et je promets de te tenir un parapluie ouvert au-dessus de la tête s'il pleut.

— Très drôle… Mais quel intérêt y trouves-tu, de ton côté ? Je ne comprends pas bien.

— Tout le monde préfère que ce film se termine sans accroc pour être payé.

— Je comprends. Mais je ne suis toujours pas d'accord.

— Est-ce que tu as particulièrement travaillé ton sens de la contradiction ?

— Je crois que tu confonds ta scène de sauvetage en hélicoptère et la vraie vie. Je ne suis pas une demoiselle en détresse.

Il s'avança jusqu'à se retrouver tout près d'elle. Lorsqu'elle dut lever les yeux pour ne pas le quitter du regard, il comprit… qu'il n'aurait jamais dû s'approcher aussi près.

Il se pencha et captura sa bouche.

C'était aussi bon que la première fois. Il eut l'impression qu'une étincelle se produisait entre eux. L'instant suivant, il l'embrassait pour de bon, se glissant entre ses lèvres et goûtant sa bouche.

Elle sentait le chèvrefeuille, et lorsqu'il lui caressa la joue avec le dos de la main il eut l'impression d'effleurer un pétale velouté…

Au bout d'un temps qui lui parut trop court, elle le repoussa.

Elle respirait fort et sa poitrine se soulevait rapidement, tandis que de son côté, il essayait de contrôler la tension qui avait pris possession de son corps.

Elle lui jeta un regard noir.

— C'est la deuxième fois ! lança-t-elle.

— Et est-ce que nous nous améliorons ? Il faut que nous soyons vraiment convaincants.

— Nous n'avons pas à répéter quoi que ce soit ! En attendant, la sortie se trouve derrière toi, dit-elle en pointant la porte du doigt.

C'était un revers dispensé dans les règles de l'art, mais Chiara avait tort si elle s'imaginait qu'il changerait aussi facilement d'avis.

Il sortit, un sourire narquois aux lèvres.

— Elle ne veut pas d'un garde du corps, expliqua Rick. Elle est vraiment bornée.

— Je suis son agent, croyez-vous que je ne le sais pas ? rétorqua Odele.

Il avait donné rendez-vous à Odele à la cafétéria des studios Novatus. Il avait besoin d'explications. Il avait besoin que les choses avancent.

— Depuis combien de temps est-ce que ce Todd Jeffers tourne autour de Chiara ? demanda-t-il.

— Plusieurs mois, au moins. Je filtre ses messages, et elle a déjà reçu deux e-mails. Il la suit aussi sur les réseaux sociaux, et puis il a créé un fan-club par le biais duquel il cherchait à obtenir des photos dédicacées.

— Et maintenant il prétend être son fiancé.

Odele soupira.

— Il y a des gens qui se laissent complètement emporter par la magie hollywoodienne…

— Et il a tenté d'autres approches, à part les deux intrusions ?

— Non, du moins pas à ma connaissance, répondit Odele en prenant une gorgée de café. J'ai déjà demandé aux avocats de Chiara de requérir l'interdiction d'approcher.

— Mais nous savons tous les deux que cela n'empêche pas les infractions. C'est purement dissuasif, et si l'homme est aussi atteint qu'il y paraît…

— Dois-je comprendre que vous êtes prêt à accepter ma proposition de jouer les fiancés de Chiara ? Il faudrait vraiment que vous emménagiez avec elle !

Rick soupira. Odele était un bulldozer… Mais elle pensait la même chose que lui : il fallait que Chiara et lui vivent sous le même toit. Pour leur petit mensonge, tout d'abord. Et maintenant pour qu'il puisse la protéger de ce Jeffers.

— Elle refuse déjà de prétendre que nous sortons ensemble, ne supporte pas l'idée d'un garde du corps, alors de là à ce qu'elle accepte que j'emménage dans sa propre maison, il y a du chemin ! s'exclama-t-il.

Et puis si Chiara et lui devaient vivre sous le même toit, ils se rendraient fous l'un l'autre. Il passerait son temps à tenter de résister au désir qu'elle lui inspirait, et de son côté elle enragerait contre lui, en niant toute alchimie entre eux.

C'était une catastrophe annoncée… Ou un scénario hollywoodien parfait !

— Je crois que tout dépend de la façon de lui présenter les choses… Et c'est mon rôle, précisa Odele, le regard brillant. Vous n'imaginez pas à quel point le problème avec son père la perturbe.

— Parlez-moi de Michael Feran.

Odele posa sa tasse de café.

— Il n'y a pas grand-chose à en dire. Les parents de Chiara ont divorcé quand elle était enfant. Sa mère l'a emmenée à Rhode Island, où elle a grandi. Elle est décédée il y a quelques années, très brutalement. Elle a développé une infection foudroyante après une maladie, et ce fut un grand choc pour tout le monde.

— Mais le père de Chiara continue de faire parler de lui...

— Oui. L'année dernière, il a même accepté de divulguer des informations personnelles sur sa fille contre un gros cachet d'un tabloïd.

Rick ne put masquer son dégoût.

— Oui, Chiara a été bouleversée, ajouta Odele. C'était une immense trahison.

Il comprenait mieux la méfiance dont elle faisait preuve... Envers tout le monde, et les hommes en particulier.

— Pour moi, il faut que vous jouiez votre rôle de petit ami attentionné et que vous en profitiez pour garder un œil sur elle, conclut Odele. N'en faites pas trop, surtout, elle serait folle si elle apprenait que vous la surveillez.

— Petit ami imaginaire, assura-t-il.

Il ne savait pas très clairement pour qui il précisait cela...

Chiara s'installa à son bureau et alluma son ordinateur. Elle était contente de profiter de cette pause dans le tournage pour passer un peu de temps au calme, chez elle, loin des studios. Elle avait besoin de prendre un peu de distance. Entre les histoires avec son père et celles avec Rick, elle commençait à avoir les nerfs à fleur de peau.

Bien que le temps soit magnifiquement ensoleillé, son

humeur était plutôt morose. Elle avait du mal à apprendre son texte et se sentait anxieuse depuis la tentative d'intrusion de Todd Jeffers. *Pegasus pride* était un film d'action, et les dialogues étaient de ce fait plutôt simples, et pourtant elle avait du mal à les mémoriser, au point qu'il lui fallait souvent l'aide d'un prompteur.

Elle regrettait de ne pouvoir discuter avec Odele, pour chercher à éclaircir un peu la situation, mais cette dernière était totalement convaincue que Rick était la solution à tous ses problèmes. Mais pourquoi n'arrive-t-elle pas à y croire, elle ? Il était séduisant. Énervant, certes, mais très séduisant. Cela faisait si longtemps qu'elle était seule, alors s'abandonner entre les bras d'un bel homme… Et ses baisers étaient si…

Pour oublier Rick, elle jeta un coup d'œil à son écran et cliqua sur la page des actualités. Un gros titre s'afficha en tête de ses préférences dans le flot des nouvelles du jour : Le père de Chiara Feran mis à la porte d'un nouveau casino.

Cela ne finirait-il donc jamais ? Elle espérait seulement qu'une interdiction de casino serait prononcée et l'obligerait à se tenir tranquille. Mais cela semblait presque trop simple pour être possible.

Elle que l'on enviait, dont on imaginait la vie de rêve… Le tableau était loin d'être aussi enchanteur que ses fans pouvaient le penser !

Elle ne s'était jamais considérée comme une reine de beauté, même si elle avait su très tôt qu'elle avait hérité de certains atouts, comme sa grande taille et sa minceur naturelle qui lui permettaient d'adhérer sans difficulté aux canons de beauté en vigueur à Hollywood. Mais elle avait toujours l'impression d'être en dehors du sérail, malgré tout. Il fallait dire qu'elle avait été élevée par une mère étrangère, une immigrante, et qu'elle avait grandi dans les froids de la Nouvelle-Angleterre, avant de se lancer corps et âme dans une carrière théâtrale. Elle avait eu une chance immense qu'Odele accepte de devenir son agent à l'époque.

Et aujourd'hui Odele, qu'elle avait un temps considérée comme sa confidente, laissait délibérément sortir dans la presse de fausses informations sur elle. L'admirateur un peu trop enthousiaste semblait bien plus dangereux qu'elle n'avait voulu le croire. Et elle avait un faux petit ami en la personne d'un cascadeur au physique d'athlète.

Sa vie était loin d'être monotone !

Elle avait déjà délibérément ignoré un message d'Odele au sujet du dernier article en provenance de Las Vegas, mais elle savait que cette dernière avait raison sur un point : il leur fallait une diversion rapide.

Ses avocats étaient convoqués au tribunal dans les jours qui venaient pour l'ordonnance restrictive concernant Todd Jeffers, et elle craignait que les journalistes ne s'emparent de ce nouveau sujet croustillant.

De là à jouer le jeu avec Rick Serenghetti…

Elle poussa un long soupir.

Son téléphone sonna, et elle reconnut la musique de la sonnerie.

— Oui Odele ?

— Ma chérie, est-ce que tu profites de cette petite pause ?

— Cela dépend ce que tu entends par « profiter ». J'apprends mon texte !

— Écoute, j'ai bien réfléchi, et il faut que tu emménages avec Rick. Nous devons faire notre possible pour rendre cette rumeur vraisemblable.

— Non.

Rick chez elle ? Dans sa maison ? Ils finiraient par s'égorger ! Ou se retrouveraient dans un même lit…

Odele poussa un soupir.

— Il faut aller vite, je vais prévenir mon assistant pour qu'il fasse passer l'information sur les réseaux sociaux, ainsi nous garderions la main sur les premières annonces. J'ai une photographie parfaite de Rick et toi engagés dans une grande discussion, vous semblez intimes, elle sera très bien.

— Tu nous as pris en photo ?

— Vous êtes charmants, on croirait un tête-à-tête improvisé, précisa Odele.

— Tu es sûre que l'on ne devine pas que je ne rêvais que de le frapper ou de le museler ?

— J'ai déjà prévu une interview où vous seriez tous les deux avec une journaliste que je connais, poursuivit Odele comme si de rien n'était.

— Odele, je n'ai pas besoin d'un protecteur. As-tu au moins fait des recherches sur Rick ? C'est peut-être de lui qu'il faut me protéger, tu y as pensé ?

Rick était dangereux pour sa tranquillité d'esprit ! Mais elle ne voulait pas y penser…

— Je ne parle pas d'un protecteur, ma chérie. Il faut faire croire que vous êtes un couple, cela devient urgent, nous n'avons plus le choix.

— Mais qui croira à cela ? C'est trop rapide, nous commençons juste à nous fréquenter normalement, on passe de rien à tout du jour au lendemain !

— C'est Hollywood, ma chérie ! Ici les grossesses durent cinq mois et les bébés arrivent juste après le mariage, tout va plus vite !

Chiara ne sut que répondre. Elle était à court d'arguments.

— Si seulement j'avais changé de nom au début de ma carrière, marmonna-t-elle.

— Les journalistes l'auraient découvert, et ton père aurait été ravi de dévoiler ton secret contre une douillette somme d'argent.

— Tu as raison, mais au moins la distance aurait semblé plus réelle entre nous.

— Eh bien tu as une chance de prendre tes distances en convolant avec un charmant et très sexy cascadeur ! Il y a pire, tu ne crois pas ?

— Je suis certaine que je vais finir par le regretter…, murmura-t-elle

— Je vais tout organiser pour qu'il emménage d'ici la fin de la semaine, répondit Odele d'une voix triomphante.

— Dans la chambre d'amis, quoi qu'il arrive !

- 4 -

Rick enfourcha sa moto et mit les gaz.

Comme il était logé temporairement et que la plupart de ses affaires étaient restées dans un garde-meubles, il n'avait pas grand-chose à transporter chez Chiara, dans le quartier aisé de Brentwood. Il avait donc fait livrer ses quelques valises par un chauffeur avant de prendre la route sur sa moto dans l'après-midi.

Arrivé à destination, il sonna au grand portail et s'annonça. Ce fut Chiara qui répondit. Il s'engagea dans une allée et s'arrêta devant la maison. Une maison plutôt modeste, pour les standards hollywoodiens, bien que très plaisante. Trois chambres et trois salles de bains, d'après ce qu'il avait lu sur un site de potins mondains. Inspirée d'un cottage anglais, on découvrait des murs blancs, un porche et une grande cheminée sur un toit pentu. Un grand jardin complétait le tableau. C'était une maison que l'on aurait pu voir apparaître dans les pages d'un magazine de décoration.

Il n'avait pas la moindre idée de ce qu'Odele avait pu dire pour convaincre Chiara qu'il devait emménager chez elle.

Le temps qu'il retire son casque, elle apparut sur le perron.

— Je me demande pourquoi je ne suis pas surprise de te découvrir motard ! lança-t-elle.

Il lui sourit.

— Jolie maison, j'aurais dû me douter que tu aurais choisi un cottage anglais, Blanche-Neige. Ne manque que le toit de chaume !

— Tu te trompes de siècle. Dans quel quartier habites-tu ?

— Pour le moment j'ai un petit appartement à l'ouest de Hollywood, mais mon cœur est toujours prêt à suivre une belle femme !

— J'aurais dû m'en douter aussi…

Il ne sut pas ce qu'elle voulait dire précisément, mais il ne pouvait résister à la tentation de jouer les provocateurs à nouveau.

— Est-ce que nous ne devrions pas nous embrasser pour les paparazzis équipés de grosses lentilles ?

— Il n'y a pas de photographes.

— Comment le sais-tu ? Ils pourraient très bien se cacher dans un buisson !

Elle hocha la tête en direction de ses valises.

— Je vais t'installer dans la chambre d'amis, dit-elle.

— Déjà relégué sur le canapé ? Quand prévois-tu une interview pour parler de notre première querelle d'amoureux ?

— Hilarant ! En tous les cas, désolée de contrarier tes plans, mais tu auras un lit parfaitement confortable et pas un canapé.

— Seulement tu n'y seras pas avec moi…

Elle lui adressa un regard moqueur.

— Il te suffira de faire preuve d'imagination, rétorqua-t-elle. Prétendre que nous sommes en couple implique du sexe *imaginaire*. Je ne sais pas pourquoi, mais j'ai l'impression que tu n'auras pas de difficulté à laisser libre cours à ton imagination…

— Me réveilleras-tu d'un baiser, Blanche-Neige ?

Elle soupira.

— Tu es une cause perdue, Rick. Je ne fais pas dans les contes de fées, qu'ils soient modernes ou plus anciens.

— Oui, c'est assez évident !

— Ne sois pas déçu, tu es plutôt abonné aux films d'action qu'aux comédies romantiques, non ?

— Alors pourquoi ai-je l'impression d'être prisonnier d'un scénario de romance ?

— Tu devrais peut-être aller découvrir ta chambre par toi-même et surtout mettre un terme à tes fantasmes inavouables…

Il lui adressa un sourire narquois. Cette cohabitation s'annonçait des plus intéressantes…

Une fois installé dans la chambre d'amis, il retrouva Chiara dans sa grande cuisine aux teintes beiges et blanches, avec des plans de travail en bois qui lui donnaient un aspect plus chaleureux.

— Il y a quelque chose qui sent très bon, ici, dit-il.

Elle tourna la tête vers lui, sans cesser de remuer le contenu d'une marmite sur le feu.

— Cela te surprend ? répliqua-t-elle.

— Que tu cuisines ? Cela me réjouit, plutôt !

— J'ai préparé du bœuf Stroganoff pour ce soir.

— Waouh ! Là, je suis surpris. Une actrice qui *mange*, je ne m'y attendais pas !

— Il suffit d'être raisonnable.

— Je vais donc noter ces deux talents sur ma liste : cuisinière et fin gourmet.

Elle le regarda par-dessus son épaule, la masse de ses longs cheveux bruns balayant son bras.

— Quelle liste ? demanda-t-elle.

— Celle qu'Odele m'a donnée, un petit résumé pour

nous deux, afin de faire connaissance et d'être crédible en tant que couple.

Chiara fronça les sourcils.

— Odele ne laisse rien au hasard. Qu'est-ce qu'elle a noté, alors ?

— Ce sont des questions que nous devons préparer, expliqua-t-elle en sortant son téléphone. Par exemple : « Ce qui t'a attirée chez Rick en premier lieu ? »

Chiara soupira avant de poser sa spatule.

— Pff ! Cela ne marchera jamais.

— Allons, il doit bien y avoir quelque chose que tu peux répondre aux journalistes !

— J'imagine que je dois te retourner la question ? rétorqua-t-elle.

— À ton avis ?

Tandis que sa question demeurait sans réponse, Rick repensa à leurs répétitions, aux instants qu'ils avaient partagés sur le tournage et tous les moments où il avait ressenti de l'attirance pour elle. Il y avait toujours eu quelque chose d'électrique dans l'air, entre eux.

Chiara haussa les épaules.

— Je prendrai cela pour un « oui », dit-il.

Il lui jeta un regard séducteur et poursuivit :

— Lorsque tu es arrivée pour la première répétition, j'ai su que j'allais avoir de gros problèmes. Tu étais belle et intelligente, avec un sacré tempérament, en prime. La femme de mes rêves.

Chiara le fixa sans un mot.

— Cela te paraît suffisant comme réponse à un journaliste ? demanda-t-il.

Elle sembla déstabilisée quelques secondes, puis reprit un air dégagé.

— Oui, ce sera parfait, affirma-t-elle.

Il posa le regard sur ses lèvres. Une bouche de rêve…

— Très bien, murmura-t-il.

Elle recouvrit sa marmite et se dirigea vers la porte de la cuisine.

— Je laisse mijoter un moment, le repas sera prêt d'ici trente minutes, dit-elle.

— Cela te permettra de prendre le temps de réfléchir à la question d'Odele, répliqua-t-il tandis qu'elle sortait.

Il eut la nette impression qu'elle avait marmonné quelque chose. Mais il n'aurait su dire quoi.

Une fois seul, il dut reconnaître qu'il avait beau trouver très drôle de la faire enrager — c'était si facile ! —, il tendait sans doute le bâton pour se faire battre. Parce qu'elle aurait vraiment été la femme de ses rêves, dans un autre contexte… Et si elle n'avait pas été aussi obnubilée par ces questions de notoriété…

Pendant le dîner, ils évoquèrent succinctement leur vie — juste pour répondre aux journalistes. Il veilla à se montrer poli et attentif, et eut la surprise de découvrir qu'elle n'avait pas de personnel de maison. Le bœuf Stroganoff était délicieux et, à la fin du repas, elle s'excusa et gagna sa chambre, lui disant qu'elle avait du texte à apprendre.

Une fois seul, il fit le tour de la maison et du jardin. Il avait toujours en tête la possibilité d'une intrusion et observa le jardin sous cet angle. Ensuite, un peu désœuvré, il se décida à aller se coucher.

En passant devant la chambre de Chiara, il nota qu'il y avait encore de la lumière. Il essaya de ne pas se la représenter en petite tenue sur son lit ou toute autre image de ce style qu'il aurait trop de mal à chasser ensuite…

Pourtant, une fois couché, il tourna et se retourna bien longtemps avant de trouver le sommeil.

Rick ?

Il ouvrit les yeux et entrevit la silhouette de Chiara qui se découpait à contre-jour dans le cadre de la porte. Elle avait un léger sourire. Elle devait avoir du mal à s'endormir, elle aussi.

Elle avança jusqu'à lui, et il ne chercha pas à dissimuler son désir... Il lui suffisait de penser à elle...

Elle ne portait qu'une minuscule petite culotte, et il devinait ses seins qui pointaient sous le tissu de son fin débardeur. Elle avait un corps magnifique. Ses seins étaient ronds et hauts, elle avait la taille fine et les hanches arrondies. Il brûlait de toucher sa peau.

Au lieu de cela, il se redressa lentement, un oreiller dans son dos.

Elle vint s'asseoir sur le bord du lit, et sa main caressa son corps, effleurant son sexe tendu. Il sentait qu'elle le désirait autant qu'il la désirait.

— Qu'est-ce que tu attends de moi ? demanda-t-il dans un souffle.

Le regard de Chiara sembla luire dans la faible clarté du clair de lune qui entrait par la fenêtre de sa chambre.

— Je crois que tu le sais...

Elle s'avança un peu plus, et sa bouche effleura la sienne. Il sentit ses seins frôler son torse nu...

Ne pouvant résister plus longtemps, il l'attira vers lui pour l'embrasser plus intensément. Lorsqu'il glissa la langue dans sa bouche, elle l'accueillit avec la sienne.

Elle poussa un soupir et s'allongea sur lui, écartant sa bouche de la sienne juste le temps de lui dire :

— Aime-moi...

Il ne lui en fallait pas davantage. Il la fit rouler et s'allongea sur elle.

Elle lui répondit avec l'audace qu'il avait espéré, se

cambrant contre son corps et l'invitant à poursuivre son étreinte tandis qu'elle l'enlaçait et l'embrassait avec une ardeur renouvelée.

Il ne pensait plus qu'à une chose : se glisser dans le corps brûlant qui s'offrait à lui et y trouver l'oubli et l'apaisement total.

Le plaisir qu'il anticipait serait tellement intense après tant de temps passé à la désirer en vain...

Il s'éveilla dans un sursaut. Il n'aurait pu dire ce qui l'avait tiré de son rêve, mais sa chambre était vide, et il était seul dans son lit.

Il passa de l'excitation à l'état de frustration le plus intense.

Il jura.

Jouer les petits amis de Chiara allait être une pure torture, cela ne laissait aucun doute !

Le lendemain matin, Chiara se leva tôt. Elle enfila un simple jean avec un petit haut ajouré. Inutile de se faire belle, elle passerait déjà suffisamment de temps entre les mains des maquilleuses, tout à l'heure. Il était assez tôt cependant pour qu'elle ait une chance de revoir un peu ses répliques avant de prendre la route des studios.

Se concentrer, c'était ça la clé. Elle avait mal dormi, il fallait dire, au point qu'elle avait eu l'impression de fixer le plafond toute la nuit, très consciente de la présence de Rick chez elle.

Qu'est-ce qui l'attirait chez lui ?

Il était très masculin, à la fois fort et posé, avec un sex-appeal indéniable. Ses yeux verts étaient fascinants, et ses traits donnaient envie d'être étudiés en détail par des caresses.

On devait se sentir à l'abri, entre ses bras… Protégée…

C'était bien là le problème. Elle avait appris depuis toujours à ne pas dépendre d'un homme. Son père, le premier, avait disparu alors qu'elle était petite fille et il continuait à lui créer des problèmes bien longtemps après avoir disparu de sa vie.

Elle n'entendait pas le moindre bruit en provenance de la chambre de Rick, aussi descendit-elle sur la pointe des pieds, son script à la main.

Dans la cuisine, elle eut la surprise de le trouver installé dehors dans la véranda, apparemment captivé par le lever du soleil. Il portait un jean noir et un T-shirt marron, et semblait serein, une image bien éloignée de celle qu'elle avait de lui lors des tournages.

Il avait peut-être senti sa présence car à cet instant il se retourna et leva son mug pour la saluer.

— Bonjour ! dit-il alors qu'elle ouvrait la baie vitrée pour le rejoindre.

— Je ne t'avais pas entendu te lever.

— Les cascadeurs sont particulièrement discrets.

Elle le détailla discrètement. Son jean mettait en valeur ses jambes musclées et ses hanches étroites, tandis que son T-shirt laissait deviner un torse solide. Ses bras étaient robustes, sans paraître trop volumineux. Il avait un vrai physique de cinéma, sans paraître le moins du monde apprêté.

— Je n'ai même pas senti l'odeur du café, fit-elle remarquer en désignant le mug qu'il tenait.

— Je n'en ai pas fait. C'est une boisson énergétique.

— Pour entretenir tes superpouvoirs ?

— Bien entendu ! répliqua-t-il avec un sourire malicieux. Bien dormi ?

— Oui, et toi ?

Elle ne voulait pas lui laisser prendre l'avantage et se contenta de s'adresser à lui courtoisement, bien que son sourire ait tendance à lui donner quelques frissons et que la vérité était qu'elle avait passé des heures à se tourner et se retourner dans son lit.

— Très bien, merci.

Elle se demanda comment elle pourrait maintenir ce statu quo au fil des jours. Elle soupçonnait Rick de se montrer provocateur à dessein. Et elle ne voulait surtout pas repenser à leurs baisers…

— J'ai lu la presse en ligne pendant que tu dormais, reprit-il. Quelle histoire, pour ton père…

— Mon père ?

— Oui, la Belle au bois dormant… Cet homme avec qui tu partages un nom de famille.

— C'est vraiment la seule chose que nous partageons !

— J'ai vu qu'il venait d'être interdit de casino.

— Ah. Oui. Et j'espère que cela mettra un terme à ses frasques, au moins pendant quelque temps.

— Tu y crois vraiment ?

Elle haussa les épaules.

— Pourquoi parlons-nous de lui, au fait ?

— Il n'est pas anormal d'évoquer la raison pour laquelle nous sommes ensemble, non ? suggéra-t-il, un demi-sourire aux lèvres.

— Nous ne *sommes* pas ensemble, répondit-elle, bien décidée à ne pas le laisser mener la danse.

— C'est ce que pensent les journaux qui nous importe.

— Bien. Alors si je comprends bien Michael Feran est un sujet sensible.

Elle tourna les talons pour regagner la cuisine.

— Oui, aussi longtemps qu'il sera un menteur, un joueur et un tricheur !

— Je reconnais, ce ne doit pas être évident de porter le même nom dans ce contexte.

Elle prit un verre qu'elle remplit d'eau.

— Huit verres par jour ? demanda-t-il.

Elle lui jeta un coup d'œil rapide.

— C'est bon pour le teint.

— Tu es très disciplinée, à ce que je vois !

Elle but une gorgée.

— Il le faut !

— Parce que ton père ne l'est pas ?

— Je ne me définis pas par rapport à lui.

Rick sembla hésiter un instant avant de reprendre :

— Il est clair que tu n'es pas ton père. Quel âge avais-tu lorsqu'il est parti ?

— Presque cinq ans. Mais même quand il était encore là c'était comme s'il n'y était pas. Il partait et revenait. Il jouait du saxophone dans un groupe avec lequel il faisait des tournées. Il a fini par quitter la maison la veille de mon cinquième anniversaire.

— Pas facile à vivre, j'imagine.

— Pas si dur, en fait. La fête a eu lieu sans lui, c'était un soulagement.

Elle se rappelait la *piñata* rose vif en forme de cœur. Son tout premier rôle avait consisté à plaquer un large sourire sur son visage pour les photographies que sa mère insistait pour prendre quand même ce jour-là.

— Est-il revenu, ensuite ?

— Oui, il a fait quelques allers-retours jusqu'à ce que je sois adolescente.

— Il ne restait jamais ?

— Jamais. Soit mes parents se disputaient, soit mon père avait une nouvelle idée géniale et partait sans prévenir du jour au lendemain.

— Je vois, murmura Rick, comme s'il avait tiré ses propres conclusions de ce qu'elle lui décrivait.

— Pourquoi sommes-nous encore en train de parler de lui ?

— Je voulais avoir une idée assez claire de la situation, au cas où je devrais répondre à des questions des journalistes sur ton père.

— Tu n'as rien à leur dire.

— Ils en jugeront autrement !

Il avait raison, elle le savait, et c'était là le nœud du problème. Elle se raidit et attrapa ses clés de voiture sur le comptoir. Après tout, elle prendrait son petit déjeuner aux studios.

— Bon, j'y vais. À tout à l'heure !

— Je viens avec toi, décréta-t-il. Ou plutôt, tu viens avec moi.

Elle s'arrêta net.

— Comment cela ?

— Ma voiture ou la tienne ?

— Tu as un stock inépuisable de reparties toutes prêtes ? lança-t-elle, les sourcils froncés.

— Tu le découvriras vite !

— Je n'y tiens pas.

— Je m'en doute. Comment veux-tu que nous jouions les tourtereaux si nous n'arrivons même pas ensemble ?

— Il suffira de dire que nous souhaitons être discrets sur notre lieu de travail.

— Les paparazzis ne vont pas y croire une seconde.

— De toute façon, tu es à moto !

— Regarde devant chez toi. J'avais demandé que ma voiture me soit apportée ici. Ils sont arrivés à l'aube.

Il s'était donc levé encore plus tôt qu'elle l'imaginait. Elle fit quelques pas vers la fenêtre et jeta un coup d'œil. Il y avait une Range Rover dans l'allée.

— Jolie, fit-elle remarquer.

— Oh oui.

Elle lui adressa un regard interrogateur, mais il resta muet. Parlait-il vraiment de sa voiture ? À en juger par son regard fixé sur elle, rien n'était moins sûr.

Elle soupira. Il lui faudrait choisir ses batailles, et le fait de partager le trajet ou pas n'en valait pas la peine.

Rick avança jusqu'à elle, jetant un regard au script qu'elle avait déposé sur la table.

— Nous avons un peu de temps, est-ce que tu veux revoir ton texte avec moi ?

— Non !

D'autant plus que la scène était celle où le héros et elle commençaient à flirter.

Il haussa les sourcils.

— Comme tu veux, mais n'hésite pas à me demander quand tu as besoin, cela ne me dérange pas. Au fait, que sommes-nous autorisés à faire, tant que nous sommes coincés ensemble ?

— Aller travailler !

Une heure plus tard, ils passaient le portail de sécurité à l'entrée des studios à bord de la voiture de Rick. Ce dernier baissa sa vitre afin de présenter son badge. Chiara tourna le visage à cet instant et aperçut une silhouette derrière le poste d'entrée. Et aussitôt elle entendit le crépitement familier des appareils photo des paparazzis.

— Odele, marmonna-t-elle entre ses dents.

Il y avait toutes les chances que cette dernière ait prévenu les photographes pour leur dire qu'ils pourraient obtenir un cliché d'elle et Rick arrivant ensemble aux studios.

Odele semblait bien décidée à diriger les opérations selon son bon vouloir.

Elle soupira. La situation lui échappait, et elle n'aimait pas du tout cela…

Rick fit de son mieux pour se montrer sous son meilleur jour, mais la tentation de profiter de l'occasion était grande…

Il découvrit, impressionné, le somptueux buffet commandé par Odele. Assortiment d'amuse-bouches et pâtisseries diverses ainsi que des boissons chaudes. On aurait cru à une visite officielle royale !

Il ne s'agissait pourtant ni de politique ni de gastronomie, mais bien de business façon Hollywood.

Lorsque Chiara et lui étaient arrivés ce matin aux studios Novatus, Odele leur avait annoncé qu'elle avait organisé une conférence de presse informelle. Chiara était déjà programmée pour la une du prochain numéro de *WE Magazine* afin de faire la promotion du film *Pegasus pride* en cours de tournage, mais Odele en avait profité pour divulguer quelques informations sur la relation entre Chiara et lui.

Ils finirent de travailler de bonne heure. Dan, le réalisateur, avait été averti de cette conférence de presse qui lui vaudrait de nombreux articles sur son film en cours. Il était ravi de cette exposition médiatique qui laissait présager un vrai succès au moment de la sortie de son film.

Rick devait reconnaître à Odele qu'elle était d'une efficacité redoutable. Il savait aussi qu'elle se disait qu'il valait mieux devancer les rumeurs en proposant une version officielle. Il était donc prêt à jouer la partie telle qu'elle l'orchestrait.

Pourtant, Chiara ne semblait pas de cet avis. Elle déclara qu'elle ne souhaitait pas qu'il soit présent, alors qu'Odele insistait sur le fait que sa présence rendrait leur relation beaucoup plus crédible. Finalement, Odele eut gain de cause — évidemment ! — et leur conseilla de rester très proches pendant tout le temps de l'entretien, de se tenir la main ou de s'effleurer aussi souvent que possible, ce à quoi Chiara répondit qu'elle ne comptait pas « s'exhiber en public pour satisfaire quelques voyeurs ».

Il sourit et s'étira avant d'étendre son bras sur le dossier du canapé, pour la simple raison qu'il savait que cela rendrait Chiara folle.

La conférence de presse avait lieu dans un salon privatisé pour l'occasion. La journaliste, Melody Banyon, qui devait frôler la cinquantaine, s'installa dans un fauteuil face à eux.

— Alors ? demanda-t-elle sur un ton de confidence. Est-ce que c'était un coup de foudre entre vous ? Dès le premier regard ?

Du coin de l'œil, Rick nota le coude de Chiara qui se rapprochait de ses côtes, comme si elle se préparait à le frapper en cas de mauvais esprit. Pourtant, elle déclara d'une voix chaude et douce :

— Eh bien, il se trouve que je ne prête généralement pas attention aux cascadeurs présents sur mes tournages. Mais cette fois-ci…

Rick les observa tour à tour toutes les deux, et un sourire lui monta aux lèvres.

— Il faut bien reconnaître que l'agent de Chiara a joué les marieuses, en quelque sorte, intervint-il. Elle était persuadée depuis le premier jour que nous étions faits l'un pour l'autre.

Chiara ouvrit de grands yeux, avant de lui adresser un regard approbateur.

— Oui, Odele œuvre toujours pour mon bien, précisa-t-elle.

Melody sourit.

— Bien, très bien. J'ai entendu dire que vous aviez déjà emménagé ensemble. Pouvez-nous en dire un peu plus ?

— C'est ça, dit-il. C'est un vrai scoop, puisque cela ne date que d'hier !

Chiara lui adressa un nouveau regard, et il effleura son épaule du bras, avant de se pencher vers elle pour déposer un léger baiser sur sa joue.

— Je vois, murmura Melody. On peut dire que vous allez plutôt vite !

— Vous n'imaginez pas à quel point ! s'exclama-t-il.

Il savait bien que ses remarques à double sens irriteraient Chiara au plus haut point et pourtant il ne parvenait à résister à l'envie de la provoquer sans cesse.

Il se tourna vers elle en souriant. C'était une très belle femme. Ses lèvres étaient pulpeuses, ses joues appelaient les baisers et les caresses, ses cheveux semblaient du chocolat fondu qui aurait recouvert voluptueusement ses épaules racées. Elle était en prime talentueuse et douée d'un sacré sens de la repartie, aussi douée pour les comédies romantiques que pour les rôles d'action pure et dure. Il devait lui reconnaître cela et aussi le fait qu'elle suscitait en lui un trouble total, même s'il avait la certitude que faire confiance à une actrice de premier plan était une erreur absolue.

Il y avait toujours une part de duplicité avec elles. Il

le fallait dans leur métier. Et c'était le cas à cet instant même, d'ailleurs.

Chiara donnait l'impression d'être en train de discuter avec sa meilleure amie. On aurait juré qu'elles se connaissaient de longue date. Melody lui posait des questions sur *Pegasus pride*, et Chiara répondait, tandis que lui, il acquiesçait du bout des lèvres et souriait comme un pantin.

Il n'était pas l'attraction principale ici, inutile d'essayer de prétendre le contraire. Bien sûr, il était plus qu'engagé dans ce film, financièrement entre autres, mais il n'était pas celui par qui le succès arriverait au moment de la sortie. Chiara était l'image publique qui pouvait faire décoller le film au box-office.

Au bout de quelques minutes, Melody changea de sujet, évoquant un gala de charité au profit des enfants qui réunissait généralement plus de la moitié de la population de Hollywood.

— Alors, dites-moi tout, Chiara, que porterez-vous pour le gala ? J'aimerais avoir ce scoop !

— Je n'ai pas encore décidé, j'hésite entre deux robes, pour tout vous dire.

— Parlez-moi des deux ! s'exclama Melody, le regard gourmand.

Rick retint un soupir. À ses yeux, une robe était une robe. Il se moquait bien de savoir de quoi elle était faite, ou les détails de la coupe, du concept et des dernières tendances. Sa jeune sœur, styliste, n'essayait même plus d'entamer la conversation à ce sujet avec lui. C'était un dialogue de sourds, avait-elle conclu.

— J'ai une robe fourreau bleu pâle de chez Elie Saab, qui laisse une épaule dénudée. L'autre est un bustier en tulle rouge, confia Chiara.

— Oh j'adore les deux ! Rick, vous avez sans doute un avis. Laquelle préférez-vous ?

Sans le regard lourd de sous-entendus que lui envoyait Chiara, il aurait répondu qu'il la préférait sans robe… Il se ravisa cependant et fit mine de réfléchir.

— Eh bien, le choix est difficile. Est-ce que le bleu pâle n'est pas la couleur de Cendrillon ?

Chiara se tourna vers lui, un sourire plaqué sur le visage.

— Je crois que tu te trompes de conte de fées, *mon chéri* ! rétorqua-t-elle avant de se tourner vers Melody. Je ne vous en dirai pas plus. Il faut bien que vous ayez une petite surprise le soir du gala.

— D'accord, dit Melody.

— Nous allons peut-être terminer cet entretien, car ce tournage m'épuise et je ne peux pas dire que nos nuits sont des plus reposantes, déclara alors Chiara en se tournant vers lui avec un regard entendu.

Melody se mit à rire.

— Oh ! Bien sûr, je comprends, répliqua-t-elle. Je vais vous demander une petite minute pour passer me rafraîchir et je reviendrai conclure notre séance.

Lorsque Melody les laissa, Rick se tourna vers Chiara avec un sourire moqueur.

— Tu veux lui raconter nos nuits torrides ?

Chiara rougit.

— Ne me regarde par comme ça.

— Difficile pour moi de me défaire des images que tu fais naître…

Elle s'écarta de lui, et sa robe glissa un peu, dévoilant une de ses jambes.

Il ne put s'empêcher de faire glisser son regard sur ses mollets. Elle avait des jambes spectaculaires. Il les avait déjà remarquées, dans les films et sur des photos, mais cette fois il ne pouvait s'empêcher de les imaginer, enlaçant sa taille en une étreinte fougueuse…

Sans même réfléchir, il saisit sa main et la caressa du pouce.

— Qu'est-ce que tu fais ? lança-t-elle.

Était-ce le fruit de son imagination ou sa voix était-elle légèrement hésitante, tout à coup ?

— Approche-toi, murmura-t-il. Il y a un photographe qui nous observe.

— Où ça ?

— Ne regarde pas, dit-il en se penchant vers elle.

Dans un souffle, la bouche de Chiara s'entrouvrit.

Rick l'effleura du bout des lèvres.

Elle sembla retenir un léger gémissement, qu'il perçut pourtant et qui l'incita à approfondir son baiser. Il avait envie, de plus, envie de la découvrir, de la goûter. Il se moquait bien de l'endroit où ils se trouvaient. Lorsqu'elle ouvrit ses lèvres pour accueillir sa langue, il eut l'impression que son souffle venait enflammer les braises déjà incandescentes de la passion en lui. Il saisit son visage entre ses mains et l'attira vers lui.

Lorsque l'un de ses seins effleura son bras, il dut faire preuve de toute sa volonté pour se retenir d'en caresser la courbe voluptueuse. Il avait envie de briser toutes les barrières érigées entre eux.

Comme si elle avait senti une présence, Chiara se raidit et murmura :

— Il faut que nous arrêtions.

Melody était de retour, un large sourire aux lèvres. Visiblement, elle avait surpris leur baiser. Odele aurait été ravie du timing !

— Pas si nous sommes en couple, rétorqua-t-il.

— Est-ce que je vous ai déjà dit que vous étiez rapides ? demanda Melody en leur adressant un clin d'œil complice. Quel dommage que je n'aie pas de photographe, ce baiser volé aurait fait une très jolie photo pour notre article !

— Nous serions ravis de rejouer la scène, lança Rick, narquois.

— Non, certainement pas, répliqua Chiara en lui jetant un regard noir. Je suis certaine que Melody aura tout ce qu'il lui faudra après la séance photos de demain.

— J'en suis sûre aussi, affirma Melody, en réunissant ses affaires.

Rick n'était pas invité à cette séance photos, ce qui était aussi bien. Ces séances étaient généralement des plus ennuyeuses et s'éternisaient à n'en plus finir. Pourtant, Odele avait bien évoqué un cliché les réunissant tous les deux…

— Melody, avez-vous déjà un titre pour votre article, s'enquit-il. Ou peut-être qu'Odele vous en a proposé quelques-uns ?

Il savait d'expérience que les titres des articles en période de promotion étaient, la plupart du temps, suggérés aux journalistes.

— Non, Odele ne m'a rien proposé pour le moment, répondit Melody.

— Et que diriez-vous de « Chiara Fera, enfin le grand amour » ? suggéra-t-il.

Melody lui adressa un sourire extatique.

— J'aime beaucoup ! Qu'en dites-vous, Chiara ?

Chiara sembla sur le point de lui arracher les yeux l'espace d'un instant, mais elle se ravisa, et il se retint d'éclater de rire.

Cette histoire d'amour avec Chiara Feran promettait de se révéler une sacrée aventure, et peut-être même un vrai film d'aventure où ils tiendraient ensemble les premiers rôles !

- 5 -

Juste après être rentrée chez elle en compagnie de Rick, Chiara décida d'aller s'isoler dans la salle d'exercice. Elle avait aménagé cette pièce afin de pouvoir pratiquer facilement une activité physique, malgré ses horaires parfois contraignants.

La journée avait été longue. Dès le matin, elle était tombée sur Rick dans sa cuisine, et ils avaient passé pratiquement toute la journée ensemble. Elle devait reconnaître qu'elle avait eu du mal à faire abstraction de l'effet que sa présence physique avait sur elle. Elle l'avait ressenti tout particulièrement lorsqu'il était sur le canapé à côté d'elle, durant l'interview.

Elle savait bien qu'il prenait un malin plaisir à jouer avec ses nerfs, l'effleurant sans cesse, prenant sa main ou déposant un baiser sur sa joue. Mais elle avait accepté de jouer ce rôle de femme amoureuse…

Et puis il y avait eu ce baiser. Elle avait ressenti le désir et l'envie chez Rick, et y avait répondu. Son désir à elle était, hélas, bien réel aussi.

Elle devait être plus prudente.

C'est sur cette résolution qu'elle poussa la porte de la salle d'exercice… avant de s'immobiliser sur le seuil.

Visiblement, Rick avait eu la même idée qu'elle. Il était là, portant un débardeur qui ne cachait rien de son torse puissant.

Son métier lui faisait croiser régulièrement des hommes particulièrement séduisants, acteurs ou mannequins en particulier, mais Rick était très impressionnant. Sa musculature était spectaculaire et tellement naturelle. Ses abdominaux, ses bras, ses pectoraux… Ces muscles parfaitement dessinés, ou plutôt sculptés par quelque maître de la Renaissance…

Elle ne pouvait pas continuer à le détailler ainsi, pourtant. Et puis elle ne devait surtout pas oublier qu'elle lui en voulait encore de son attitude pendant l'entretien avec Melody — surtout quand il lui avait fait croire qu'il y avait un photographe !

Il lui adressa un sourire moqueur.

— Ce que tu vois te plaît ? demanda-t-il.

De gêne, elle se sentit rougir jusqu'aux oreilles.

— Rien que je n'aie déjà vu ! répliqua-t-elle.

Il haussa les épaules.

— Tu veux un compagnon d'entraînement ?

Oh non !

Impossible de s'entraîner avec lui.

— Je n'ai pas besoin de toi, je me débrouille très bien toute seule.

Elle traversa la salle et se dirigea vers le banc de musculation. Il la suivit et jeta un coup d'œil à la quantité de poids mis en place sur la machine.

— Je t'ai déjà dit que je n'avais pas besoin d'un coach, dit-elle. Hé ! Qu'est-ce que tu fais ? lança-t-elle, comme il ajustait les charges de chaque côté de la barre d'haltères.

— J'essaye simplement de t'aider à relâcher toute tension et frustration accumulées !

Elle leva les yeux au ciel et s'allongea sur le banc. Elle n'avait pas prévu qu'il resterait au-dessus d'elle.

— Je t'ai mis vingt-cinq kilos pour commencer,

précisa-t-il. Il me semble que c'est parfait pour une femme de ta corpulence.

Elle se demanda combien il était capable de soulever, repensant à la facilité avec laquelle il l'avait portée pendant l'une de leurs scènes communes. Puis elle plaça ses bras et se concentra sur sa respiration, alors qu'elle commençait à soulever les poids.

Rick s'écarta légèrement, juste assez pour disparaître de son champ de vision. Tant mieux !

— Doucement, sans à-coups, dit-il au bout de quelques minutes. Voilà, comme ça, continue.

Zut, il n'était pas parti bien loin… Elle résista à l'envie de le chercher du regard. Essayait-il de la perturber avec des sous-entendus érotiques, ou était-ce elle qui était en plein fantasme ?

Elle serra les dents et souleva ses poids pendant encore quelques séries. Au bout d'un moment qui lui parut une éternité et pendant lequel elle se refusait à montrer le moindre signe de faiblesse, Rick vint saisir la barre et la placer sur son support.

— Ça ira pour cette fois, décréta-t-il.

Elle essayait de contrôler sa respiration, mais sa poitrine se soulevait encore rapidement.

— Beau travail, dit-il en s'approchant d'elle.

Ils ne se touchaient pas, mais il était si près d'elle qu'elle décelait les nuances de vert de ses iris. Son esprit se remit à vagabonder en direction de leur baiser…

Il esquissa un petit sourire en coin, comme s'il lisait dans ses pensées.

— Que dirais-tu d'un petit entraînement aux baisers de cinéma ? demanda-t-il. Cela me semble une pratique des plus intéressantes, le réconfort après l'effort !

— Non, je te remercie, mais je ne préfère pas, tu sais

comme nous sommes, nous les actrices. Nous avons une réputation à préserver !

— De là à vivre en état de jeûne perpétuel…

Le pire était qu'il avait raison. Sa célébrité lui interdisait les rencontres sans lendemain qui risquaient d'être médiatisées et puis, la plupart des hommes étant très impressionnés par sa célébrité, elle avait rapidement découvert que l'on pouvait être un fantasme vivant pour beaucoup et vivre dans une grande solitude.

Rick, en revanche, n'était pas impressionné par son métier. Lui était un cascadeur solitaire, avec plus d'ego à lui tout seul qu'une équipe de football tout entière !

Et malgré tout son désir pour lui était toujours présent en elle, et des frissons la parcouraient rien qu'en le sentant près d'elle. Qu'avait-il en lui pour provoquer ces réactions tout à fait primaires chez elle ? Sans doute avait-il su trouver la façon d'abolir certains de ses mécanismes de protection. Ensemble, ils devenaient un mélange hautement inflammable.

— Est-ce que je m'en suis bien sorti ? lança-t-il, le regard pétillant.

— De quoi ?

— De notre baiser.

Cette simple question finit de l'embraser. Tout son corps fut parcouru d'un frisson. Malgré toutes ses bonnes résolutions, elle avait envie qu'il se rapproche encore.

— Non, tu étais même complètement à côté de la plaque !

— Tu vois, il faut donc que nous nous entraînions, conclut-il. Pour les photographes, bien entendu !

Il lui restait une dernière issue…

— Je ne crois pas en voir dans cette pièce, en ce

moment, répondit-elle. Pas plus qu'il n'y en avait lors de l'interview de Melody.

Il ne fit aucune remarque sur son petit mensonge de tout à l'heure et se contenta de lui sourire.

— Dans ce cas, il nous faudra nous embrasser pour de vrai, dit-il le regard braqué sur sa bouche. Tu as des lèvres absolument incroyables, on ne peut que rêver de les embrasser encore et encore.

Elle retint son souffle. L'intensité de son regard lui brûlait la peau...

Pourtant, au lieu de l'embrasser, il lui effleura juste la taille de la main, légèrement. Une caresse... Comme une plume...

Elle frémit et sentit ses seins se tendre. Elle mourait d'envie de découvrir le corps de Rick mais leva une main pour le repousser... Néanmoins elle n'en fit rien et posa sa main sur son torse, où elle perçut aussitôt les battements forts et réguliers de son cœur.

— Oh oui, murmura-t-il en fermant les yeux un instant. J'aime sentir tes mains sur moi.

Elle entrouvrit les lèvres, et cette fois-ci il posa bel et bien sa bouche sur la sienne. Elle ressentit comme une étincelle et inspira son odeur si masculine.

La poitrine de Rick vint tout contre la sienne, mais il ne s'abandonna pas de tout son poids.

Enlacée dans cette étreinte envoûtante, elle touchait enfin son corps.

Elle sentit sa main glisser le long de son corps et venir se placer au creux de ses cuisses, sur le short en lycra qui faisait office de dernier rempart entre eux. Il se mit à la caresser, doucement, puis de façon plus précise avec son pouce, jusqu'à ce qu'elle ait besoin de reprendre son souffle.

Elle saisit son poignet, mais c'était trop tard. Une vague de plaisir déferlait sur elle, emportant tout sur son passage et la laissant pantelante et toutefois encore frustrée d'un désir incomplètement assouvi.

Lorsqu'elle rouvrit les yeux, le regard de Rick la frappa. Elle se sentait vulnérable et exposée, bien plus encore que lorsqu'elle s'était retrouvée suspendue avec lui d'un hélicoptère à plus de quinze mètres du sol.

Elle voyait qu'il la désirait, mais il gardait le contrôle, malgré sa respiration un peu accélérée.

La raison lui revint. Tout cela était vraiment n'importe quoi !

— Laisse-moi me lever, s'il te plaît, demanda-t-elle d'une voix éteinte.

Il se redressa et lui tendit la main pour l'aider.

— Je ne veux pas, dit-elle.

C'était compliqué de déclarer cela alors que tout son corps semblait crier le contraire, mais elle savait que c'était une erreur.

— Parfois ce que nous pensons que nous voulons n'est pas exactement ce que nous voulons…, murmura-t-il.

Elle ne sut que répondre à cela.

— Je vais prendre une douche, ajouta-t-il d'un ton sec. Une douche *froide*.

Elle s'attendit l'espace d'un instant à ce qu'il lui propose de le rejoindre.

Mais ce ne fut pas le cas.

Et d'une certaine façon elle dut reconnaître qu'elle n'en fut que plus troublée.

CHIARA FERAN ET SON CASCADEUR
EMMÉNAGENT DÉJÀ ENSEMBLE !

Le blog *Celebrity* avait devancé *WE Magazine* pour annoncer le nouveau couple glamour formé par Rick et elle. Melody avait toujours l'exclusivité de l'interview, mais visiblement la nouvelle s'était déjà répandue comme une traînée de poudre…

Chiara songea qu'elle était en manque de caféine pour affronter ce genre de nouvelles. À moins que le manque soit d'un autre ordre… Celui de la frustration.

Sa brève étreinte avec Rick dans la salle d'exercice, la veille, remettait en question la possibilité même de cohabitation entre eux, à l'avenir.

Elle s'était présentée aux studios à 6 heures du matin, le lendemain, afin d'éviter d'avoir à le croiser. Il était maintenant 10 heures, et elle n'avait toujours aucune nouvelle de lui. La veille, il était allé prendre une douche avant de sortir. Lorsqu'elle s'était couchée, quelques heures plus tard, il n'était toujours pas revenu.

Peut-être était-il sorti. Il aurait pu faire une rencontre, et elle n'aurait strictement rien à y redire. Même si l'idée qu'il passe de ses bras à ceux d'une autre aussitôt après lui avoir donné du plaisir était plutôt difficile à accepter…

En tous les cas, le tournage de *Pegasus pride* serait bientôt terminé, et les scènes qui restaient avec Rick étaient très peu nombreuses.

Elle sortit pour gagner le plateau et se retrouva directement projetée contre de solides pectoraux.

Elle en eut le souffle coupé.

Avant qu'elle ait eu le temps de se rendre compte de quoi que ce soit, une main solide la retint tandis qu'elle levait les yeux vers ceux de Rick.

— Pour deux personnes qui vivent ensemble, nous nous croisons toujours par le plus grand des hasards ! lança-t-il, sarcastique.

Elle resta muette. Les mains chaudes sur ses bras la

maintenaient contre son torse, et c'était une sensation troublante.

— Ma maison est assez grande pour que l'on ne se marche pas dessus, dit-elle enfin, le souffle court.

Il était horriblement exaspérant, et cependant elle ne parvenait pas à l'ignorer, malgré toute l'énergie qu'elle mettait en œuvre.

— Je t'ai manqué ? demanda-t-il. Je pensais que nous devions jouer les inséparables, ces jours-ci…

Que pouvait-elle répondre à cela ? Après son départ, la veille, elle avait passé une nuit agitée et bien peu reposante. Il l'avait laissée entre deux états : celui de la plénitude du plaisir et la frustration la plus totale. Elle avait eu un orgasme, c'est vrai, mais ils n'avaient pas fait l'amour et elle avait eu l'impression que son corps était en manque de cette union totale.

Il approcha son visage et lui fit redresser le menton, ses yeux verts fixés sur ses lèvres.

— Tu m'as manqué, murmura-t-il.

— Pourtant j'ai été claire avec toi, je ne veux pas aller plus loin.

— Nous sommes faits l'un pour l'autre, toutefois. Nos corps sont aimantés, reconnais-le.

— Est-ce que tu sais reconnaître un bon jeu d'actrice d'une véritable émotion ?

— Tu n'étais pas en train de jouer, hier. Tu as vraiment joui sous mes caresses, ou bien je veux bien me promener tout nu dans les rues de Hollywood !

— Nous jouons la comédie, Rick. Tout est faux entre nous depuis le départ.

— Oui, mais je ne vois aucune caméra en train de nous filmer, là. Ce n'est pas parce que nous prétendons quelque chose pour les médias qu'il nous est interdit de ressentir de vraies émotions et d'en tirer profit en cours de route, non ? On a bien le droit de s'amuser !

Elle ne voulait pas s'amuser avec lui ! Jouer était bon pour son père. Un père qui avait été capable de tourner le dos à toutes ses responsabilités. Une femme, un foyer, une fille…

— Oh, mais quelle bonne surprise !

Chiara se retourna vers Odele et retint un soupir.

— Pardon de vous interrompre, les amoureux ! Ou, plutôt, j'espère que je vous interromps bel et bien !

— Il doit partir, marmonna Chiara.

Odele les fixa l'un et l'autre d'un air perplexe.

— Qu'est-ce qui ne va pas, ma chérie ? Cela ne fait que… deux jours, pourtant !

— Ce n'est qu'une querelle d'amoureux ! intervint Rick. Mais nous sommes toujours dans les bras l'un de l'autre, malgré tout !

— En tous les cas, nous avons besoin de vous deux ensemble, décréta Odele. Il y a de nouveaux articles en provenance de Las Vegas, ce matin. Et nous avons notre gala de charité demain soir, pour lequel j'ai obtenu in extremis une invitation… pour ton nouveau fiancé, ma chérie !

— Odele, tu es vraiment impossible ! s'exclama Chiara.

— Elle ne fait qu'entretenir la rumeur que nous avons accepté de lancer, fit remarquer Rick.

— Tu es de son côté, toi aussi ? rétorqua-t-elle en le fusillant du regard.

— Je pense simplement que lorsqu'on fait quelque chose il faut le faire bien. Je soigne ma performance d'acteur ! précisa-t-il, amusé.

— Tout cela ne va pas marcher.

— Tu ne veux plus de moi ? demanda-t-il en lui adressant un regard implorant.

— Je suis pieds et poings liés avec toi !

— Dans ce cas, autant en tirer le meilleur parti, non ? suggéra-t-il d'une voix douce. Qui sait, nous nous *amuserions* sans doute beaucoup, tous les deux ?

— Je ne m'amuse pas, rétorqua-t-elle. Tout cela est de la folie. Nous faisons n'importe quoi !

— Tu connais ma réponse, Chiara. La folie est mon métier, je suis un homme qui accepte d'être suspendu par un filin à un hélicoptère en vol !

— Eh bien je crains que l'altitude n'ait altéré ton raisonnement !

— Pas du tout, je préfère éviter les caméras. C'est ma pudeur naturelle qui me fait jouer mon rôle dans l'anonymat des salles de sport plutôt que devant les paparazzis !

— Et pourtant demain tu vas devoir mettre ton plus beau smoking pour t'afficher à un gala de charité à mon bras ! répliqua-t-elle.

— Je suis tellement plus beau sans rien, si tu savais…, murmura-t-il avec un clin d'œil entendu.

Chiara se sentit rougir, d'autant plus qu'Odele n'en perdait pas une miette.

— Vraiment ? Est-ce que les cascadeurs évoluent généralement dénudés ? lança-t-elle, moqueuse.

— Tu le sauras très vite, si nous continuons à cohabiter, ma chérie.

Elle le détestait lorsqu'il se montrait ainsi plein d'assurance et de certitude !

Elle soupira et jeta un regard harassé à Odele, qui lui répondit par un sourire béat.

— Je venais te prévenir que l'on t'attend pour retourner une scène, Chiara.

Chiara avait généralement horreur de rejouer des scènes, mais en l'occurrence elle y vit une sortie de secours appréciable !

Quelques heures plus tard, pendant une pause dans son planning de tournage, Rick s'installa à l'extérieur sur une chaise, les jambes étendues sur un banc. Il sortit son smartphone pour consulter ses e-mails.

La plupart du temps, il croulait sous les messages de ses associés qui lui transmettaient pour contrôle tous les dossiers sur lesquels ils travaillaient. Mais cette fois-ci il avait quelque chose d'un peu différent à faire, et cela grâce à *Celebrity* et une célèbre actrice qui occupait ses pensées bien plus qu'il ne l'aurait voulu.

Après leur étreinte dans la salle d'exercice, la veille, il avait fait la seule chose capable d'apaiser un peu son état de frustration totale : prendre une douche froide avant de sortir dîner dans une brasserie voisine.

Mais, maintenant que l'annonce de leur relation était faite, il savait qu'il était plus que temps de parler à ses proches. Au même instant, son téléphone sonna.

— Eh bien, tu ne perds pas de temps ! lança Jordan. La veille, tu nies toute relation, et le lendemain vous emménagez ?

— Très drôle.

— Est-ce que maman t'a appelé ?

— Non.

Camilla Serenghetti était sans aucun doute déchirée entre l'inquiétude et l'euphorie à l'idée que son deuxième fils se soit enfin engagé dans une relation sérieuse. Avec l'espoir que le mariage et les enfants qui feraient son bonheur suivraient sans tarder, comme toute mère italienne digne de ce nom.

— Elle redoute que tu te sois laissé manipuler par quelque sirène maléfique, lui expliqua Jordan. J'ai essayé de la rassurer en lui certifiant que tu n'étais ni assez innocent ni assez naïf pour te laisser convaincre par une très jolie femme, mais elle ne m'a pas cru !

— Je te remercie de ton soutien, frérot.

— Tout ça pour te dire que maman a prévu d'aller tourner un épisode de son émission culinaire sur la côte Ouest pour booster son audience et qu'elle compte certainement en profiter pour garder un œil sur toi et ta nouvelle conquête, si tu vois ce que je veux dire ?

Oh non…

La dernière chose dont il avait besoin, c'était que sa mère ajoute la pincée de dramatisation méditerranéenne qui manquait à tout cela. Elle aurait sans doute beaucoup à partager avec Odele ! Et cependant cela lui donna une idée…

— Maman ne peut pas venir, dit-il.

— Elle s'inquiète pour son émission, la chaîne lui met la pression pour faire remonter son audience.

— Dans ce cas, c'est moi qui viendrai.

C'était une idée brillante ! S'il arrivait à faire accepter à Chiara de tourner un épisode avec sa mère, cela leur permettrait de quitter un peu Hollywood et l'influence d'Odele, tout en alimentant la rumeur. Sans compter que cela mettrait un peu distance entre Chiara et son admirateur psychopathe.

Il se retint de sourire, mais il savait déjà qu'Odele adorerait son idée.

— Tu es sérieux ? demanda Jordan.

— Oui, plus que sérieux !

Il coupa court à sa conversation et alla retrouver son actrice préférée.

Elle marchait à proximité de sa loge. Elle avait dû finir de tourner sa scène et en profitait pour se dégourdir les jambes.

Le simple fait de la voir ainsi, seule, mit ses sens en émoi. Il n'arrivait pas à savoir si c'était le fait de la frustration intense qu'il avait ressentie après leurs baisers. Elle s'était changée depuis ce matin, puisqu'elle devait tourner une scène où elle était censée s'échapper d'un bureau du FBI, et avait donc choisi un tailleur strict, composé d'une jupe droite et d'un chemisier blanc, assorti à des escarpins vertigineux. Le col déboutonné laissait entrevoir son décolleté d'une façon à la fois discrète et suggestive. Terriblement érotique.

Il aimait la façon dont la lumière se reflétait dans ses épais cheveux bruns. Il s'imagina plongeant les doigts dans leurs boucles… Son corps frémit.

Il n'était pourtant pas accoutumé à se sentir ainsi dépassé par le désir, en particulier en ce qui concernait les actrices avec lesquelles il était habitué à tourner. Mais Chiara semblait réunir tout ce qui était susceptible de le rendre fou. Il aimait le contraste en elle, la clarté de sa peau et les boucles sombres, son caractère raisonnable et passionné à la fois, sa légèreté et les blessures profondes qu'elle tâchait de cacher. Et s'il devait évoquer sa grande beauté et son corps de rêve en prime…

À côté d'elle, sa tenue traditionnelle de cascadeur avec des vêtements tachés et déchirés, les cheveux en bataille et la peinture sur le visage lui donnait la sensation d'être un animal sauvage ou un homme des cavernes !

Il avança à sa rencontre et commença par une conversation polie sur les scènes qu'elle venait de tourner, avant d'amener sa brillante idée.

— J'ai un service à te demander, dit-il.

Elle leva les yeux vers lui.

— C'est-à-dire ?

Il s'éclaircit la voix.

— J'aurais aimé que tu fasses une apparition dans l'émission culinaire qu'anime ma mère.

Elle ouvrit de grands yeux.

— Comment ça ?

— C'est parfait pour tout le monde, cela va entretenir la rumeur à notre sujet et…

— Ta mère anime une émission culinaire ?

— Oui. C'est sur une chaîne locale de la région de Boston, les studios de tournage se trouvent près de Welsdale, ma ville natale dans l'ouest du Massachusetts. *Saveurs d'Italie avec Camilla Serenghetti*.

— Ainsi tu n'es pas le plus célèbre des Serenghetti ? lança-t-elle d'un ton moqueur. Je suis sous le choc !

— Oh, tu ne crois pas si bien dire, au contraire ! Non seulement ma mère est une célébrité locale, mais mes frères et ma sœur ont tous une plus grande notoriété que moi !

— Vraiment ?

— Tu ne regardes pas le hockey ?

— Non. Pourquoi, je devrais ?

— Mon jeune frère joue pour les Razors de New England, où il a pris la suite de mon frère aîné.

Elle sembla chercher dans sa mémoire mais finit par hausser les épaules.

— Jordan et Cole Serenghetti ? suggéra-t-il.

— Désolée. Inconnus au bataillon. Et ta sœur est…

— La petite dernière, et bien décidée à ne pas rester à la traîne. C'est une grande féministe.

— Je veux bien le croire, avec trois frères avant elle !

— Elle était très douée au karaté, mais elle a décidé

de rediriger son énergie en créant sa propre collection. Elle est styliste.

Chiara sourit.

— Oh ! Cela me parle beaucoup plus !

Il sourit, entrevoyant une piste qu'il n'avait pas encore envisagée.

— Mia serait heureuse de te présenter quelques-unes de ses créations. Et si tu voulais en porter…

— Je croyais que tu voulais que je soutienne ta mère ?

— Tu aurais l'occasion de faire les deux, si tu acceptais de porter une tenue de Mia sur l'émission de ma mère !

— Mais, ma parole, tu as vraiment pensé à tout !

Il hocha la tête.

Il n'avait pas encore trouvé la solution à son problème principal : comment se retrouver avec Chiara dans un même lit. Mais mieux valait garder cela pour lui. Il glissa les mains dans les poches pour résister à l'envie de la toucher.

— Ma mère serait vraiment très touchée si tu acceptais de faire une apparition en tant qu'invitée spéciale de son émission. Elle est très connue et s'est fait une vraie réputation localement. Seulement une nouvelle équipe a récemment pris la tête de la chaîne, et ma mère voudrait leur faire une bonne impression.

— Je comprends… Mais que se passera-t-il lorsque ta mère aura vu la une de *WE Magazine* ? Est-ce que tu survivras si tu te retrouves pris en étau entre deux célébrités ? demanda-t-elle en riant.

— Je saurai faire face le moment venu ! répondit-il, stoïque. Connaissant ma mère, elle demandera à apparaître dans le prochain reportage photos.

— Je devine qu'elle a un sacré tempérament.

— Oh ! tu n'imagines même pas…

— Donc c'est du sérieux entre nous, tu me présentes à ta famille !

— Oui, si tu veux. Tu sais qu'elle aurait été encore plus impressionnée si seulement tu avais joué dans une *telenovela* italienne !

— Eh bien tu pourras lui dire que j'ai joué dans quelques épisodes de *Sotto il sole*, avant de devenir célèbre aux États-Unis. Et puis mon personnage a eu un accident qui l'a mise dans le coma avant qu'ils décident d'arrêter les soins.

— Ils n'ont pas aimé ta performance d'actrice ?

— Ce n'est pas ça, mais ils voulaient simplement ajouter un peu de mélodrame, et il leur fallait une actrice américaine pour cela.

— En tous les cas, ma mère sera très impressionnée, j'en suis sûr !

Il savait qu'elle serait parfaitement séduite par Chiara Feran, à vrai dire. Et que lorsqu'elle saurait le fin mot de l'histoire elle serait déçue au plus haut point… Mais il penserait à cela plus tard. D'ici là, il avait encore bon nombre de cartes à jouer.

— Quand voudrais-tu faire ce tournage ? demanda Chiara.

— Il nous reste quelques journées ici, tout au plus, ensuite Dan travaillera au montage. Odele peut s'occuper de nous trouver un vol dès que nos scènes à tous les deux seront dans la boîte.

— Et où serions-nous logés ?

Il sentait qu'elle était sur le point d'accepter, mais il ne voulait pas vendre la peau de l'ours trop tôt. Il fit mine de réfléchir et prit son air le plus dégagé avant de suggérer :

— Dans mon appartement de Welsdale ?

— Ah oui ?

— Il y a une chambre d'amis, naturellement, s'empressa-t-il de souligner.

— Naturellement. Et qu'as-tu expliqué à ta famille à notre sujet ?

— Tu sais, ils lisent *WE Magazine*.

Elle ouvrit de grands yeux.

— Tu veux dire qu'ils nous pensent vraiment en couple tous les deux ?

— Oui, je n'aurais pas pu dire le contraire.

— Évidemment ! Je me demande pourquoi je suis encore surprise !

Il entendit soudain un bruit bizarre et se sentit étrangement déstabilisé.

Chiara sursauta.

— Est-ce que tu as senti ça ? s'enquit-il.

Elle acquiesça.

Les tremblements de terre étaient monnaie courante dans le sud de la Californie, mais on ne ressentait aussi nettement qu'une infime partie d'entre eux.

— Je suis surpris que tu ne te sois pas réfugiée dans mes bras, fit-il remarquer.

— Nous, les actrices, nous sommes bien plus fortes que cela !

Il éclata de rire.

— À moins que nous, les cascadeurs, ne fassions trembler la terre ?

— Tu parles, c'est juste un camion qui passait à proximité ! Navrée de remettre en question tes superpouvoirs, Rick Serenghetti.

— En tous les cas, ce camion ne semblait pas très puissant. Moins que le coup de foudre qui t'a frappée à mon approche, chère Chiara.

— Encore une fois, tu ne doutes de rien !

— Exactement, je vois que tu commences à me connaître, répondit-il en baissant les yeux vers ses talons aiguilles. Tu as besoin d'un bras solide pour avancer ? Je peux te porter, si tu veux.

Elle redressa le menton.

— Merci, ce ne sera pas utile !

Il se doutait qu'un compliment ne serait pas bien reçu, même s'il brûlait de lui dire combien elle était adorable lorsqu'elle levait ainsi le menton pour se draper dans sa dignité.

— Tu sais que si tu laissais une de tes chaussures derrière toi…

— … Un crapaud la trouverait, comme dans le conte ? conclut-elle.

— Il y a parmi nous des princes déguisés, n'est-ce pas ainsi que va la morale du conte ?

— Eh bien il existe des princesses qui ont fait le vœu de ne plus jamais embrasser un seul crapaud ! répliqua-t-elle vivement en le plantant là.

- 6 -

Rick apprécia le costume Armani qu'on lui avait fait livrer, mais il refusa tout net la manucure. À ses yeux, les premières et les remises de prix étaient un mauvais moment à passer, et c'est ce qui faisait qu'il avait toujours privilégié la discrétion et l'anonymat. Au moins cette soirée était-elle pour la bonne cause, puisque le gala de charité se faisait au profit des enfants.

Cette grande soirée générait en tous les cas un véritable sursaut d'activité chez Chiara. Une équipe entière s'occupait d'elle. Un maquilleur, un coiffeur et une manucure s'activaient en même temps, tandis qu'elle revoyait les derniers détails de son plan de communication avec Odele. Un coursier était passé déposer deux robes conçues spécialement pour l'occasion par son styliste personnel.

Une jeune femme s'appliqua ensuite à lui épiler les sourcils. Rick observait tout cela à distance, légèrement incrédule. Lorsque ce fut terminé, Chiara arqua les sourcils pour se regarder dans le miroir. Il nota le discret changement, même s'il avait l'impression d'être un martien atterri sur la planète Vénus. Il avait toute conscience que pour une actrice comme Chiara l'apparence était cruciale et que de subtils changements pouvaient lui permettre d'exprimer certaines émotions différemment.

Son regard descendit vers sa bouche. Il repensait souvent à leur étreinte dans la salle de sport. Chiara était si troublante, si passionnée… Si elle n'avait coupé court à leur étreinte, ils auraient fait l'amour, juste là, sur le banc de musculation…

Même dans un simple peignoir blanc, elle était sublime.

Odele soupira.

— Je ne comprendrai jamais que tu continues à fabriquer toi-même des décoctions étranges à appliquer sur ta peau alors que toutes les grandes marques de cosmétiques sont prêtes à te fournir gracieusement leurs meilleurs produits !

— Mes recettes maison me vont très bien, répliqua Chiara en riant.

— Tu fabriques tes produits de beauté ? demanda Rick, intrigué.

Chiara haussa les épaules.

— Oui, j'ai commencé quand j'étais adolescente et j'ai toujours continué. J'utilise des huiles végétales, comme l'huile d'avocat, de coco, avec du yaourt ou tout un tas de produits très simples.

— Moi je fais pareil, mais je les mange, plutôt ! C'est bon pour mon teint ! lança-t-il en riant.

— Tu devrais essayer un masque à l'avocat, je suis certaine que cela ferait des merveilles, sur ta peau !

— Non, merci ! Je préfère m'en tenir à un peu de savon sous la douche !

— Tout le monde n'a pas la chance d'avoir un teint comme le tien, ma chérie, intervint Odele. Tu pourrais compatir avec le reste du monde qui doit user de soins complexes et onéreux pour faire bonne figure !

Lorsque tout le monde eut fini de s'activer autour de ses cheveux, de ses ongles ou de son visage, Chiara se leva.

— Bien, je dois m'habiller, maintenant.

— Je t'en prie, fais comme si je n'étais pas là, lui fit remarquer Rick.

Odele leva les yeux au ciel.

— Nous vous sonnerons quand nous aurons besoin de vous !

— Oui, c'est l'histoire de ma vie...

Sans lui laisser le temps de réagir, il quitta la pièce.

Il profita de ce temps libre pour jeter un coup d'œil à ses e-mails et répondre aux messages en souffrance. Au bout de longues minutes, Odele entrouvrit la porte et lui fit signe de les rejoindre.

Il revint dans le vaste salon et s'arrêta net, le souffle coupé.

Chiara portait une robe asymétrique qui découvrait une épaule, avec une petite traîne en bas du jupon qui était fendu sur une jambe, jusqu'en haut de la cuisse. Le tissu d'un rouge profond soulignait son teint clair. Il y avait en elle quelque chose de féerique et d'aristocrate à la fois.

— Je n'arrive pas à choisir ma robe, expliqua-t-elle.

— Celle-là me paraît absolument parfaite, tu es spectaculaire, bafouilla-t-il.

Elle lui sourit.

— C'est une création de mon designer brésilien, je voudrais profiter du podium que représente le gala pour le faire connaître.

L'espace d'un instant, il s'imagina soulevant Chiara de terre pour l'emporter dans ses bras, à la façon d'un prince charmant dans un conte de fées. Mais il redescendit vite sur terre, en entendant la voix d'Odele qui lui rappelait que Chiara n'était pas sa vraie princesse.

Restait que la journée n'était pas encore finie et qu'il allait passer la soirée à son bras, pour de vrai...

Les flashs crépitaient de toute part, aveuglants éclats de lumière. Les paparazzis étaient sortis en nombre pour l'événement et s'étaient agglutinés autour du tapis rouge. Chiara leur offrait son sourire le plus photogénique, croisant les jambes et inclinant légèrement la tête, pour leur présenter sa silhouette de la façon la plus avantageuse.

Sa robe en organza découvrait une de ses jambes, ses longs cheveux étaient détachés pour s'étaler en volutes d'un brun profond sur ses épaules, et elle portait deux longs pendants d'oreilles assortis à un délicat bracelet en diamants.

Le gala avait lieu au Beverly Hilton Hotel qui abritait une salle de bal de mille cinq cents mètres carrés et où se tenaient les remises des prix des Golden Globes et d'autres grandes cérémonies hollywoodiennes. Bientôt, ils seraient entrés et retrouveraient les nombreux acteurs et célébrités conviés à cet événement.

Rick avait posé la main sur le bas de son dos. Elle sentait sa paume, chaude, légèrement possessive, contre elle. Tout cela servirait la cause du gala, mais elle devait reconnaître que, quel qu'en soit le prétexte, il avait une façon bien à lui d'éveiller en elle un trouble jusque-là inconnu. Il faisait appel à ce qu'il y avait de plus féminin en elle, au point qu'elle ne s'était jamais sentie aussi en phase avec un homme, physiquement parlant.

Bien qu'il soit loin d'être une célébrité à part entière et qu'il ait beaucoup de concurrence ce soir, elle notait les regards féminins qui s'attardaient sur lui. Il avait un indéniable sex-appeal, sans doute dû à un côté plus brut, moins policé que la plupart des acteurs et mannequins présents.

Il fallait qu'elle cesse de divaguer ainsi, alors que tant de regards étaient braqués sur elle. Non seulement les flashs ne s'arrêtaient pas un instant de crépiter, mais les journalistes ne cessaient de crier leurs noms.

— Chiara, par ici !

— Chiara, comment s'appelle l'heureux élu ?

— Parlez-nous de votre cavalier !

— Qui est l'homme mystère ?

Chiara sourit et inspira avant de se lancer.

— Je vous présente Rick Serenghetti. Nous nous sommes rencontrés sur le tournage de *Pegasus pride*.

— Est-ce vrai qu'il est cascadeur ?

Elle adressa un regard de côté à Rick, qu'il soutint. Elle avait parfois du mal à démêler la part de jeu dans tout cela, à vrai dire.

— Je ne sais pas, murmura-t-elle en sondant son regard. Est-ce que tu sais faire des cascades, mon chéri ?

— Pas sur les tapis rouges, répondit-il. Mais il suffirait que je m'entraîne…

Tout cela était parfait. Il faisait un fiancé très crédible, et tout le monde jouait le jeu. Elle voyait déjà les gros titres. *Chiara Feran officialise sa liaison sur le tapis rouge.* Elle continua de sourire, puis elle prit la main de Rick pour avancer un peu plus vers la salle. Elle connaissait chaque rouage de cette mise en scène parfaitement calculée.

Rick et elle entrèrent dans le Hilton, sans plus croiser de photographes, ni même de personnes de leur connaissance. Elle ne savait pas si elle était très disposée à discuter de sa relation auprès de gens de son entourage professionnel.

Une fois arrivée à leur table, elle soupira de soulagement. Jusqu'ici, tout allait bien !

— Rick, mon chou, quel plaisir !

Chiara se retourna et vit une actrice qu'elle connaissait de nom et de réputation. Isabel Lanier.

Elle n'avait jamais croisé personne qui connaisse Rick

en dehors des tournages. Et personne qui ne l'appelle
« mon chou », de surcroît.

— Cela fait tellement longtemps ! s'exclama Isabel
tout en dirigeant son regard cristallin vers elle. Et je vois
que tu n'es pas venu seul…

— Isabel, je te présente…

— Chiara Feran, l'interrompit Chiara.

Les deux femmes se toisèrent. Isabel Lanier avait une
certaine réputation à Hollywood, et autant avouer qu'elle
n'était pas aussi rose que son rouge à lèvres voyant. On
disait d'elle qu'elle ne reculait devant rien pour assouvir
son ambition. Elle aurait brisé le mariage d'un acteur en
ayant une aventure avec lui pendant un tournage. Elle
avait aussi été citée dans des affaires immobilières peu
claires à Hollywood.

Isabel détourna le regard pour se concentrer sur Rick.

— Mon chou, je suis tellement contente de voir que
tu as enfin tourné la page et avec une autre actrice, en
prime. Il faut croire que je ne t'ai pas laissé trop de
mauvais souvenirs ?

Rick sembla se tendre à ses côtés, tandis qu'Isabel lui
décochait un regard de biche éperdue.

— Mon chou, j'aimerais beaucoup te parler de…

— Isabel, ce fut un plaisir de te rencontrer ! Je suis
content de te voir en bonne forme.

Rick était en train de clore la conversation poliment
mais fermement.

Pas de doute, Rick et Isabel avaient eu un lien, par le
passé, songea Chiara. Cela lui laissait un goût amer. Même
si elle n'était pas jalouse le moins du monde. Qu'est-ce
qui était passé par la tête de Rick ? Isabel Lanier ! Cette
femme était précédée par sa réputation sulfureuse.

Isabel les regarda fixement un instant, avant de hocher la tête, comme si elle venait d'arriver à une conclusion.

— Il est temps que je rejoigne mon cher et tendre, dit-elle.

— Hal est là ? lança Rick avec une immanquable intonation moqueuse.

Isabel redressa le menton et lui adressa un sourire bien trop large pour être honnête.

— Oh ! mon chou, je t'ai connu plus perspicace, murmura-t-elle en exhibant une bague voyante. Cette fois-ci, j'en ai trouvé un qui allait rester.

— Toutes mes félicitations.

Isabel souriait toujours, mais son regard était noir.

— Merci.

Lorsqu'elle fut partie, Chiara se tourna vers Rick.

— Je peux te demander quelque chose ?

— Oui, si tu penses pouvoir te satisfaire de ma réponse.

— Est-ce que tu sors avec toutes les actrices des films dans lesquels tu tournes ?

— Dans le cas d'Isabel, c'est plutôt elle qui a essayé de me mettre le grappin dessus. Sans succès, finalement.

— Mais encore ?

— C'est Isabel qui m'a fait décider de ne jamais sortir avec des actrices, justement. Trop d'ennuis.

— Les ennuis viennent des hommes !

— Voilà finalement un premier point commun, répliqua-t-il. Le sexe opposé est porteur d'ennuis !

Chiara leva les yeux au ciel.

— Je suis surprise que tu aies pu choisir quelqu'un d'aussi sulfureux qu'Isabel Lanier.

Elle n'était vraiment pas jalouse, mais elle n'avait pas l'habitude d'être confrontée ainsi à une ex.

— Tu ne serais pas jalouse, par hasard ? demanda Rick, un demi-sourire aux lèvres.

— Ne sois pas stupide !

— Cela ne te ressemble pas d'être possessive, mais je dois avouer que j'aime bien cela !

— Alors, tu veux bien me raconter ce qui s'est passé entre vous ?

— Isabel a tenté de me séduire et a immortalisé cela d'une photo. Malheureusement, son compagnon de l'époque était aussi un bon ami à moi. Ce fut la fin de notre amitié.

— Pourquoi a-t-elle fait cela ?

— Elle voulait rendre Hal jaloux, et surtout elle connaissait un creux médiatique sévère et a espéré créer un vrai buzz autour de tout cela.

Chiara songea qu'elle ferait bien de signifier à Odele qu'elle ne souhaitait plus être conviée aux mêmes événements qu'Isabel Lanier à l'avenir, cela lui éviterait ce genre de face-à-face déplaisants. Elle lui envoya un message dans ce sens.

Rick lui présenta sa chaise, et elle prit place à table.

La soirée se déroula sans autre incident notable. Le maître de cérémonie était un comédien célèbre et très drôle. Le repas, des plus raffinés, était délicieux.

Et vint finalement le moment de rentrer en compagnie de Rick. Elle n'avait jamais vraiment vécu avec un homme par le passé et avait toujours trouvé plutôt satisfaisant de pouvoir leur souhaiter bonne nuit au terme d'un rendez-vous galant avant de rentrer chez elle seule si elle le souhaitait. Mais cette fois-ci c'était différent. Un peu embarrassant, même.

Lorsqu'ils entrèrent dans sa grande maison silencieuse, elle se tourna vers Rick. Elle savait qu'elle avait toutes les cartes en main. Elle était la star, il avait accepté de jouer le jeu selon ses règles ou du moins celles d'Odele, ils se trouvaient dans sa maison…

Et pourtant elle se sentait sous influence. Rick avait quelque chose de si masculin qu'elle était comme envoûtée par sa seule présence. Il était grand et fort, et en prime son smoking lui conférait une élégance absolue.

Il la regarda en souriant.

— Je crois que c'est le moment où je suis censé t'embrasser et te souhaiter une bonne nuit, avant de te laisser, dit-il comme à regret. Même si je reste ici…

Il plongea son regard dans le sien.

Tout à coup, elle avait du mal à respirer. Ils ne s'étaient pas retrouvés si proches depuis… Depuis la salle de sport. Elle s'était bien juré que cela ne se répéterait pas.

Cependant, elle avait en elle le souvenir de chaque sensation qu'il avait fait naître. Comment il avait fait monter le désir en elle, comment il avait su la caresser, jouant de ses sens jusqu'à l'orgasme.

Il se pencha vers elle et murmura :

— Ce sera plus crédible…

Il n'avait pas besoin d'en dire plus. S'il l'embrassait, s'il faisait monter la tension entre eux… S'ils devenaient amants !

Oui… Non ! Elle ne pouvait pas.

Le regard de Rick se posa sur sa robe et descendit lentement, telle une caresse, sur ses seins, ses hanches et puis encore un peu plus bas…

— As-tu besoin d'aide avec ta robe ? demanda-t-il. Personne ne va pouvoir t'assister, ce soir.

Elle ne savait que trop bien qu'ils étaient seuls, dans le silence de la nuit noire et de la maison vide.

Elle fit « non » de la tête avant de s'éclaircir la voix.

— Tu t'en es bien sorti, ce soir, pour quelqu'un qui n'aime ni les foules ni la célébrité, fit-elle remarquer.

— N'est-ce pas l'instant où interviendrait la scène d'amour dans un film ?

— Ce n'est pas un film, et nous ne sommes pas des…

— Acteurs. Je le sais.

Il prit sa main et l'attira vers lui.

— C'est ce qui est si fort. Pas de faux-semblants.

Elle sentit son cœur s'emballer.

— Je ne sais pas faire ça, murmura-t-elle.

— Et si tu te laissais aller à tes sensations ? Il suffit de ressentir.

— C'est une méthode reconnue ? questionna-t-elle dans un sourire.

— C'est la vie. La vraie vie, répondit-il en posant les mains sur ses épaules. Détends-toi. Les cascadeurs ne sont pas de mauvais bougres…

— Tu n'es pas le grand méchant loup, tu veux dire ? demanda-t-elle d'une voix de plus en plus tremblante.

— Tu veux t'en assurer ?

— Non, je crois que c'est moi qui me trompe de conte de fées, cette fois.

Elle ressentait la chaleur qui émanait de tout son corps alors que seules ses mains la touchaient. C'était une torture de résister à son magnétisme. Avec lui, elle avait l'impression qu'un sixième sens était en œuvre.

Au ralenti, elle leva la tête et son regard croisa celui de Rick.

Ils s'étaient dirigés pas à pas vers cet instant depuis leur étreinte écourtée, et elle vit dans son regard qu'il le savait, lui aussi.

Il la contempla un long moment, le souffle court, puis

posa les yeux sur sa bouche avant de s'approcher pour l'effleurer du bout des lèvres.

Elle entrouvrit la bouche pour lui dans un soupir, cherchant sa langue avec la sienne avant de l'attirer à elle. Elle en avait besoin, elle le reconnaissait, et au moins pour cette nuit elle ne voyait plus aucune raison valable de se l'interdire.

Il la prit par la taille, et elle sentit la vigueur de son érection. Il l'embrassa plus profondément, et elle le suivit, sans plus de barrières. Sa pochette glissa le long de son bras avant de tomber sur le sol avec un bruit mat.

Il s'écarta légèrement puis l'embrassa sur la joue, la tempe, dans le cou.

— Rick…

— Chiara…

— Je…

— Ce n'est pas le moment de te lancer dans un discours…

Il l'embrassa dans le cou, et elle inclina la tête pour lui faciliter la tâche. Elle s'accrocha à son bras, comme on s'arrime à un roc.

Elle sentit une de ses mains descendre le long de sa robe jusqu'à sa cuisse. Il la faufila dans la fente du tissu, et elle sentit la caresse de ses doigts.

— Te voir dans cette robe m'a fait frissonner toute la soirée…

— Ah ?

— Je ne pouvais quitter tes jambes du regard, espérant que le tissu remonterait encore un peu, juste un peu.

Elle rit doucement.

— J'avais tout prévu, je ne cours pas ce genre de risques !

— Ah, dit-il en avançant sa main un peu plus loin.

Pourtant moi je veux te faire courir ce risque et tant d'autres… Laisse-moi te montrer…

Elle ferma les yeux et renversa la tête lorsqu'il passa la main dans sa culotte, avant de l'effleurer du bout des doigts. Elle entrouvrit la bouche. Ils n'avaient pas encore franchi le pas de la porte qu'elle était déjà totalement embrasée.

— Ah Chiara…, murmura-t-il en mordillant son cou. Tu es si douce…

Ses mots lui firent l'effet d'une caresse. Elle sentit ses défenses, les remparts patiemment élevés autour d'elle, qui s'effondraient une à une… et un désir vertigineux la submerger.

Il glissa sa main libre dans le décolleté de sa robe et lui caressa un sein. Elle le sentit se tendre sous ses doigts experts.

Un gémissement lui échappa.

— J'aurais dû rester lors de tes essayages pour voir comment tu avais bien pu entrer dans cette robe et savoir comment t'en faire sortir !

Elle rit à nouveau, mais la sonnerie de son téléphone portable retentit soudain dans le silence de la nuit et les fit s'immobiliser tous les deux.

Elle s'écarta de Rick, qui la libéra de ses caresses en reculant d'un pas.

— Ne réponds pas ! ordonna-t-il d'une voix rauque.

— C'est Odele, je reconnais la sonnerie.

Elle se pencha, mais Rick fut plus rapide et saisit la pochette.

— Tu n'es pas obligée de répondre, ajouta-t-il.

Chiara essaya de réfléchir vite et bien, ce qui dans son état était particulièrement difficile.

— Je lui réponds toujours. Il faut que je réponde.

— Comme tu veux. Je vais aller prendre une douche, je pense.

Elle s'écarta d'un pas et décrocha en détournant le regard pour retrouver une contenance.

— Oui, Odele ?

— Bonsoir ma chérie, comment vas-tu ? La soirée s'est-elle bien passée ?

— Oui, parfaitement, répondit-elle en gravissant les marches pour gagner sa chambre. Tu voulais me dire quelque chose ?

— Je te rappelle suite à ton message de tout à l'heure, ma chérie. Est-ce qu'il s'est passé quelque chose avec Isabel Lanier ?

Chiara ne savait pas si elle devait être soulagée ou amère d'avoir décroché. Odele venait peut-être de l'empêcher de commettre une erreur qu'elle aurait lourdement regrettée, après tout…

— Non pas que je sois surprise de ta demande, poursuivit Odele. Isabel a un parfum horriblement capiteux, et son agent est tout bonnement insupportable ! Alors, que s'est-il passé ?

Chiara entra dans sa chambre et referma la porte avant de répondre à Odele à voix basse :

— Rick et Isabel ont eu une liaison par le passé ! Elle a été très désagréable.

— Vraiment ? s'exclama Odele. Il est sorti avec Isabel Lanier ?

— Enfin peut-être pas exactement, car il semblerait plutôt qu'elle se soit jetée dans ses bras pour avoir des photos dans la presse. Et le résultat a été qu'il y a perdu un ami qui sortait avec elle à l'époque.

— J'aurais dû m'en douter ! Son agent m'a menti, alors… En tous les cas, je ferai passer le mot qu'Isabel

Lanier et toi ne devez plus être invitées ensemble à l'avenir. Mais tu n'as aucun souci à te faire, tu es beaucoup plus populaire que cette peste !

— Merci, tu es un ange, Odele.

— Oh non, je suis un barracuda dans une ville infestée de requins !

En raccrochant, Chiara poussa un long soupir. Au moins avait-elle un peu retrouvé sa raison et son bon sens grâce à l'interruption d'Odele. Elle arrivait à surmonter la frustration et à se dire qu'elle avait bien fait de ne pas coucher avec Rick ce soir, malgré tout le désir qu'il lui inspirait.

Elle ne l'aimait pas. C'était une folie de se laisser guider par des pulsions et non par un véritable amour, où le corps et l'âme sont en accord.

Oui, c'était pure folie.

- 7 -

Welsdale était une petite ville aux bâtiments de brique rouge dans les rues principales et aux maisons colorées qui égayaient les ruelles adjacentes.

Chiara avait encore du mal à croire qu'elle se trouvait bel et bien dans cette ville si loin de chez elle. Évidemment, Odele avait adoré l'idée d'une apparition dans l'émission culinaire de la mère de Rick. Avant que Chiara ait eu le temps de s'en rendre compte, Rick et elle embarquaient déjà sur un vol de Los Angeles à Boston.

Elle songea que c'était finalement une bonne chose. Depuis le gala de la semaine précédente, elle avait maintenu Rick à bonne distance. De grosses journées de tournage avaient été salvatrices, lui permettant de s'effondrer sur son lit chaque soir, exténuée, et de sombrer aussitôt dans le sommeil.

Depuis l'aéroport, ils avaient pris la voiture que Rick laissait garée au parking quand il était en tournage et avaient roulé jusqu'à Welsdale, qu'ils avaient ralliée en moins de vingt minutes, par des routes bordées d'arbres. Ils s'étaient garés devant une magnifique villa de style méditerranéen, située aux abords de la ville.

Chiara eut la surprise de découvrir un jardin immense et une vaste allée centrale se terminant sur une fontaine de pierre. Elle ne savait pas trop ce qu'elle avait imaginé, si ce n'est qu'elle ne s'attendait pas à quelque chose d'aussi majestueux. Elle pensait que Rick venait d'un milieu plus humble et découvrait avec surprise qu'elle avait fait fausse route.

La famille Serenghetti organisait une réception familiale ce jour-là, d'après ce que lui avait expliqué Rick.

Lorsqu'ils entrèrent dans la maison, Rick ouvrit les bras en grand.

— Bienvenue à la réunion familiale des Serenghetti, Miss Feran !

— Toute ta famille sera présente ?

— Oui, nous tenions à encourager maman.

Oh, Seigneur ! Elle n'était pas vraiment préparée à cela… Ce moment serait bien plus important qu'elle ne l'avait imaginé.

Évidemment, il n'y avait jamais eu de fête de famille chez les Feran, aussi tout cela était-il nouveau pour elle.

Elle remarqua aussitôt deux hommes qui devaient avoir à peu près l'âge de Rick, avec un petit air de ressemblance. Ses frères, sans doute. Décidément, les Serenghetti étaient du genre séduisant !

— Viens avec moi, dit Rick en lui prenant le bras. Je vais te présenter à tout le monde.

Tandis qu'ils s'approchaient, l'un des deux hommes se retourna vers eux.

— Ah, le fils prodigue est de retour, alléluia !

— Laisse tomber, Jordan ! répliqua Rick, visiblement habitué à ce genre d'entrée en matière de la part de ses frères.

Jordan sourit en jetant un regard curieux en direction de Chiara.

— Je vois que cette fois tu t'es surpassé ! Maman sera heureuse. Comment as-tu réussi à convaincre une belle et talentueuse actrice de te choisir, je ne le comprendrai jamais…, dit Jordan en tendant la main à Chiara. Enchanté, je suis Jordan Serenghetti, le plus beau des frères Serenghetti !

— Enchantée ! répondit Chiara en riant. Je croyais que l'humour potache était un trait particulier de Rick, mais je me rends compte que c'est une affaire de famille !

— Vous avez raison. Ce que vous ignorez, c'est que je suis le plus jeune de la fratrie, ce qui explique que mes parents aient finalement réussi à atteindre la perfection après quelques tâtonnements avec mes deux frères aînés, comme vous pouvez le constater.

Chiara rit à nouveau, à la fois de la plaisanterie et de la tête de Rick. Il n'était pas déplaisant de le voir recevoir enfin la monnaie de sa pièce !

Elle vit son regard s'éloigner vers le fond du grand salon et remarqua une jeune femme aux cheveux couleur miel, attachés en une simple queue-de-cheval. Avec sa silhouette élancée, elle était d'une grande beauté. Elle nota la simplicité de sa tenue et la fraîcheur de son allure, sans maquillage ni coiffure sophistiquée.

— Ta muse est parmi nous ? demanda Rick.

Jordan suivit le regard de son frère.

— Dieu tout-puissant ! s'exclama-t-il.

Face au regard interrogateur qu'elle lui jeta, Rick précisa sa pensée.

— Serafina est la cousine de l'épouse de Cole, et il se trouve qu'elle est sans doute la seule femme au monde qui reste insensible au charme de mon frère !

Le regard de Jordan sur la jeune femme à ce moment évoquait celui d'une abeille attirée par une fleur au nectar inégalé.

Chiara se retint de sourire. Elle imaginait que Jordan, comme elle, vivait dans un monde d'artifices et d'apparences, le monde du sport professionnel ressemblant au star-system. Serafina devait lui évoquer une bouffée d'air pur.

— Si vous voulez bien m'excuser, murmura Jordan en faisant un pas dans sa direction.

Chiara vit Serafina qui fronçait légèrement les sourcils en le voyant venir à sa rencontre et se dit que Jordan, s'il avait l'intention de la séduire, n'était pas au bout de ses peines.

À cet instant, le deuxième des frères s'avança vers elle, la main tendue.

— Bonjour, enchanté de faire votre connaissance, je suis Cole Serenghetti.

— Chiara Feran, répondit-elle en lui serrant la main avec un sourire.

La première impression qu'il dégageait était le sérieux. Il avait des yeux plus sombres que ses frères, et pourtant l'air de famille était totalement indiscutable. Elle remarqua une longue cicatrice sur sa joue.

Une jeune femme vint à leur rencontre, et il tendit la main vers elle avant de l'enlacer. Elle avait un regard magnifique et une masse incroyable de boucles brunes, qui cascadait sur ses épaules.

— Et voici ma femme, Marisa, reprit Cole en tournant un regard amoureux vers cette dernière. Ma belle, je te présente Chiara Feran.

— J'ai beaucoup aimé votre dernier film, *Trois Nuits à Paris*, dit Marisa en souriant, et je vous suis aussi sur les réseaux sociaux !

— Ravie de vous rencontrer, Marisa. Alors comme ça, vous aimez les comédies romantiques ?

— J'adore ça ! Même si j'ai du mal à convaincre Cole de les regarder avec moi !

Cole éclata de rire et serra sa femme contre lui.

— Quel film êtes-vous en train de tourner en ce moment ? demanda Marisa.

— Un film d'aventure, pour changer. J'ai comme vous un faible pour les comédies romantiques mais, que voulez-vous, les films d'action rapportent bien plus à Hollywood.

— J'ai aussi donné à étudier votre film *Une autre chanson à l'aube* à mes élèves, précisa Marisa, enthousiaste.

— Vraiment ? Quel merveilleux hommage. Où enseignez-vous ?

— Ici, au lycée de Welsdale.

— C'est formidable. Je suis très touchée, on ne m'a jamais fait plus beau compliment !

— Mais que fait donc votre fiancé ? lança Cole en se tournant, sarcastique, vers Rick.

Chiara rougit.

— Je voulais parler de compliments d'ordre professionnel, bien entendu ! précisa-t-elle.

— Les frères Serenghetti ne sont pas les plus doués en matière de compliments, si je puis me permettre, fit remarquer Marisa. Même si Cole a fait des progrès, depuis que je le connais !

Chiara se sentit soudain envieuse du lien évident que l'on sentait entre Cole et Marisa. Une connivence qu'elle ne connaissait pas avec Rick. Et puis elle songea qu'il n'y avait pas de « Rick et elle ». Ils n'étaient liés que par un simple contrat ou, plus exactement, par un vulgaire mensonge.

Cole et Marisa prirent congé au moment où une autre jeune femme s'approchait. Chiara nota aussitôt la ressemblance avec Rick.

— Chiara, voici ma petite sœur, Mia.

Mia était mince et charmante, avec des yeux en amande d'un vert opalin. Elle avait un physique de mannequin ou d'actrice professionnelle.

— J'aimerais vous dire que Rick m'a beaucoup parlé de vous, Chiara. Mais ce ne serait qu'un mensonge éhonté !

— Qui a besoin d'ennemis avec une famille comme la mienne ? lança Rick, faussement accablé.

— En revanche, Rick m'a dit que vous étiez styliste, intervint Chiara.

— Vraiment ?

— Oui, j'aimerais beaucoup voir quelques-unes de vos créations, d'ailleurs.

— J'ai mon atelier à New York.

— Je me demandais si tu avais quelques-uns de tes modèles ici, pour que Chiara puisse en porter une lors de l'émission de maman, reprit Rick.

— Il n'y a que mon frère pour me présenter une opportunité professionnelle unique sans me laisser la moindre chance de m'y préparer correctement !

— Hé ! s'exclama Rick. Je t'ai bien suggéré d'apporter quelques modèles pour une amie à moi !

— Oui, mais tu ne m'as pas dit de *qui* il s'agissait ! rétorqua Mia.

— Tu ne vas pas me faire croire que tu ne lis pas la presse people ? Ton frère sort avec l'actrice la plus sexy du monde, et les journaux ne parlent que de cela !

Chiara se sentit rougir en entendant le mot « sexy » qui lui était adressé.

— Comment suis-je censée savoir ce qui est vrai ou pas ? répliqua Mia. Heureusement que j'ai de quoi retoucher les quelques modèles que j'ai apportés pour les adapter à la silhouette si fine de Chiara !

— C'est gentil, mais je ne suis pas si mince que cela !
répondit Chiara.

— Elle mange comme quatre, précisa Rick. Et je ne
l'ai pas trouvée si légère lorsque j'ai dû la porter à bout
de bras, suspendu à un hélicoptère !

— Bientôt tu vas nous faire croire que Superman,
c'était toi ? Mon cher frère aurait-il des superpouvoirs ?

Rick lui jeta un regard narquois.

— Eh bien demande à Chiara !

Chiara rougit de plus belle. Elle ne comptait pas discuter
des talents de Rick, qu'ils soient d'ordre sexuel ou autre
devant ses frères et sa sœur !

Face à sa gêne, Mia éclata de rire.

— Rick, je crois que tu viens d'avoir ta réponse !

Une femme élégante d'un certain âge les rejoignit.

— *Cari, scusatemi.* Je suis désolée, j'étais retenue au
téléphone par mon producteur.

— Ne t'inquiète pas, maman, dit Rick, nous étions
en train de faire connaissance. Je présentais Chiara à
tout le monde ici.

— Oh ! Enchantée ! Je suis Camilla !

— Merci de votre accueil, madame Serenghetti,
répondit Chiara.

— Appelez-moi « Camilla », je vous en prie, vous me
rendez un fier service, vous n'imaginez pas, *cara* Chiara !
Quel prénom ravissant ! Vous êtes italienne, c'est cela ?

— Et brésilienne, ajouta Chiara.

— Merveilleux ! Est-ce que vous voulez me présenter
une recette personnelle, ou préférez-vous que je choisisse
moi-même ?

— Eh bien, j'ai peut-être quelque chose qui pourrait
vous plaire. Lorsque je rendais visite à ma famille au

Brésil, ils étaient très enthousiastes dès que nous cuisinions italien, et les barbecues brésiliens…

— Ah oui, la *churrascaria* !

— Oui, c'est très connu, mais nous avons aussi la *galeteria*, un plat de pâtes avec du poulet et une salade composée, qui tire ses racines de la communauté italienne immigrée au Brésil. Par exemple, je pourrais faire des *cappelletti alla romanesca*.

— *Perfetto !* s'exclama Camilla.

Mia les interrompit en prenant sa mère par le bras.

— Excusez-moi, mais j'ai besoin de maman pour savoir comment finir la salade aux tagliatelles.

Lorsque sa mère et sa sœur les laissèrent, Rick se tourna vers Chiara, amusé.

— Je suis impressionné. Est-ce que tu as déjà préparé ce genre de plats ?

Elle le foudroya du regard.

— Qu'est-ce que tu imagines ?

— Rick.

Ils se retournèrent, et Chiara vit le sosie de Rick en plus âgé.

— Tiens-toi bien, voilà le personnage le plus haut en couleur de la famille…, murmura Rick. Mon père, Serg Serenghetti !

— Alors comme ça le fils prodigue est de retour au pays natal ?

— Tu ne vas pas t'y mettre toi, aussi, papa ! J'aurais imaginé un peu plus d'originalité.

Serg se tourna vers Chiara.

— Je me demande bien ce que vous pouvez lui trouver, mademoiselle.

Chiara sourit timidement et ne sut que répondre.

— Tu sais qui elle est ? s'enquit Rick.

— Je lis *WE Magazine*, comme tout le monde, marmonna Serg. Et comme je suis en convalescence j'ai plus de temps qu'il ne m'en faut pour surfer sur Internet et prendre des nouvelles de mes enfants dispersés aux quatre vents.

Rick jeta un coup d'œil en direction de Chiara.

— Tu aurais imaginé qu'il passait son temps à surfer sur Internet ? Mon père se remet d'un infarctus, c'est pour cela qu'il a du temps libre, précisa-t-il, redevenu sérieux.

La voix de Rick s'était soudain faite affectueuse, et Chiara sentit son cœur se serrer en devinant la tendresse entre le père et le fils, masquée sous des dehors rudes. Le contraste avec sa propre relation quasi inexistante avec son père la frappa.

Elle se rendit compte que chez les Serenghetti la notion de famille avait un tout autre écho et, tandis qu'elle s'engageait dans la conversation avec Serg, elle se surprit à songer que ce n'était pas si désagréable que cela. Bien au contraire. Elle commençait même à se dire que dans ce contexte-là Rick lui apparaissait presque sympathique. Plus touchant, en tous les cas.

Ce qui n'était pas une si bonne nouvelle, finalement, car elle était déjà en grave danger de succomber à ses charmes par ailleurs…

Rick aurait dû s'y attendre. Chiara était comme un poisson dans l'eau, que ce soit avec sa famille ou devant les caméras de télévision pour l'émission de sa mère.

Il se rendait compte qu'il avait espéré que sa mère et elle s'entendraient bien. Et jusque-là c'était le cas.

Elle avait aussi accepté de jouer le jeu en portant pour l'occasion un ensemble dessiné par Mia. L'interaction entre les trois femmes sur le plateau était absolument incroyable. Elles riaient, trinquaient avec les verres de chianti qu'on leur avait servis. Depuis le premier rang où il était assis, il constatait aussi que le public était enchanté de cette ambiance bon enfant qu'elles faisaient régner sur le plateau.

Chiara se lança dans la préparation de sa recette de *cappelletti*.

Rick essayait d'imaginer ce qui pouvait se passer dans sa tête, ou bien dans celle de son père venu pour l'occasion dans le public. Sa mère et sa sœur semblaient heureuses de son implication dans leurs projets. En tous les cas, elles étaient radieuses.

Une fois le tournage terminé, il retrouva Chiara à la sortie du plateau.

— Quelle prestation ! s'écria-t-il en notant combien elle était mise en valeur par les vêtements de sa sœur.

— Merci, je me suis vraiment beaucoup amusée. J'espère que l'audience sera au rendez-vous et que le public sentira à quel point nous avons eu plaisir à tourner cette émission ! répondit-elle.

— J'en suis certain.

Il était touché de la gentillesse qu'elle témoignait pour les membres de sa famille qu'elle ne connaissait que depuis quelques heures, de son investissement. Il enfouit les mains dans les poches de son jean, afin de se donner une contenance et, surtout, pour résister à l'envie de la toucher, de la serrer contre lui…

— Il faut aussi que je pense à soigner l'image publique de Chiara Feran, dit-elle l'air songeur.

— Qui est la vraie Chiara Feran, en fait ? Odele a évoqué rapidement ton enfance et tes parents séparés, mais je n'en sais pas plus.

Elle soupira, et il nota la douleur qui se lisait dans son regard.

— Ma mère a toujours rêvé d'être une actrice, elle avait beaucoup d'ambition qu'elle a ensuite reportée sur moi, si on doit résumer.

— Elle n'a pas réussi à percer ?

— Elle a eu quelques succès au Brésil et elle est venue à Hollywood, mais son accent lui interdisait les rôles importants. On ne saura jamais ce qui lui serait arrivé si elle était restée au Brésil.

— Elle ne voulait pas d'autres enfants ?

— Non. Après son divorce, elle a eu du mal à s'occuper seule de moi. Sa famille était au Brésil, elle était très isolée. Elle est morte il y a quelques années et elle me manque toujours terriblement. Je ne peux pas dire que mon enfance a été heureuse, mais je l'aimais de tout mon cœur. Je sais qu'elle a fait de son mieux pour m'élever.

Rick commençait à comprendre qui était Chiara. Leurs enfances étaient totalement différentes. Lui avait toujours été entouré par ses frères et sœurs, ses parents, tandis qu'elle avait grandi seule, sans père et en portant l'ambition déçue de sa mère.

— Tu es impressionnante, murmura-t-il en avançant d'un pas vers elle. Sincère et entière. L'inverse de ce qu'Odele essaie de présenter aux médias.

Elle laissa échapper un petit rire nerveux.

— Tu fais erreur, dit-elle. Je suis plus proche qu'on le croit de Blanche-Neige, tu sais, un personnage entièrement inventé.

Elle baissa les yeux, visiblement déstabilisée. Il sentait que les choses changeaient entre eux, sans bien savoir quand et comment cela avait commencé.

Une chose était sûre : il était plus que déterminé à

explorer l'attirance qu'il ressentait pour elle. Il savait qu'elle aussi était troublée et, même s'il avait fait des efforts majeurs pour se tenir à distance depuis qu'ils avaient quitté Los Angeles, il sentait bien que le désir qu'il avait d'elle se faisait de plus en plus incontournable.

Dans le studio de la chaîne de télévision qui s'était vidé progressivement du public et des techniciens, Chiara attendait que les Serenghetti donnent le signal du départ. Rick discutait avec sa mère et l'un des producteurs.

Elle appréciait ce petit temps de répit qui lui était offert. La discussion avec Rick avait pris un tour plus intime que ce qu'elle avait imaginé. Elle n'était pas préparée pour ce genre d'introspection.

Elle ne souhaitait pas en révéler trop sur son passé, sa famille. Et en même temps elle ne parvenait pas à s'empêcher de comparer sa vie avec celle de Rick et des siens. Cette chaleur, cet amour façon tribu… Elle se sentait bien ici, parmi les Serenghetti, loin de ses problèmes d'image publique, des coups d'éclat de son père, de son admirateur potentiellement dangereux, des paparazzis et des soirées mondaines…

Mais elle savait aussi que la tension érotique permanente entre Rick et elle influait sur son ressenti. Il lui suffisait de penser à son regard sur elle pour qu'un frisson délicieux parcoure sa peau et la fasse se sentir plus vivante et désirable que jamais.

Sa résolution de le maintenir à distance s'évanouissait de plus en plus souvent.

À cet instant, Mia vint à sa rencontre, un large sourire aux lèvres.

— Merci encore pour tout, Chiara ! Je ne pouvais rêver de meilleur modèle pour porter mes créations !

Chiara lui sourit et saisit la main que la jeune femme lui tendait.

— Je t'en prie, ce n'est vraiment rien.

— Je n'ai jamais eu l'occasion d'habiller une célébrité, cela m'a beaucoup appris d'avoir ton retour sur mes modèles et le choix des matières.

— Il faudrait que je te fasse rencontrer mon ancien styliste, qui vient de créer sa ligne d'accessoires, je suis certaine que vous vous compléteriez bien.

— J'en serais ravie ! J'imagine déjà une collection qui porterait ton nom ! Tu imagines, une ligne Chiara Feran ? s'exclama Mia.

Chiara sourit. L'espace d'un instant, elle entrevoyait ce que cela représenterait d'avoir une sœur avec qui elle partagerait ses joies et ses peines…

— Je suis tellement heureuse que Rick ait usé de ses charmes sur quelqu'un comme toi, poursuivit Mia, enthousiaste.

Elle se sentit rougir. S'agissait-il de charme ? Il y a peu de temps encore elle n'en aurait reconnu aucun à Rick, mais elle devait avouer que les choses changeaient au fil des jours. Et aujourd'hui, parmi la famille Serenghetti, oui, elle se sentait sous le charme…

Mia se pencha vers elle avec une mine de conspiratrice et demanda à mi-voix :

— Dis-moi, tu es belle, intelligente et célèbre, comment se fait-il que Rick et toi soyez ensemble ? Comment a-t-il réussi à te séduire, lui qui peut se montrer si peu délicat parfois, auprès de la gent féminine ?

— Eh bien, c'est… compliqué, répondit-elle, incapable de mentir à Mia. Mais tu as sans doute raison, ce n'était pas franchement gagné d'avance, entre nous. Tout ce que je peux te dire pour le moment, c'est qu'il ne faut pas croire tout ce que raconte la presse.

Que pouvait-elle lui avouer de plus ?

Que Rick et elle n'étaient pas vraiment un couple, et que tout ceci n'était qu'une supercherie ?

— Évidemment, mais en tous les cas vous semblez vraiment vous accorder à merveille, déclara Mia. On sent qu'il y a une si profonde alchimie entre vous que cela en est troublant ! J'ai l'impression que Rick a enfin trouvé celle qu'il cherchait. Et je suis soulagée qu'il ait rencontré quelqu'un qui n'est pas attiré uniquement par son argent.

— Je n'ai pas la moindre idée de la fortune personnelle de Rick, affirma Chiara en souriant. Mais en effet ce n'est pas ce qui m'a décidée !

Mia éclata de rire, comme s'il s'était agi d'une bonne blague.

— Moi non plus je ne sais pas à combien se chiffre sa fortune, mais depuis qu'il a revendu son fonds d'investissement je crois qu'il a de quoi s'amuser pour quelque temps sans inquiétude !

Un fonds d'investissement ? De quoi parlait Mia ?

À ses yeux, Rick était un simple cascadeur, pourquoi ferait-il ce métier si périlleux et qui n'apportait ni fortune ni célébrité, s'il avait par ailleurs de quoi vivre confortablement ?

— Pourquoi continue-t-il de sauter de voitures en flammes et de se suspendre à des hélicoptères en vol, dans ce cas ? demanda-t-elle finalement, sa curiosité se faisant plus forte que sa volonté de rester discrète.

— Ne m'en parle pas ! Je crois finalement que c'est par pur amour du risque ! C'est la même chose avec sa maison de production.

Chiara se figea. Rick avait une maison de production ?

Investisseur financier, producteur de cinéma… Qu'allait-elle encore apprendre sur lui ?

Et s'il n'était pas le simple cascadeur qu'elle imaginait et qu'elle pensait commencer à connaître ?

— *Pegasus pride* est son dernier bébé, je crois qu'il en est très fier, ajouta Mia, un grand sourire aux lèvres.

— Il a investi de l'argent dans ce film ? demanda Chiara en faisant de son mieux pour garder son calme. Tu veux dire qu'il en est le producteur ?

Mia hocha la tête, soudain ennuyée.

— Tu l'ignorais ?

Chiara acquiesça, repensant à toutes les fois où elle avait dit du mal du réalisateur et du producteur devant lui. Elle aurait pu se faire licencier à de nombreuses reprises, si les intéressés en avaient eu vent !

— C'est bien le genre de Rick ! s'exclama Mia, visiblement catastrophée d'avoir révélé un secret sans le savoir. Il fait toujours des mystères de tout !

Chiara se tourna vers Rick qui se trouvait à quelques pas d'elles.

Pourquoi ne lui avait-il rien dit ?

Elle pensait qu'elle pouvait lui faire confiance et pourtant…

Elle ferma les yeux dans un soupir.

Il fallait qu'elle lui parle pour de bon, maintenant. Difficile d'avoir ce genre de discussion avec sa famille dans les parages, cependant. Elle attendrait donc le moment opportun.

8

Chiara parvint à garder le silence jusqu'à ce qu'ils arrivent chez lui.

Elle comprenait mieux pourquoi il passait tant de temps sur son téléphone, maintenant : il était engagé dans tout le processus de production du film.

Elle eut un nouveau choc en arrivant chez lui, même si elle avait eu le temps de se préparer à ce qu'elle découvrait grâce aux révélations de Mia.

Son appartement, situé au dernier étage d'un petit immeuble en brique, était luxueusement meublé et équipé. D'immenses baies vitrées permettaient de profiter d'une vue à couper le souffle sur la ville qui s'étendait autour d'eux.

Comment n'avait-elle rien deviné de sa situation financière ? Odele aussi avait fait quelques recherches sur lui, pourtant, et rien de tout cela n'était apparu. Il devait être sacrément discret. Sans sa sœur, elle n'aurait pas su d'où lui venait cette fortune.

Elle le suivit dans le salon aux lumières tamisées, l'observant avec attention. Il portait un pantalon bleu marine avec un T-shirt à col en V. Il était très sexy, une fois encore.

Elle chercha son regard et inspira profondément.

— Tu ne m'avais pas dit que tu étais le producteur de *Pegasus pride*, dit-elle soudain.

— Tu ne me l'as pas demandé.

— Tu t'es moqué de moi !

— Qu'est-ce que cela change de savoir que je fais partie de la compagnie d'investissement Blooming Star ?

— Maintenant tout le monde va penser que je suis le genre d'actrice intéressée qui essaie d'attirer le producteur dans son lit !

Elle ne savait pas pourquoi elle avait lancé cela, mais son attitude la déstabilisait.

Il lui sourit mais ne fit aucun commentaire.

— Comment as-tu réussi à amasser une fortune suffisante pour financer des films ? s'enquit-elle, méfiante.

Mia lui avait déjà donné quelques pistes, mais elle voulait l'entendre de sa bouche, s'assurer qu'il ne la menait pas en bateau.

— Après mes études à Boston, j'ai travaillé à Wall Street et j'ai créé un fonds d'investissement, répondit-il dans un haussement d'épaules, comme s'il s'agissait d'un détail sans importance. J'ai fait quelques bons placements, mais j'ai quitté New York avant d'intégrer la liste des milliardaires les plus en vue, rassure-toi.

— Tu dois être le seul cascadeur producteur au monde, tout de même !

— Ces deux métiers ne sont pas aussi différents que tu le crois. Il s'agit de calculer les risques, dans les deux cas.

— Mais tu m'avais dit que tu louais un appartement à West Hollywood !

— C'est vrai, je loue en attendant que ma maison soit finie de construire.

— Et où la fais-tu construire ?

— À Beverly Hills.

Bien sûr…

— Brentwood a dû te paraître tellement…

Le quartier où elle vivait était loin d'être aussi prestigieux que Beverly Hills.

— Brentwood est charmant, en particulier si l'on tombe sur un cottage anglais avec une princesse de conte de fées à l'intérieur.

— Je ne suis pas sûre qu'il y ait une princesse à l'intérieur, tu sais.

— Permets-moi de croire le contraire.

— Pourquoi as-tu quitté New York et ton fonds d'investissement pour Hollywood ?

— L'envie de nouveaux défis, j'imagine. Et puis Hollywood n'est pas si différent de Wall Street. Les règles sont un peu différentes, mais le jeu est à peu près le même. C'est encore et toujours une affaire d'intuition et de prise de risques.

— Je comprends un peu mieux, murmura-t-elle. Mais il n'empêche que tu as tout fait pour me cacher cette facette de ta personnalité.

— Est-ce notre première dispute ?

— La première ou la centième…

Il s'approcha.

— Qu'est-ce que cela aurait changé, si tu avais su tout cela ?

Elle avait de quoi être furieuse contre lui.

Elle était furieuse contre lui !

Et pourtant cela importait peu. Elle s'était sentie bien accueillie par sa famille, et l'ambiance chaleureuse qui régnait chez les Serenghetti lui plaisait. C'était quelque chose qui lui avait toujours manqué. Ils menaient une vie tellement différente que ce à quoi elle était habituée…

Lorsque les lèvres de Rick se posèrent sur les siennes, elle se sentit transportée.

Il l'enlaça tout contre lui et lui fit sentir son désir pour elle.

Elle attira son visage plus près du sien.

— Attends, murmura-t-il en redressant légèrement la tête. Les lumières ne sont pas prêtes !

Elle rit.

— Nous ne sommes pas filmés !

— Tu es une actrice qui ne répète pas ses scènes ?

— Non, je préfère favoriser la spontanéité, sauf quand Odele s'en mêle et me fait jouer des rôles pour lesquels je ne suis pas préparée.

— Crois-moi, à cet instant, tout est parfaitement réel et spontané. Et tu es parfaitement prête...

Un nouveau frisson la parcourut. Elle s'était accrochée à l'idée de ce rôle à jouer pour la presse, pour faire écran aux scandales auxquels l'exposait son père. Elle avait imaginé que de son côté il faisait cela pour attirer les lumières à lui. Jamais elle n'avait deviné qu'il avait une fortune personnelle bien supérieure à la sienne et qu'il n'avait pas besoin que les lumières se tournent vers lui.

Elle ne savait pas quoi faire avec lui, maintenant. Elle avait passé des années à vivre seule en se répétant qu'elle n'avait pas besoin d'un homme. Et voilà que Rick arrivait, prenait sa défense face à un fan intrusif, avant de lui révéler qu'il était en fait son patron... Elle avait peur de perdre la main. Pourquoi avait-il besoin d'elle, finalement ? Il avait déjà tout...

Sauf... le sexe. Oui, il la désirait, c'était une certitude. Le désir seul pouvait-il justifier son attitude ?

Et après tout y avait-il le moindre problème à succomber ? Elle se sentait si féminine dans ses bras, et puis ce serait juste pour un moment. Elle ne risquait rien... Si ce n'était de s'amouracher de lui.

Le désir qu'elle avait ressenti ces derniers temps malgré tous ses efforts pour le refouler et le nier l'envahit de façon fulgurante, comme lorsqu'une digue vient de céder. Tout à coup, plus rien d'autre ne l'occupait que cette sensation envahissante.

Comme s'il avait lu dans son regard, il se mit à lui enlever ses vêtements, un par un, les laissant tomber au sol, avec ses dernières réticences.

À son tour, il se dévêtit jusqu'à ce qu'ils se retrouvent tous deux en sous-vêtements, l'un devant l'autre.

La fraîcheur de l'air la fit frissonner.

— Laisse-moi te réchauffer, murmura-t-il.

Elle ne savait quoi répondre. Ses défenses avaient fondu comme neige au soleil.

Elle fit un pas pour s'écarter des vêtements posés à ses pieds.

Juste vêtue d'un soutien-gorge et d'un slip en dentelle noire, elle avait la sensation d'être totalement exposée. Elle était un peu nerveuse aussi, malgré le désir qu'elle voyait briller dans le regard de Rick. Elle redressa les épaules, ce qui fit ressortir sa poitrine. Elle sentait les pointes de ses seins effleurer le tissu de son soutien-gorge.

Rick la dévorait des yeux. Elle ne pouvait douter de son état d'excitation. Elle baissa les yeux… et une vague de chaleur la traversa.

Il avança d'un pas et la fit reculer. Elle sentit le canapé derrière elle et s'y laissa tomber, accompagnée par Rick qui l'étreignit. Il saisit alors un de ses seins et l'embrassa à travers la dentelle, caressant de la langue sa peau si sensible.

Elle retint son souffle, et un gémissement s'étrangla dans sa gorge. Elle renversa la tête en arrière et le laissa détacher son soutien-gorge avant de se pencher sur son deuxième sein. Elle laissa échapper un gémissement sourd. Elle était au milieu d'un torrent de sensations qui lui étaient inconnues.

Il s'agenouilla, lui saisissant les jambes pour l'attirer vers lui, avant d'écarter sa culotte pour se frayer avec la bouche un passage jusqu'au creux de ses cuisses. Un nouveau gémissement lui échappa, et elle sentit le plaisir, un plaisir brûlant, l'envahir, jusqu'à ce qu'elle se cambre sous les vagues d'un premier orgasme.

Rick se redressa et enleva son boxer, possédé par une excitation irrépressible.

— Bon sang ! jura-t-il. J'ai laissé mes préservatifs dans ma valise.

— Je prends un contraceptif, le rassura-t-elle d'une voix basse qu'elle eut du mal à reconnaître.

Il plongea son regard dans le sien.

— Il faut que tu saches que tu ne risques rien, j'ai fait des analyses récemment.

— Moi aussi, répondit-elle.

Ils s'observèrent un moment sans rien dire, immobiles.

Elle regarda dans la direction d'une banquette ottomane à côté d'une table basse.

— Tu crois que nous arriverons à rejoindre ton lit ? demanda-t-elle avec malice.

— Non ! Mais les cascadeurs sont tout-terrain !

— Oh.

Elle alla s'asseoir sur la méridienne, et il la rejoignit. Après l'avoir embrassée longuement, ils s'allongèrent, et en un seul mouvement fluide il entra en elle. Elle s'abandonna à la sensation de plénitude avant de suivre son tempo.

Lorsqu'elle le sentit se tendre de tout son corps, le

moment du plaisir approchant, elle saisit ses bras et se mordit les lèvres pour retenir un cri.

— Laisse-moi t'entendre, dit-il le souffle court.

— Oh Rick… Maintenant !

À cet instant, il donna un profond coup de reins, et elle sentit la vague du plaisir déferler en elle une nouvelle fois.

Rick poussa un soupir rauque avant de se laisser retomber sur elle.

Elle le serra contre elle, le cœur battant à tout rompre. Elle n'avait jamais connu un tel sentiment de plénitude avec un homme. Elle se sentait à la fois totalement offerte et pourtant totalement en sécurité.

En entrant chez elle, Chiara s'arrêta devant son reflet dans le miroir de l'entrée. Elle n'avait pas eu aussi bonne mine depuis longtemps. Elle semblait légère, détendue. Heureuse.

Le tournage de *Pegasus pride* était terminé, aussi ne lui restait-il plus qu'à lire un script qu'on lui avait envoyé pour un prochain rôle.

Depuis deux jours que Rick et elle étaient rentrés à Los Angeles, elle avait l'impression de vivre sur un nuage. Elle rosit au simple souvenir des moments partagés avec son amant. Elle n'avait jamais imaginé sa salle d'exercice sous cet angle !

Elle s'allongea sur son canapé, posant les pieds sur un des accoudoirs et ajustant les coussins pour lire confortablement sur sa tablette.

Quelques minutes plus tard, Rick entrait dans la pièce.

Après lui avoir fait l'amour avec passion ce matin, il était parti régler quelques affaires, et elle ne l'avait pas vu depuis deux heures. Il lui paraissait toujours autant à son goût ! Ils avaient tous les deux opté pour des tenues sportives en cette journée de détente, mais il arrivait à rendre son survêtement sexy. Il ne s'était pas rasé ce matin, et elle aimait son visage assombri par sa barbe naissante. Son regard profond contribuait à accentuer l'étrange magnétisme qui émanait de lui.

Il eut un petit signe de tête en direction de sa tablette.

— Est-ce que tu as vu les infos du jour ?

— Non, je viens de m'installer. Pourquoi, je devrais ? demanda-t-elle en se rendant compte qu'il avait un air plus grave qu'à l'accoutumée.

Il croisa les bras et s'adossa au chambranle de la porte.

— Eh bien il y a une bonne nouvelle au moins, répondit-il. L'ordonnance de restriction contre Todd Jeffers entre en vigueur aujourd'hui, donc s'il revient traîner par ici il peut être interpellé.

Elle ne pensait plus guère à Todd Jeffers, ces derniers jours, même si le fait d'être de retour chez elle signifiait qu'il pouvait de nouveau lui rendre visite.

— Quelle est donc la mauvaise nouvelle ? s'enquit-elle du bout des lèvres.

— Ton père s'est fait arrêter.

Elle ferma les yeux un instant.

— Et qu'est-ce qu'il a encore fait ? lâcha-t-elle d'une voix lasse. Pourtant à Las Vegas il faut en faire, pour que la police intervienne !

— Apparemment il était à l'origine d'une altercation à cause d'un ticket de parking.

— Pourquoi ne suis-je pas surprise ?

— Il faut vraiment que tu t'occupes de régler cela. Ton prochain film n'aura peut-être pas besoin de cascadeur pour jouer ton petit ami…

— Très drôle ! répliqua-t-elle en éprouvant un curieux tiraillement au niveau du cœur.

— Je crois qu'il est temps que tu affrontes ce problème, Chiara.

— Je ne l'ai jamais évité !

— Je sais que tu méprises ton père, mais être un joueur n'est peut-être pas si condamnable que tu le crois. Il aime prendre des risques, c'est compréhensible. Bien sûr, il ne gagne pas à tous les coups, mais peut-on lui reprocher son audace ? Tu as d'ailleurs sans doute hérité une partie de ton ambition de lui, même si vous n'aimez pas les mêmes prises de risques, vous êtes pourtant de la même famille.

Elle n'avait rien en commun avec son père ! Rien. Comment osait-il faire ce genre de rapprochement ? Elle ne voyait pas où il voulait en venir, d'ailleurs. Bien sûr, elle avait choisi un métier qui comportait une prise de risques, mais de là à les comparer...

— Pourquoi refuser de le revoir ? demanda-t-il.

— Parce que je n'ai rien à lui dire !

Rick lui jeta un regard dubitatif.

— Bien sûr que si, tu as toutes les questions du monde à lui poser. Mais pourquoi ne pas commencer par ce qui t'importune en ce moment et essayer de régler le problème de ses infractions à répétition ?

— Et comment tu imagines cela ? demanda-t-elle, les bras croisés.

— J'ai quelques idées. Il faudrait commencer par lui faire comprendre où est son intérêt personnel, et puis le responsabiliser, également.

— Ah oui ? Je ne savais pas que tu étais aussi psychologue de métier !

— Tu ne crois pas si bien dire ! En tous les cas, je reste convaincu que tu as peur de revoir ton père, parce que tu as peur de lui ressembler !

— Quelle perspicacité…

— Ton père a un problème avec le jeu. Je sais ce qu'est une addiction. Mon ami Hal s'est mis à boire beaucoup après la rupture avec Isabel.

— Ah oui ? J'ignorais qu'il y avait eu des suites à *l'affaire* avec Isabel…

Rick haussa les épaules dans un soupir et poursuivit, sans tenir compte de sa remarque :

— Hal est redevenu sobre dernièrement, après un passage en clinique de désintoxication. Enfin, c'est ce que j'ai entendu dire, vu que nous ne sommes plus beaucoup en contact.

Elle ne fit aucun commentaire. Elle commençait à y voir un peu plus clair dans le tempérament de Rick. Elle comprenait mieux ses réactions face à la presse, ses a priori envers les actrices, son besoin de discrétion. Cet incident avec Isabel Lanier lui avait fait perdre un ami, mais avait aussi causé la perte de ce dernier…

— Je te propose de recevoir ton père chez moi, reprit-il. Odele pourrait le contacter de ta part et organiser les détails de la rencontre.

— Tu as pensé à tout, à ce que je vois, murmura-t-elle. Mais ta maison n'est même pas terminée !

— Elle est habitable, maintenant. Reste à finir le jardin, et les extérieurs, mais c'est un lieu neutre pour recevoir ton père et avoir une petite discussion avec lui.

— Je suis vraiment surprise que tu me fasses ce genre de proposition.

— Tu veux dire que tu ne t'attendais pas à ce qu'un macho égoïste tel que moi ait ce genre de considérations à ton égard ?

— Je ne comprends surtout pas comment tu as pu

développer tous ces défauts alors que tu viens d'une famille charmante et bienveillante, rétorqua-t-elle, amusée.

— Ma charmante famille m'a aussi appris à m'intéresser aux autres, que ce soit pour les aider à gérer leur carrière ou dans des problématiques beaucoup plus intimes et… dénudées, lança-t-il, le regard brillant.

— Tu ne perds pas le nord, me voilà rassurée sur ton sort ! s'exclama-t-elle en riant.

— Parce que tu t'inquiétais ? sussura-t-il en s'approchant. Laisse-moi te rassurer encore…

— Je te remercie, mais je n'ai pas besoin de toi !

Il se pencha au-dessus d'elle et lui caressa doucement les cheveux. Elle frissonna malgré elle. Il dégageait une telle énergie sexuelle…

— C'est pourtant beaucoup plus drôle à deux, ma belle…

— Ah oui ? Plus on est de fous… C'est ça ?

Il se mit à rire.

— Non, ma limite est à deux, mais on peut renouveler l'expérience aussi souvent que nécessaire, je dirais.

Elle sentait déjà sa respiration s'accélérer. Son regard s'arrêta sur le visage de son amant. Pour la première fois, elle nota les fines lignes d'expression qui étoilaient le contour de ses yeux et les coins de sa bouche.

Il se baissa un peu plus et lui effleura les lèvres d'un baiser léger. Elle poussa un petit soupir tandis qu'il continuait à la butiner. Elle attendait déjà plus…

Un frisson la parcourut, et elle sentit ses seins se tendre à ce simple effleurement de leurs lèvres.

Elle avança légèrement la tête vers lui, prête à se laisser emporter par le tourbillon délicieux de leur étreinte.

Rick l'embrassa plus profondément, enfouissant les doigts dans ses cheveux. Ils se serrèrent avec passion l'un contre l'autre, comme incapables de se rassasier l'un de l'autre.

Ensemble, ils se mirent à se dévêtir, ne pouvant attendre plus longtemps le moment où ils se retrouveraient enfin peau contre peau.

Elle le regarda, les paupières mi-closes. Il était la force vitale et l'énergie masculine incarnées. Des bras solides, un torse large, des longues jambes, sans oublier son sexe tendu, moulé dans un boxer. Elle retint son souffle.

Il défit son soutien-gorge et ôta délicatement les dentelles qui lui recouvraient les seins.

— Chiara…

— Fais-moi l'amour, Rick.

Il n'avait pas besoin d'en entendre plus. Il l'enlaça et se mit à l'embrasser. Elle répondit avec la même ardeur.

En même temps, ils enlevèrent leurs sous-vêtements, avant de s'étreindre à nouveau dans une frénésie de caresses et de soupirs.

Elle saisit son sexe et se mit à le caresser. C'était une sensation… stupéfiante ! Rick était si fort et si vulnérable à la fois. Elle sentait la chaleur de son membre sous ses mains, les pulsations du sang qui disaient son désir pour elle.

Rapidement, il redressa la tête.

— Doucement, Chiara, je ne vais pas résister très longtemps ! Je veux pouvoir te faire atteindre le plaisir !

— Je vais te rejoindre très bientôt, ne t'inquiète pas pour moi ! dit-elle en lui prenant la main pour la guider au creux de ses cuisses.

Il la caressa avant de se placer entre ses jambes et se glissa en elle d'un mouvement puissant qui les fit gémir tous les deux.

Le sentant tout en elle, elle se cambra pour l'accueillir

encore et suivre le rythme qu'il lui dictait. Le plaisir monta en elle, impérieux et irrésistible, et la saisit tout à coup dans un cri.

— Chiara…, murmura Rick, les mâchoires serrées, avant de se figer un instant dans un gémissement.

Il s'allongea sur elle, et elle le serra contre sa poitrine comme si elle ne voulait plus le laisser repartir. Jamais.

Elle ressentait à nouveau cette plénitude totale, un sentiment qu'elle n'avait qu'à peine éprouvé jusqu'à ce qu'elle rencontre Rick Serenghetti et qu'elle accepte enfin de lâcher prise.

9

Lorsque la Range Rover de Rick s'arrêta devant sa maison, Chiara retint son souffle.

La nervosité à l'idée de cette rencontre avec son père céda le pas à l'éblouissement.

Ce n'était pas une maison, mais plutôt un château aux murs de pierre et aux tourelles aériennes.

Absorbée dans sa contemplation, elle ne s'était même pas rendu compte que Rick avait fait le tour de la voiture pour lui ouvrir la portière.

— Tu veux visiter ? proposa-t-il comme elle descendait. Je suppose que tu as déjà vu beaucoup plus impressionnant, parmi tes célèbres collègues.

Mais personne n'habitait un château !

Elle se tourna vers lui, l'air stupéfait.

— Je comprends pourquoi tu me parles toujours de contes de fées. C'est toi, le prince dans son château ! Où est ton cheval blanc ?

— Est-ce que tu te verrais en princesse, par hasard ? Allez, entrons. Tout n'est pas terminé et ce n'est que sommairement meublé, je te préviens.

Elle eut le sentiment d'entrer dans une autre dimension en passant le pas de la porte. Le hall d'entrée était immense et très haut de plafond mais donnait pourtant une impression de chaleur. Les couleurs plutôt claires soulignaient un escalier arrondi qui menait aux étages supérieurs. Les portes ouvertes lui laissaient entrevoir les différentes pièces.

Elle lui emboîta le pas pour faire le tour du rez-de-chaussée, en commençant par une grande cuisine aux placards beiges et aux murs blancs. Un immense plan de travail délimitait la cuisine de la salle à manger. Une vaste salle à manger avec une cheminée imposante. Des plafonds en acajou renforçaient le côté chaleureux de la pièce. Et il y avait encore une bibliothèque, un salon, deux salles de bains, et quelques autres pièces accessoires comme une buanderie et un cellier pour compléter le niveau. Ne manquaient que les meubles...

De retour au hall d'entrée, elle leva les yeux vers l'étage en suivant la courbe arrondie de la large cage d'escalier.

Rick sourit.

— Au cas où tu te poserais la question, j'ai installé un bureau dans la tourelle principale. Pas de princesse emprisonnée chez moi.

— Me voilà rassurée, même si je n'avais rien à craindre pour moi. Blanche-Neige n'est pas vraiment une princesse, finalement.

Elle se sentait bien ici, comme si ce lieu inconnu quelques minutes plus tôt lui était soudain familier. Elle en oubliait presque pourquoi elle était venue !

Après tout, cette rencontre était un peu comme une performance d'actrice. Elle pouvait s'abriter derrière un personnage qu'elle jouerait et essayer de tirer le meilleur parti de cette entrevue.

Comme s'il venait de lire dans ses pensées, Rick suggéra :

— J'ai pensé que ton père et toi pourriez vous retrouver dans la bibliothèque. Vous serez tranquilles, et puis il y a des fauteuils et une table basse.

— D'accord.

Pourquoi avait-elle laissé Rick la convaincre d'accepter cette rencontre ? Elle savait que l'on ne pouvait échapper à ses fantômes et qu'il fallait les affronter un jour, mais…

Il y eut un bruit de moteur provenant de l'extérieur, et Rick se retourna.

— C'est sans doute lui. J'ai envoyé un chauffeur le récupérer à son hôtel.

— Ah, très bien, dit-elle en s'éclaircissant la voix.

Il la regarda attentivement avant de poser une main sur son épaule.

— Ça va aller ?

Elle lui sourit, un de ces sourires qu'elle réservait habituellement aux caméras.

— Parfaitement !

— N'oublie pas que c'est toi qui as les cartes en main.

— J'aimerais justement qu'il les oublie, les cartes !

Rick éclata de rire.

— Pardon, je ne voulais pas faire de jeu de mots. Je vais aller le chercher, et nous te retrouverons dans la bibliothèque d'ici une minute.

— Très bien.

Elle avait choisi une petite robe bleu marine dans son armoire ce matin. Elle avait eu du mal à se décider, car hélas, pour certaines occasions de la vie, il n'existait pas de code des usages.

Rick mit les mains dans ses poches et lui sourit. Il avait l'air détendu et confiant.

— À tout de suite, alors.

Lorsqu'il s'éloigna, elle se dirigea vers la bibliothèque. Mais, quand elle fut entrée, elle se figea, incapable de savoir où s'installer.

Un murmure de voix lui parvint. Puis des bruits de pas.

Quelqu'un entra dans la bibliothèque, et elle reconnut aussitôt Michael Feran.

Son père.

Elle percevait les battements puissants et réguliers de son cœur. Elle ne s'était pas attendue à se sentir si nerveuse. Elle n'aimait pas cela. Après tout, c'est lui qui devrait se sentir mal. C'est lui qui l'avait abandonnée.

Elle ne l'avait pas revu depuis des années, mais les médias lui avaient permis de ne pas le perdre complètement de vue. Elle aurait voulu voir arriver un homme qui avait la tête de l'emploi, mais celui qui se présenta devant elle avait plutôt fière allure, finalement.

Elle maudit les gènes des Feran qui lui avaient pourtant valu la silhouette et les traits qui l'avaient propulsée jusqu'à Hollywood. Son père avait une vraie prestance. Avec les cheveux poivre et sel qui lui donnaient un air distingué, il aurait pu jouer un rôle de père idéal dans n'importe quel blockbuster...

— Chiara, dit-il en souriant. Je suis si heureux de te revoir !

Elle aurait aimé pouvoir dire la même chose en retour...

Face à son silence, il poursuivit :

— Je suis content que tu aies souhaité me voir.

— Rick m'a convaincue que cette entrevue était plus que nécessaire.

Il sourit.

— Ton cascadeur ? Est-il en lice pour le rôle de futur gendre ?

Donc son père aussi lisait la presse... Évidemment...

Et pourtant c'est autre chose qui la frappa dans ses propos, au point de lui couper le souffle.

Oui, elle tenait à Rick...

Elle était tombée amoureuse de lui, elle ne savait pas

332

vraiment quand ni comment, mais elle était bel et bien tombée amoureuse.

Jamais elle n'avait imaginé que leur relation puisse durer…

Elle chassa ces pensées et les émotions qui risquaient de l'envahir si elle continuait sur ce chemin. Elle devait se concentrer sur son père.

— J'ai un problème avec les nombreux articles sur ta vie dissolue, dit-elle.

— Je vois…

— Pourquoi avoir parlé de moi aux journaux l'an dernier ? Ils n'avaient pas besoin de savoir que nous étions père et fille !

Cela avait été la première transgression publique, qui avait été suivie par tant d'autres…

— Sans doute pour l'argent, Chiara. Mais aussi…

Elle attendit la suite, tandis qu'il soupirait en baissant les yeux.

— Mais aussi pour attirer ton attention.

— Eh bien on peut dire que tu as réussi ton coup ! s'exclama-t-elle, les bras croisés sur sa poitrine.

Elle ne lui proposerait certainement pas de s'asseoir, pas plus qu'elle ne s'abaisserait à le faire. Il devait comprendre qu'il s'agissait d'une rencontre dictée par la nécessité, et pas d'une déclaration de paix autour d'une tasse de thé.

— Je ne m'y suis pas pris de la meilleure des façons, je le sais, reprit-il après un petit silence. Mais c'est la seule fois que j'ai accepté d'être payé par un journal.

— Pour rembourser tes dettes de jeu ?

Il accusa le coup.

— C'était une erreur. Je ne le referai plus. De manière générale, je gagne assez aux cartes pour payer mes factures.

— Il n'empêche que toute cette mauvaise publicité me nuit !

— Chiara…

— As-tu la moindre idée de ce que cela représente pour une petite fille de se réveiller en se demandant si son père a encore disparu ?

Elle ne savait pas pourquoi elle avait dit ça. Sans doute que cela faisait des années qu'elle attendait de pouvoir le faire et mettre son père face à ses erreurs…

— Chiara, je sais que je t'ai blessée. C'est pour cela que je n'ai plus osé venir te voir. J'ai cru que ne pas te voir du tout serait préférable à des allers-retours incessants.

Voilà qu'il essayait de lui faire croire qu'il avait fait cela pour elle !

— Tu as abandonné ta femme, ta fille, ton foyer ! s'exclama-t-elle, la voix vibrante de colère contenue.

— Tu ne sais pas ce que cela représente de laisser sa famille derrière soi…

— Non, et cela ne m'arrivera jamais, parce que je l'ai décidé !

— Mais toi, tu as le pouvoir de te réinventer à chaque rôle, tu peux devenir quelqu'un d'autre, suivre tes rêves…

— C'est mon métier !

Son père baissa la tête.

— Je ne peux pas revenir en arrière, chuchota-t-il.

Elle inspira profondément. Cette discussion ne mènerait à rien.

— Pourquoi es-tu parti, la première fois ? reprit-elle finalement.

Elle n'avait jamais osé lui poser cette question, comme si cela signifiait que la réponse lui importait, alors qu'elle avait passé des années à prétendre que cela lui était égal, à ignorer Michael Feran de son mieux et à se concentrer sur sa vie à elle et sa carrière. Il avait fait voler tout cela en éclats en écornant cette image qu'elle avait patiemment construite.

Son père la fixa longuement.

— J'étais musicien, j'avais de l'ambition, je voulais suivre mon rêve. J'ai commencé à avoir un peu de succès, mais sans jamais percer comme je l'espérais. Toi tu as réussi là où j'ai échoué. Tu as toujours voulu être la meilleure. Et tu es la meilleure.

Elle fut une nouvelle fois ébranlée par ses paroles.

— Tu ne sais pas qui je suis, répliqua-t-elle pour chasser son malaise.

— C'est vrai, je ne te connais pas. Enfin, pas vraiment. Et j'aimerais tellement, pourtant…

— Comme tu l'as dit, on ne peut pas revenir en arrière.

— Oui, je le sais bien.

— Pour que nous entretenions des relations à l'avenir, il faudra que tu te tiennes tranquille et que tu oublies tes frasques.

Pourquoi venait-elle d'évoquer leurs relations futures ? À l'instant où elle prononçait ces mots, elle vit son père relever la tête, avec un regard d'espoir.

Michael Feran, l'homme qui faisait souvent la une des journaux. Michael Feran, son père…

En regardant son visage, la ressemblance lui sauta aux yeux. Elle se retrouvait dans ses traits, dans son épaisse chevelure, la ligne de son nez aquilin.

Au fond, elle était triste pour lui. Certes, il ne s'était pas beaucoup occupé d'elle depuis sa naissance, mais il avait encore moins pris soin de lui. Peut-être lui avait-il vraiment fait une faveur en sortant de sa vie… Elle n'avait pas été influencée par ses errances, les incertitudes de sa vie…

— J'aimerais essayer, murmura-t-il.

— Il est trop tard pour *essayer*. Il faut que tu y arrives. Il faut que tu soignes ton addiction.

Elle n'était plus la petite fille sans défense qui subissait les absences de son père. Cette fois-ci, c'était elle qui décidait de la suite des événements.

Elle qui fixait les conditions.

— Je suis prête à te faire une proposition, reprit-elle. Si tu es d'accord pour te faire soigner et ne plus faire les gros titres, je veux bien subvenir à tes besoins. Nous pourrions rédiger les conditions et les signer devant nos avocats.

C'était Rick, en fin négociateur, qui lui avait suggéré cela.

— Et si je devais rechuter ? demanda-t-il.

Il y eut une lueur de vulnérabilité dans son regard qui la toucha.

— Eh bien tu repartirais en clinique pour aussi long-temps qu'il le faudrait.

Il lui sourit tristement.

— C'est un pari que je suis prêt à relever.

— Parce que tu n'as pas d'autre choix.

— Non, parce que je veux m'améliorer pour te retrouver, Chiara. Je sais qu'il est trop tard pour que je m'occupe de toi, mais peut-être que nous pourrions finalement devenir une famille.

Une famille…

C'était ce qui lui avait tant manqué, qu'elle avait tant envié lorsqu'elle était allée chez les Serenghetti. Et voilà que son père lui offrait d'essayer de reconstruire ce lien familial… La gorge nouée par l'émotion, elle reprit :

— Je suis d'accord pour essayer, mais je te préviens

que lorsque j'accepte un rôle je demande aux comédiens en face d'être à la hauteur.

Cette fois-ci, c'est de l'espoir qu'elle lut dans les yeux de son père.

— J'espère alors que je serai à la hauteur de ton talent, ma fille.

Chiara Feran et son compagnon en difficulté ? Des proches du couple révèlent leurs différends.

Chiara releva les yeux de l'écran de son téléphone et fit face au regard interrogateur d'Odele.

Elle avait rejoint son agent aux studios Novatus pour un café. Chiara y avait retrouvé Rick qui travaillait maintenant à la postproduction de *Pegasus pride*.

— Alors, qu'est-ce que tu en penses ? s'enquit Odele de sa voix rauque.

— C'est toi qui as raconté cela aux journalistes ?

— Oui. J'ai pensé qu'il fallait d'ores et déjà commencer à évoquer l'hypothèse d'une séparation, maintenant que ton père accepte de se ranger un peu, et que le tournage est terminé.

— Je n'arrive toujours pas à croire que toi aussi tu ignorais que Rick était un riche producteur !

— Je dois avouer qu'il est très fort car je pensais connaître tout le monde dans le métier, mais il a su rester très discret et échapper à mes radars.

— Il faut vraiment que nous mettions un terme tout de suite à la romance entre Rick et Chiara ? demanda-t-elle tout à coup.

Odele avait raison, elle n'avait plus vraiment de raison de s'inquiéter des faits et gestes de son père, ce qui signifiait qu'elle n'avait plus vraiment besoin de Rick dans sa vie non plus.

Odele plissa légèrement les paupières.

— Inutile de nous précipiter, mais il me semblait nécessaire d'anticiper un peu, ma chérie. Si nous commençons à évoquer quelques dissensions, ce ne sera que plus simple le jour venu.

Plus simple… Pour qui ?

Et quelle importance après tout, si leur relation n'en était pas vraiment une ?

— Est-ce que Rick a vu cet article ? demanda-t-elle.

— Oui. Je l'ai croisé ce matin avant que tu n'arrives, et il était au courant.

Chiara baissa les yeux sur sa tasse. Elle était bien la seule à être ébranlée par cet article.

Il fallait qu'elle soit forte et qu'elle se concentre sur le chemin qui se dessinait devant elle. Restait à mettre en œuvre une séparation propre et nette, et chacun reprendrait sa route.

Et puis elle savait que Rick ne voulait pas se lier à une actrice, une célébrité, lui qui préservait jalousement sa vie privée.

Pourtant, ils devaient tout de même parler, tous les deux. C'était urgent, même. Avant qu'ils ne s'enferrent dans cet entre-deux dans lequel ils évoluaient, entre sentiments et faux-semblants. Que pouvait-il éprouver à son égard ? Elle sentit son cœur se serrer à cette idée.

Elle l'aimait.

Et il fallait le quitter.

Elle était une grande actrice, elle serait capable de faire cela très bien.

Des images de leurs étreintes ne cessaient de lui revenir. Ces moments avaient été des interludes merveilleux. Sans promesses, sans avenir. Le futur commençait maintenant. Il lui fallait écrire le chapitre suivant.

Elle regarda sa montre. Rick devait la retrouver ici quand il aurait terminé. Elle en profiterait pour lui parler.

Elle s'efforça de poursuivre la conversation avec Odele, mais vingt minutes plus tard, lorsque cette dernière prit congé, elle se sentit soulagée. Puis tendue lorsqu'elle commença à attendre Rick.

Au bout d'un quart d'heure, il poussa la porte de la cafétéria. Il semblait décontracté, serein, joyeux. Et aussi séduisant que d'habitude avec son pantalon de toile gris et sa chemise blanche.

Elle retint son souffle lorsqu'il lui déposa un léger baiser sur les lèvres.

Il prit place en face d'elle, s'appuyant nonchalamment contre le dossier de la chaise.

— Comment s'est passé ton rendez-vous avec Dan ? demanda-t-elle.

— Très bien ! Nous avons parlé du montage. Dan est très content de ses rushs et en particulier de ta prestation très réussie ! Avec un peu de chance, les résultats en salle seront aussi réjouissants.

— Odele m'a présenté son dernier plan de communication. Tu dois être soulagé de voir ta mission prendre fin !

Il lui adressa un regard interrogateur.

— Je me moque bien de ce que peut raconter Odele aux journaux.

— Oui, mais il faut tout de même que nous en parlions. Notre couple n'aura bientôt plus de raison d'être…

Il ne fit aucun commentaire.

Qu'attendait-elle de sa part ? Qu'il mette un genou en terre et l'assure de son amour éternel ? Elle était la première à revendiquer de ne pas croire aux contes de fées…

Elle sourit avant de reprendre :

— Merci de m'avoir aidée à sortir de l'impasse où j'étais avec mon père. Il est d'accord pour que l'on fasse équipe afin d'essayer de l'aider à se défaire de son addiction. Et Odele est ravie. Elle trouve que l'on pourrait tourner cette mésaventure en une histoire de rédemption très positive et en faire une cause à soutenir par la suite.

Il inclina la tête de côté, sur la réserve.

— Oui, c'est bien son genre…

— Ce que je voulais dire c'est que maintenant que le problème avec mon père est réglé nous n'avons plus besoin de continuer notre mascarade.

Oh, Seigneur ! Avait-elle vraiment employé ce mot ? Mascarade…

Rick, cette fois, sembla accuser le coup. Mais si peu…

— Très bien, dit-il.

— Tu ne le penses pas ?

— Je pense que tu es toujours cette petite fille qui a peur qu'on l'abandonne, qui a peur qu'on la laisse tomber encore une fois, alors tu casses toi-même ton jouet.

— Je t'en prie, je vois très bien où tu veux en venir, et ce n'est pas la réalité !

Ce n'était pas de l'abandon qu'elle avait peur. C'était d'avoir le cœur brisé. Et son cœur était brisé à cet instant, car elle était tombée amoureuse de Rick…

Amoureuse ? Oui. Elle l'aimait pour sa perspicacité, pour son humour, son intelligence et son audace. Toutes ces qualités qui la séduisaient, tout en la bousculant et l'irritant.

— Et au sujet de ton fan ? lança-t-il.

— C'est à moi de gérer ça.

— Pas seulement. Est-ce que tu sais combien d'argent j'ai investi dans *Pegasus pride* ? Te protéger était un enjeu majeur pour moi.

Elle reçut ces mots en plein visage. Il n'avait fait que *protéger* l'actrice principale du film qu'il produisait ? Il avait accepté d'être son petit ami d'opérette, c'était pour une question d'argent. Non. Elle avait mal compris…

— Tu m'as menti tout ce temps ? demanda-t-elle d'une voix tremblante.

Ses mots, ses caresses, ses baisers, tout cela était…

— Non, je ne t'ai pas menti, Chiara. Tu savais bien que je n'étais qu'un petit ami imaginaire.

— Et un espion…

— Tu es vexée parce que j'avais quelques intérêts dans cette *mascarade* ?

Oui, il s'était agi d'une farce, d'un jeu. Elle avait été tellement stupide d'oublier cela !

— Je suis blessée de n'avoir pas su depuis le début ce que tu cherchais. Au moins ai-je toujours été claire avec mes motivations.

— Oui, et tu es toujours aussi déterminée à ne pas compter sur quiconque, et encore moins un homme…

— Est-ce qu'Odele savait que tu avais cette idée derrière la tête ?

Il haussa les épaules.

— Il est possible en effet que l'on ait abordé le sujet de ta sécurité avec elle, cela allait dans le sens de l'intérêt de tout le monde.

— De tout le monde sauf moi !

Il serra les dents.

— C'était aussi dans ton intérêt, Chiara, même si tu es trop bornée pour l'admettre.

Elle sentit son cœur se serrer un peu plus encore.

Les pensait-il vraiment, ces mots qu'il lui avait murmurés dans le feu de la passion ? Malgré la colère et la détresse, elle avait tout de même envie de se blottir dans ses bras. De le toucher, encore…

Pourtant, elle redressa fièrement le menton.

— Tu devrais me remercier de te libérer, alors, reprit-elle sèchement. Tu n'aimes guère la publicité, et ce petit jeu ne te convenait pas. De plus, tu n'as jamais voulu sortir avec une actrice, même si c'était un scénario monté de toutes pièces.

Il encaissa le coup une nouvelle fois, mais prit cette fois un temps avant de répondre :

— Tu as raison, les célébrités ne sont pas ma tasse de thé. J'aurais dû en tirer une leçon avec Isabel.

Chiara avait du mal à être mise dans le même sac qu'Isabel Lanier au prétexte qu'elles étaient actrices toutes les deux, mais elle comprenait que sa célébrité compliquait les choses pour quelqu'un qui souhaitait préserver sa vie privée.

Mais, encore une fois, que lui restait-il, si son nom l'empêchait de rencontrer non seulement des anonymes mais aussi des gens du métier ?

Hors de question cependant de s'admettre touchée. Elle poursuivit, bille en tête :

— Il me semble préférable que tu déménages maintenant, Rick. Un peu de distance nous fera le plus grand bien à tous les deux. Et cela posera des jalons pour l'annonce officielle de notre séparation à venir.

Il haussa les sourcils.

— Tu n'oublies pas un instant ton image publique, n'est-ce pas ?

- 10 -

Chiara se regarda longuement dans le miroir de sa salle de bains. Cela faisait maintenant un mois qu'elle avait quitté Rick. Un long et triste mois, sans événements notables… Jusqu'à maintenant !

Elle baissa les yeux vers le bâtonnet qu'elle tenait entre ses doigts. Il n'y avait aucun doute possible. Ces deux lignes allaient changer sa vie.

Elle était enceinte.

Décidément le sort n'en avait pas fini avec elle ! Elle qui se demandait comment elle combinerait sa carrière avec son désir d'enfant, elle venait d'avoir la réponse !

Elle jeta le test dans la corbeille de la salle de bains et chercha à se remémorer la dernière fois qu'elle avait fait l'amour avec Rick. Les souvenirs l'envahirent… qu'elle essaya de chasser rapidement.

Elle avait découvert récemment qu'elle avait expulsé son anneau contraceptif sans s'en rendre compte. Il lui avait fallu un certain temps pour comprendre ses symptômes.

Elle détailla ses traits dans le miroir tandis qu'elle se lavait les mains. Elle ne se trouvait pas différente, et pourtant…

Même si les conditions n'étaient pas idéales, elle se dit qu'elles n'étaient pas si terribles non plus.

Un bébé.

Elle avait un peu plus de trente ans, était financièrement indépendante et avait une carrière déjà établie. Elle avait toujours voulu un enfant et s'était même inquiétée que cela n'arrive pas. C'était maintenant le cas, même si les circonstances n'étaient pas ce qu'elle avait imaginé.

Si la situation avait été différente, si Rick l'avait aimée, elle aurait été comblée, à cet instant. Et, même si l'inquiétude venait voiler un peu son bonheur, elle sentait une joie fébrile s'emparer d'elle.

Un bébé.

Elle gagna sa chambre et s'assit sur son lit, respirant profondément. Puis elle sortit son téléphone et l'alluma avant de le poser sur la table de chevet. Il faudrait qu'elle en parle à Rick, bien sûr, mais elle avait besoin de temps pour digérer l'information. En tous les cas, c'était ce dont elle essayait de se convaincre.

Elle se leva, fit quelques pas, puis descendit jeter un coup d'œil dans son réfrigérateur avant de remonter et de fixer à nouveau son téléphone.

Lorsqu'elle n'y tint plus, elle composa le numéro d'Odele. Elle avait besoin de lui parler.

Cette dernière se montra étonnamment philosophe en apprenant la nouvelle.

— Tu comprends bien que je ne vais pas pouvoir accepter d'autres films d'aventure au cours des prochains mois, lui fit remarquer Chiara, qui savait qu'Odele pensait avant tout en termes de carrière.

— Tu ne souhaitais pas plus que cela en tourner de nouveau, de toute façon.

— Oui, c'est vrai.

— Qu'est-ce que Rick dit de tout cela ?

— Je ne lui ai pas encore parlé.

Il y eut un long silence.

— Eh bien bon courage, ma chérie. N'oublie pas que le plus tôt sera le mieux !

— Oui, je sais que tu as raison, mais j'ai besoin de me préparer d'abord… Je ne me sens pas encore prête à l'appeler, avoua-t-elle dans un soupir.

— Je suis là si tu as besoin de quoi que ce soit, ne l'oublie pas.

— Merci Odele.

Le lendemain, elle ne se sentait pas beaucoup plus calme, mais le tumulte des émotions diverses de la découverte de son état commençait à s'estomper.

Elle aurait dû deviner depuis un moment qu'elle avait tous les signes d'une grossesse, en particulier une grande fatigue et une sensibilité exacerbée.

Elle se rendit chez son gynécologue, prenant quelques précautions pour ne pas être reconnue immédiatement en mettant des lunettes de soleil et un foulard sur les cheveux.

Le Dr Tribbling lui confirma sa grossesse qui ne présentait pas de complications à ce stade et lui fixa un rendez-vous d'ici quelques semaines.

Elle se sentit apaisée après cette consultation et passa plusieurs heures à faire des recherches autour de la grossesse sur Internet. Elle ne pouvait pas se rendre dans une librairie pour choisir des livres, à cause du risque d'être repérée.

Puis elle profita d'être plus ou moins cloîtrée chez elle pour faire une sieste.

Lorsqu'elle se réveilla, elle ralluma son téléphone pour jeter un coup d'œil à l'actualité du jour.

Il lui fallut un moment pour se rendre compte que la plupart des gros titres parlaient d'elle !

CHIARA FERAN ENCEINTE !

Elle parcourut un des articles en vitesse, les mains tremblantes, puis appela Odele.

— Comment les journalistes ont-ils su ? s'exclama-t-elle.

— Ils t'auront vue aller chez le gynécologue, ma chérie, tu sais bien que les paparazzis surveillent les cabinets médicaux aussitôt qu'il y a une romance d'annoncée…

— Mais je viens à peine d'y aller ! Personne ne peut réagir aussi vite !

— Ma chérie, tu sais bien qu'il est impossible de leur cacher quoi que ce soit. Il aurait fallu commencer par ne pas tomber enceinte !

— Ce n'est pas toi qui leur as dit, au moins ?

— Non.

— Tu n'as même pas glissé à un photographe le nom de mon gynécologue ? poursuivit Chiara, sur la défensive.

— Que tu es suspicieuse, tout à coup !

— Est-ce que c'est toi ?

— Il est possible que j'aie donné le nom de ton médecin à quelqu'un…

— Odele ! Mais comment as-tu pu me faire ça ? Tu as trahi ma confiance !

— Pourquoi tu ne préviendrais pas ton cascadeur au plus vite, pour commencer ? Ce sera toujours plus profitable que de monter sur tes grands chevaux !

— Pourquoi me dis-tu cela ?

— Mieux vaut éteindre la rumeur de votre rupture prochaine, sinon la presse va se complaire à te dépeindre en mère célibataire, abandonnée par un homme égoïste…

Chiara inspira profondément.

— Rick et moi sommes séparés. Point final, il n'y a rien à éteindre.

— Pas pour les médias. Ils vont adorer parler des

tourtereaux futurs parents, cela va faire couler beaucoup d'encre, tu peux me croire !

— Et c'est là tout ce qui t'importe, n'est-ce pas ?

— Non, ce n'est pas vrai, répondit Odele d'une voix radoucie. Pourquoi est-ce que tu ne veux pas lui parler, enfin ? Cela permettrait de réunir ta vie privée et ton image médiatique.

Chiara ferma les yeux un instant. Elle en avait assez, de tout ce cirque autour de sa petite personne.

— Odele ? Tu es renvoyée.

Elle n'avait jamais cru être capable de prononcer ces mots un jour, mais cette fois c'en était assez. Assez de manipulations !

— Ma chérie, tu es bouleversée, ce n'est pas une bonne chose pour le bébé. Prends ton temps pour réfléchir à tout cela.

— Au revoir, Odele.

Il fallait qu'elle se calme, mais pour le moment la seule chose qu'elle était capable de faire était de fondre en larmes...

Rick faillit recracher son café sur la table du petit déjeuner. Il se flattait pourtant d'avoir un sang-froid à toute épreuve, une qualité indispensable à son métier de cascadeur. Il devait pourtant admettre que dès qu'il était question de Chiara il n'était plus aussi imperturbable.

Il leva les yeux vers la fenêtre de son appartement en location qu'il avait retrouvé depuis que Chiara avait mis un terme à leur cohabitation. La pluie qui battait les fenêtres était assortie à son humeur et à ses perspectives générales en ce moment, plutôt couleur gris souris.

Il avait connu les mêmes montées d'adrénaline avec Chiara que lors de ses cascades les plus périlleuses, ce qui justifiait sans doute la morosité de son humeur depuis leur rupture.

Sauf qu'il venait de lire que Chiara, sa Chiara, était enceinte !

Un bébé.

Son bébé et celui de Chiara.

Il allait devenir père.

Il n'avait jamais vraiment réfléchi au fait d'avoir des enfants, mais il en désirait, c'était une certitude. Il avait trente-trois ans, et le métier de cascadeur ne durait pas toute la vie. Il savait depuis un moment déjà qu'il devait commencer à envisager une transition. Il avait imaginé qu'il rencontrerait une femme avec qui il se marierait et ferait des enfants. Il n'avait pas prévu de croiser le chemin d'une starlette capricieuse et irrésistible avec qui il prétendrait être en couple et qui se révélerait enceinte après leur séparation officielle…

Voici que le moment de la transition s'imposait à lui.

Pourtant, Chiara était capable de le mettre hors de lui, tout en l'amusant la plupart du temps. La passion entre eux était totale. Ils étaient bien, lorsqu'ils étaient ensemble.

Il avait même cru qu'ils finiraient par construire quelque chose, à une époque… Mais peu importait, maintenant !

Ses dernières déclarations étaient qu'il ne lui servait plus à rien et n'avait de ce fait plus sa place dans sa vie.

Aujourd'hui, cependant, qu'elle le veuille ou non, il aurait un rôle à jouer.

Elle était enceinte. De lui.

Il se demanda un instant si ce n'était pas un coup médiatique, mais il chassa aussitôt cette idée. Cela ne ressemblait pas à Chiara. Même s'ils n'étaient plus un couple, et ne l'avaient jamais vraiment été, il savait qu'elle était trop intègre pour jouer sur une prétendue grossesse, juste pour attirer les gros titres.

Et pourtant elle ne l'avait pas prévenu. Sa famille allait elle aussi découvrir la nouvelle, comme le reste du monde. Ses équipes n'avaient pas encore réagi à l'annonce, mais il passait déjà pour le sale type, sûrement…

« Son petit ami la quitte alors qu'elle est enceinte… »

C'est ce que tout le monde allait penser : il l'abandonnait parce qu'elle était enceinte.

Il n'y avait pas d'autre option. Il ne comptait pas attendre une invitation en bonne et due forme de la part de Chiara. Il avait toujours les numéros du digicode de chez elle et, à moins qu'elle ne les ait changés, il devait pouvoir entrer.

Il prit son portefeuille, ses clés et son téléphone et sortit aussitôt. Il s'était réveillé d'humeur morose, un peu comme souvent depuis qu'il ne voyait plus Chiara, mais, depuis qu'il avait pris conscience que la plupart des gens qu'il connaissait avaient dû avaler leur petit déjeuner en commentant sa vie privée, il était passé au stade au-dessus.

Il jura à voix basse. De morose, il était devenu furieux !

Il arriva dans le quartier où vivait Chiara en un temps record. Il se sentait dans le même état que lorsqu'il avait une cascade particulièrement périlleuse à réaliser : boosté à l'adrénaline et à l'énergie pure. Il devait faire l'effort de prendre le temps de respirer, ralentir la cadence, apaiser ses pensées.

Bon sang !

Un bébé… Et elle ne lui avait rien dit !

Lorsqu'il se trouva devant chez elle, il recouvra un peu la raison et sortit son téléphone portable pour l'appeler.

Inutile de l'effrayer en lui laissant imaginer une intrusion chez elle. Elle pourrait penser qu'il s'agissait de son fan !

— Oui, c'est Rick, je viens te voir, je suis devant chez toi, annonça-t-il lorsqu'elle décrocha, avant de taper le code du portail sans attendre sa réponse.

Lorsqu'il arriva devant la maison, la porte d'entrée était déverrouillée et il entra.

Il trouva Chiara dans la cuisine, vêtue d'un pull trop large et d'un legging confortable avec de grosses chaussettes, une tasse fumante à la main.

Ses yeux descendirent automatiquement vers son ventre avant de remonter vers son visage. Évidemment que ce n'était pas encore visible, pourtant, elle avait l'air fatigué, comme si elle venait de passer une mauvaise nuit. Il résista à l'envie impérieuse de la serrer dans ses bras sans plus attendre.

— J'espère que tu as ouvert la porte pour moi et que tu ne la laisses pas tout le temps déverrouillée, par les temps qui courent, dit-il sur un ton de vague reproche, même s'il faisait un véritable effort pour ne pas paraître plus réprobateur que cela.

Elle posa sa tasse sur la table.

— À ton avis ?

— Alors c'est vrai, tu es enceinte ?

Le mot sembla flotter dans la pièce un long moment. Chiara pâlit.

— J'ai appris cela sur Internet ce matin, comme le reste du monde, précisa-t-il.

— On ne m'a pas laissé le temps de t'appeler avant. L'info m'a échappé tellement vite…

— Tu aurais dû m'appeler aussitôt que tu as fait le test de grossesse !

Elle entoura son ventre de ses mains.

— Je voulais simplement être sûre. J'ai été chez le gynécologue hier.

— Comment est-ce arrivé ?

Elle lui jeta un regard moqueur.

— Je crois que tu dois déjà pouvoir te faire une petite idée…

— Bien sûr ! Je ne parlais pas de la conception en elle-même !

— J'avais un anneau contraceptif qui a dû être expulsé accidentellement et je ne m'en suis pas rendu compte tout de suite. De toute façon, j'ai toujours voulu avoir des enfants, alors j'imagine que cela ne fait que précipiter les choses.

Il se sentit aussitôt envahi par un profond sentiment de soulagement. Elle souhaitait garder ce bébé. Même s'il n'était pas prévu au départ, ils seraient tous les deux autour de ce bébé.

— Il n'y a qu'à annoncer que nous sommes toujours ensemble, déclara-t-il.

Elle ouvrit de grands yeux.

— Pourquoi donc ?

— Pourquoi ? Mais parce que je ne veux pas passer pour un salaud aux yeux du monde !

— C'est tout ce qui t'inquiète ? murmura-t-elle, le regard trahissant sa douleur.

— Ce n'est pas toi qui vas me faire la leçon au sujet de mon souci de préserver mon image publique, maintenant ! Qu'est-ce qui me dit que cette grossesse n'est pas un coup médiatique ?

Elle ouvrit la bouche sous le coup de la stupéfaction.

— Quoi ? Tu veux bien répéter ?

— Tu ne vas pas me faire croire qu'Odele n'est pour rien dans l'annonce aux médias ?

— C'est vrai, mais je n'en savais rien !

Le soulagement à nouveau s'empara de lui.

— En tous les cas, cela ne change rien, dit-il. Il faut que nous commencions à faire comme si rien ne s'était passé. Depuis notre prétendue séparation, nous redevenons le petit couple énamouré qui attend avec bonheur un heureux événement. Point final.

Elle releva le menton.

— Je n'ai pas besoin de ton aide, Rick.

D'une certaine façon, il savait que c'était le cas, elle avait de quoi faire face au moins financièrement. Mais là n'était pas la question. Du moins pas pour lui.

— Très chère, dit-il d'un ton narquois, que tu la veuilles ou non, tu auras mon aide.

— Sinon quoi ?

— Sinon Odele devra être mise sous tranquillisants pour affronter la tempête médiatique.

— Tu prévois aussi un mariage à Las Vegas, c'est ça ? répliqua-t-elle, sarcastique.

— Je suis prêt à tout.

Elle leva les yeux au ciel.

— Mais tout cela est ridicule ! s'exclama-t-elle. Combien de temps projettes-tu de faire durer cette farce ?

Aussi longtemps que nécessaire. Aujourd'hui, il avait besoin de gagner du temps pour commencer, ensuite… Ensuite, il serait temps de voir !

— Je refuse de passer pour un sale égoïste qui abandonne sa petite amie à la minute où elle lui annonce sa grossesse !

Rick faisait les cent pas dans la bibliothèque quasi vide de sa maison à plusieurs millions de dollars. En se passant la main dans les cheveux, il fixa par la baie vitrée la lueur éblouissante qui baignait sa nouvelle propriété. Il sortait d'un rendez-vous avec le paysagiste avec qui il avait arpenté le terrain. Son humeur était plutôt légère ce matin, jusqu'à ce qu'il jette un coup d'œil aux gros titres de l'actualité people sur Internet.

Au fond, à quoi tout cela rimait-il ? Il avait acheté et rénové cette maison, qu'il envisageait comme un investissement, et tout à coup plus rien de tout cela n'avait de sens. Ce qui tout à coup comptait le plus pour lui était la femme qui se trouvait de l'autre côté de la ville. Et qui portait son enfant.

Son regard se posa sur les deux fauteuils. Comment avait-il réussi à organiser un cessez-le-feu entre Chiara et son père, alors qu'il ne voyait pas la moindre issue à sa propre situation avec Chiara ? Il n'avait pas trouvé d'autre solution que de la brusquer en débarquant sans prévenir chez elle pour lui ordonner de revenir avec lui. Sur quoi tout cela pouvait-il déboucher ?

Son téléphone sonna, et il plongea la main dans sa poche.

— Rick ?

Il tressaillit en entendant la voix claire de sa mère. Il n'avait pas pris le temps de regarder qui appelait avant de décrocher et il n'avait pas non plus réfléchi à ce qu'il pourrait bien dire à sa famille. Ce n'était plus le moment de s'interroger, il fallait passer à l'action.

— Je lis dans la presse que je vais devenir grand-mère, ce que je sais impossible, puisque mon fils m'aurait avertie au préalable d'une aussi bonne nouvelle, bien entendu !

Évidemment…

Il ne répondit pas. C'était inutile. Il devait laisser sa mère lui dire tout ce qu'elle avait à lui dire. La couper dans son élan était risqué, il en avait fait plusieurs fois l'expérience.

— Chez le coiffeur, j'ai assuré Paula qu'il ne fallait pas croire ces journaux, que c'était impossible. Peux-tu me confirmer que j'ai bien fait, mon fils ?

Rick enfouit les doigts dans ses cheveux.

— Je viens moi aussi de le découvrir, maman.

Sa mère marmonna quelque chose en italien.

— Alors c'est bien vrai ? *Congratulazioni.* Je ne peux pas y croire ! D'abord Cole, qui se marie par surprise, et toi, avec ce bébé, maintenant !

— Heureusement que tu peux encore compter sur Jordan et Mia !

— Non, mais je suis heureuse, très heureuse de ce bébé, bien sûr, dit sa mère, d'une voix émue. Mais en revanche, les surprises, ça suffit comme ça ! *Basta !*

— Si tu savais comme je suis de ton avis, répondit-il à mi-voix.

Il venait lui aussi de subir le plus grand choc de toute sa vie.

Après avoir raccroché, il écrivit aussitôt un texto à ses frères et sa sœur.

Les journaux disent vrai. Soyez patients.

Il savait qu'il devait gagner du temps face aux questions qui arriveraient sans tarder. Il était illusoire de croire qu'il pourrait faire barrage très longtemps, mais il voulait au moins prendre le temps d'y voir un peu plus clair d'abord. Mais son téléphone sonna. Il n'avait pas vraiment eu le temps d'y voir un peu plus clair... Qui l'appelait ? Jordan ? Cole ? Mia ?

— Rick ?

— Oui, que puis-je faire pour vous ? dit-il d'une voix lasse.

Michael Feran était la personne avec qui il avait le moins envie de parler, étant donné les circonstances actuelles.

— Rick, j'ai une demande à vous faire, qui risque de vous paraître étrange.

— Allez-y, répliqua-t-il d'un ton plus sec qu'il ne l'aurait souhaité.

Michael Feran se racla la gorge.

— Je n'arrive pas à avoir Chiara au téléphone et je m'inquiète.

Rick savait que Chiara et son père s'appelaient de temps à autre pour faire le point.

— Il était convenu que je l'appelle à 11 heures, ce que j'ai fait. Mais elle ne répond pas.

— J'allais sortir, je ferai un petit crochet par chez elle, Michael.

Il se refusa à examiner ses motivations réelles. Michael Feran venait de lui offrir une raison de passer voir Chiara, et il était prêt à la saisir. Peut-être que cette fois-ci ils auraient une entrevue plus plaisante, qui ne se terminerait pas dans une impasse de communication.

Et puis, elle était enceinte. Sa gorge se noua soudain. Et s'il lui était arrivé quelque chose ?

— Merci, Rick, me voilà rassuré. À propos, j'ai cru comprendre que les félicitations étaient de rigueur...

— Pour vous aussi, dans ce cas.

— Merci. Je viens tout juste d'être accepté en tant que père à l'essai, je ne m'imaginais pas devenir grand-père aussi vite.

— Je m'en doute. Je vais passer m'assurer que Chiara va bien. Je vous tiens au courant.

Il raccrocha et sortit de chez lui.

Il essaya d'appeler Chiara, mais son appel resta sans réponse. Il sentit soudain l'inquiétude l'envahir.

Tout allait bien, il le fallait. Sans doute était-elle incommodée par les symptômes de la grossesse et peu encline à discuter avec son père. Quoi qu'il en soit, il aurait là une nouvelle opportunité de la voir et de chercher ensemble une solution.

Épouse-moi.

Les mots avaient surgi dans son esprit sans qu'il s'y attende. Et si c'était là la solution ? Cela semblait si… naturel, si juste. Oui, bien sûr que ces mots étaient la clé du problème…

Il monta dans sa Range Rover et prit la direction de Brentwood. Il y avait peu de circulation, heureusement, aussi arriva-t-il chez Chiara plus vite que prévu.

Une fois devant le portail, il essaya de l'appeler une nouvelle fois sans plus de succès. Lorsqu'il retomba sur la messagerie, il composa le code de son portail, en jurant tout bas.

Arrivé devant la porte, il nota la présence de sa voiture. Bon sang, mais pourquoi ne décrochait-elle pas son téléphone !

Lorsqu'il constata qu'une des portes de la véranda était entrouverte, il s'y dirigea tout droit, les sourcils froncés, avant de s'immobiliser en découvrant des éclats de verre sur le sol. Un carreau avait été cassé pour ouvrir la porte.

Il entra dans la maison. Il y avait quelqu'un, il le sentait. Tout à coup, il nota le reflet d'un homme dans un miroir de l'entrée. L'intrus s'était accroupi et avançait vers la pièce voisine.

Rick sentit son sang ne faire qu'un tour et se précipita. Il priait pour qu'il ne s'agisse que d'un simple cambrioleur, mais la silhouette lui faisait penser à Todd Jeffers…

Chiara était sortie de sa baignoire et avait enfilé une tenue d'intérieur confortable avant de se diriger vers le salon.

Pour essayer de se détendre, elle avait pris une douche et avait décidé de faire quelques exercices d'assouplissement doux, comme le lui avait recommandé son médecin.

La dispute avec Rick l'avait laissée dans un état de tristesse et de colère mêlées dont elle n'arrivait pas à se défaire. Elle avait la sensation que sa vie n'avait été qu'une série de déceptions sans fin, dernièrement.

Elle se dirigea vers sa salle d'exercice, jetant au passage un coup d'œil par la fenêtre à la journée couverte qui s'annonçait. Le ciel était assorti à son moral, on avait l'impression qu'il allait verser des larmes.

Elle nota alors une silhouette furtive dans son jardin. Elle fronça les sourcils et se rapprocha de la fenêtre. Elle n'attendait personne. Elle avait une femme de ménage et un jardinier qui venaient une fois par semaine, mais ce n'était pas le jour. Maintenant, pourtant, elle était équipée de hautes clôtures, d'un portail sécurisé, de caméras de surveillance et d'alarmes, même si elle n'avait plus de vigiles.

Comment était rentrée la personne qu'elle avait entrevue, dans ce cas ?

Sous ses yeux, elle vit l'intrus contourner la maison, jusqu'à ce qu'elle le perde de vue. Un instant plus tard, elle entendit un bruit sourd puis du verre cassé. Elle se figea avant de courir se réfugier dans sa salle de sport qu'elle verrouilla de l'intérieur.

Tournant en rond dans la petite pièce, elle se rendit compte de sa vulnérabilité totale. Elle avait laissé son téléphone à l'étage et n'avait aucun moyen de communiquer, ici. Sans compter que, même si elle se trouvait au rez-de-chaussée, un talus profond censé prévenir les intrusions l'empêchait de sauter par la fenêtre.

Elle était prise au piège.

Elle distingua soudain des bruits dans la maison. L'intrus se déplaçait. Mieux valait rester silencieuse. Elle priait pour qu'on ne la trouve pas, en tous les cas pas tout de suite, pour qu'elle ait le temps de penser à un plan d'action. Peut-être que si l'intrus montait à l'étage elle pourrait tenter de courir jusqu'au téléphone le plus proche pour appeler les secours.

Elle discerna alors le bruit d'une voiture qui roulait sur les graviers et faillit fondre en sanglots de soulagement. Était-ce Rick ?

Il ne savait pas qu'un intrus était chez elle, il risquait d'être blessé ou, pire, tué. Comment le prévenir ?

Une minute s'écoula, une éternité… Puis elle entendit deux voix s'élever, des cris. Mais elle ne parvenait pas à comprendre ce qu'ils disaient.

— Chiara, si tu es là, ne bouge pas ! lança la voix de Rick.

Elle perçut alors un étrange raffut. Quelque chose tomba et se brisa.

Ignorant les consignes de Rick, elle ouvrit la porte et se précipita dans la direction du bruit. Ce qu'elle vit alors lui coupa le souffle.

Rick était en train de rouer de coups un homme qu'elle identifia rapidement. Todd Jeffers. Même si Rick semblait avoir le dessus, son opposant n'abandonnait pas le combat.

Elle balaya les lieux du regard, cherchant une façon de venir en aide à Rick, et ses yeux s'arrêtèrent sur une sculpture en marbre, posée sur la table basse.

Elle la saisit et s'approcha des deux hommes. À cet

instant Todd Jeffers, qui lui tournait le dos, tituba. Elle abattit la lourde pièce en marbre sur l'arrière de son crâne.

Jeffers chancela avant de s'effondrer sur les genoux. Rick lui envoya alors un crochet dans le menton qui le fit tomber à terre, inconscient.

— Bon sang, Chiara, je t'avais demandé de ne pas sortir ! s'exclama Rick.

Bien que choquée, sa réaction l'irrita.

— Ne me remercie surtout pas ! répliqua-t-elle avant de baisser les yeux vers le corps à leurs pieds. Oh, mon Dieu ! Est-ce que je l'ai tué ?

— Si c'est le cas, ce n'est pas Dieu qui pourra te renseigner, mais le diable !

— Je l'ai tué ?

Rick s'accroupit pour examiner Jeffers.

— Non. Il est vivant, mais complètement inconscient.

Elle prit le combiné du téléphone fixe à proximité, et fut saisie d'une violente nausée.

— Il faut que j'appelle les secours.

— Est-ce que tu as une corde ou quelque chose pour que je le ligote ? Il est inconscient, mais cela risque de ne pas durer.

Les doigts tremblants, elle lui tendit le combiné, pour aller chercher une pelote de ficelle dans sa cuisine.

Elle nota que ses affaires avaient été touchées, déplacées, sans être abîmées, ni jetées à terre. Sans doute que Jeffers avait voulu les admirer, les toucher. Elle frissonna de dégoût à cette pensée.

Heureusement qu'il ne l'avait pas trouvée tout de suite !

- 11 -

Chiara essayait de faire le point. Todd Jeffers était en route vers la prison, pour avoir violé l'ordonnance de restriction et être pénétré par effraction chez elle.

Tandis que Rick raccompagnait les derniers agents à leur véhicule, elle décida d'appeler Odele. Il fallait que quelqu'un s'occupe des relations avec la presse dans ce contexte particulier et, bien qu'elle l'ait officiellement renvoyée, Odele était un peu comme sa famille. Les circonstances avaient eu raison de ses dernières réserves. Elle lui raconta donc les détails de ce qui venait de se produire, et Odele lui répondit qu'elle arrivait.

— Tu dois avoir besoin d'une épaule sur laquelle t'épancher, ma chérie.

Chiara ne prit pas la peine de la détromper et la remercia.

Rick, toujours furieux contre elle, ne semblait pas disposé à lui offrir la sienne.

Elle savait qu'elle avait eu beaucoup de chance qu'il soit passé au bon moment. Elle était sous la douche lorsque son père l'avait appelée. Ce dernier n'avait jamais fait grand-chose pour elle… Jusqu'à aujourd'hui, où il venait sans doute de lui sauver la vie !

Lorsque Rick revint, elle ne bougea pas. Il semblait faire beaucoup d'efforts pour garder le contrôle. Elle ne lui avait jamais vu cette expression grave, un mélange de colère, d'inquiétude et d'autre chose qu'elle ne parvenait pas à décrire.

— Merci, dit-elle d'une voix hésitante.

— Bon sang, Chiara, je t'avais dit d'être prudente !

— Tant que tu vivais ici, je ne m'en suis pas préoccupée, et depuis que tu es parti je n'ai pas eu le temps de…

— Pas le *temps* ? Mais cela fait des semaines que ce fou furieux est une menace !

Elle se leva, sentant la colère la gagner, elle aussi.

— Figure-toi que les cascadeurs de mauvaise foi prêts à faire des extras comme garde du corps et petit ami imaginaire ne courent pas les rues ! lança-t-elle avant de soupirer. S'il te plaît, je n'ai pas besoin que tu me fasses la morale.

Elle se sentait épuisée, comme si le contrecoup de ce qu'elle venait de vivre lui retombait dessus violemment. Elle réprima un tremblement. Était-ce la peur, la colère, ou le mélange de tout cela, elle ne le savait pas. Elle avait surtout besoin qu'on la réconforte, et les reproches de Rick la désarmaient.

Il s'approcha d'elle.

— Il faut que nous discutions, dit-il d'une voix radoucie.

— Mon agresseur est derrière les barreaux, je suppose que cela te dispense de rester ici, maintenant. Je n'ai plus besoin de toi.

Et pourtant ce n'était pas vrai. Elle avait besoin de lui. Elle l'aimait. Mais il ne lui avait rien avoué, lui, et elle savait qu'une relation fondée sur une obligation ne mènerait nulle part. Elle ne voulait pas d'une union factice, pour préserver leur image publique. Elle ne voulait pas jouer les jolis petits couples, heureux d'attendre leur premier enfant. Elle voulait l'amour, le vrai.

Rick, le visage fermé, enfouit les mains dans ses poches.

— Bon, c'est entendu, tu n'as pas besoin de moi. Tu

n'auras jamais besoin d'aucun homme. Compris. Ton père est peut-être revenu dans ta vie, mais tu continueras vaille que vaille à mener ta barque en totale indépendance. C'est ton droit.

Elle ne dit rien. Pourtant, elle aurait eu envie de lui faire entendre ce qu'elle pensait vraiment…

Je t'aime, Rick. Je ne veux pas vivre sans toi. J'ai besoin de toi.

— De toute façon, nous voilà coincés dans ce jeu de rôle, tous les deux, poursuivit-il. Tant que la presse est sur notre dos, en particulier avec la sortie de *Pegasus pride*, je reviens vivre ici et nous ferons ensemble toute la promotion, recréant le couple de Chiara et Rick, qui attend dans la félicité la naissance de leur premier enfant.

— D'accord, j'ai compris.

La seule chose qui la retint de répliquer fut l'apparition d'Odele sur le pas de la porte, le souffle court d'avoir accouru si vite.

— Oh, ma chérie ! s'exclama cette dernière.

Chiara lui adressa un regard contrit, avant de se tourner vers Rick.

— Je suis contente que tu sois arrivée, Odele, car Rick était sur le point d'aller chercher ses valises. Il revient s'installer ici.

Elle avait rêvé de le voir revenir auprès d'elle, mais sans doute pas dans ce contexte.

Rick fit le tour de son appartement en se demandant ce qu'il devait emporter.

Il était encore sous le coup de ce qui venait de se passer chez Chiara…

— Alors comme ça, le premier petit-fils des Serenghetti

se trouve être un bébé surprise ? lança Jordan. Maman doit être dans tous ses états !

Son frère se trouvait en ville pour un contrat et il avait fait le détour chez lui pour l'occasion. Ensemble, ils avaient commencé à préparer des cartons en vue de son déménagement.

— J'imagine…, marmonna-t-il.

Il aurait aimé que personne n'apprenne la nouvelle ainsi… Chiara lui avait assuré que ce n'était pas sa faute, c'était déjà ça.

Jordan haussa les épaules.

— La pauvre. D'abord Cole qui se marie par surprise et toi, avec ce bébé… Elle doit se demander ce qu'elle a fait pour mériter cela.

— Heureusement qu'il lui reste deux enfants sur qui elle peut compter, répliqua Rick, sarcastique.

Jordan, pour une fois, ne releva pas.

— Tu es certain de vouloir faire appel à des déménageurs ? demanda-t-il. Nous avons bien avancé, il suffirait de louer un camion.

— Tu as sans doute raison, mais j'ai d'autres chats à fouetter pour le moment.

— Oh oui, bien sûr ! Ton nouveau rôle de papa ! Pourtant il me semble que tu as encore un peu de temps devant toi, non ?

— Sept mois, au moins.

Chiara avait dû tomber enceinte à Welsdale ou peu de temps après…

— En tous les cas, vous allez très vite, tous les deux.

— Notre relation était un coup de pub, pour les médias, rien de plus.

Le visage de Jordan traduisit sa surprise.

— Si Chiara est vraiment enceinte, c'était plus qu'un

coup de pub, fit remarquer Jordan. Je devine qu'une chose en entraînant une autre…

— En quelque sorte, mais cela ne s'est pas très bien fini, à vrai dire.

— Cela aurait pu être pire. En tout cas, je n'en reviens pas d'avoir appris la nouvelle sur Internet… Je pensais qu'entre frères tu m'aurais fait confiance. Qu'est-ce que tu comptes faire ?

— Pour le moment je fais mes cartons et je retourne chez Chiara.

Jordan hocha la tête.

— D'accord. Et tu comptes t'installer chez elle ainsi, sans autre forme de procès ?

— Depuis quand es-tu un expert en relations conjugales, frérot ?

— Il me semble que la situation mérite que tu marques le coup, pourtant.

— Elle m'a dit elle-même qu'elle n'avait pas besoin d'un chevalier sur son cheval blanc.

Jordan haussa les épaules.

— Donc elle n'a pas besoin de toi, ni toi d'elle, mais vous avez envie l'un de l'autre, envie d'être là l'un pour l'autre, c'est peut-être ce qu'il faut lui prouver, non ? Avec ou sans cheval blanc…

Rick lança un torchon en direction de son frère qui le saisit au vol.

— Continue avec les cartons au lieu de dire n'importe quoi !

Pourtant, s'il avait été honnête, il aurait reconnu que Jordan venait de lui donner une idée.

— Tu as vraiment une mine à faire peur, pour une femme enceinte, déclara Odele. Tu n'es pas supposée rayonner de bonheur ?

— Oui, c'est sans doute ma meilleure interprétation à ce jour ! répondit Chiara.

Il est vrai qu'elle se sentait au fond du gouffre. D'ailleurs sa vie tout entière était un gouffre. L'ironie du sort faisait que la seule chose qu'elle avait réussi à rectifier était sa relation avec son père.

Après les émotions de la veille, Odele avait décidé de rester auprès d'elle. Sans doute avait-elle senti qu'elle avait besoin d'une présence.

Installée dans la véranda, Chiara picorait avec difficulté. Dehors, le soleil brillait. La journée était bien différente de la veille, et pourtant son moral ne remontait pas. Elle s'inquiétait à l'idée de la cohabitation avec Rick au cours des prochains mois. Elle avait si peur d'y perdre son indépendance…

— Je crains que tu ne fasses une erreur, dit soudain Odele.

— Tu as l'air bien sûre de toi…

— Je te parle d'expérience.

— Et comment suis-je censée éviter de commettre cette erreur ? Est-ce que tu vas me le dire, du haut de ta grande expérience ?

— J'ai une idée, en tout cas. Rick et toi, vous êtes faits l'un pour l'autre, cela fait longtemps que j'y pense, c'est pourquoi…

— … Cette grossesse est un signe du ciel.

— Non, mais ta mine désabusée l'est.

Chiara reposa sa fourchette.

— Je suppose que je ne suis pas une si bonne actrice que je le croyais, alors.

— Tu es une grande actrice. J'ai appelé Melody Banyon de *WE Magazine*, elle pourrait venir dès demain pour une interview.

— Encore un de tes coups en douce, Odele ? Tu ne crois pas que l'on en a assez fait avec la presse ?

— Fais-moi confiance. Cette idée devrait te plaire bien plus que celle que j'ai eue en laissant échapper ta grossesse. Dans tous les cas, ce sera toi qui décideras, promis, ma chérie !

Une fois qu'Odele eut exposé son idée, Chiara acquiesça d'un signe de tête avant d'y ajouter son grain de sel.

Le lendemain matin, Chiara se réveilla nerveuse et impatiente à la fois. Elle avait un peu l'impression de faire un grand saut dans le vide. Comme dans certaines cascades des films d'aventure.

Installée face à Melody Banyon dans son salon, elle inspira profondément pour essayer de se calmer. Cette fois-ci, Rick n'était pas à ses côtés pour l'entretien.

— Chère Chiara, êtes-vous enceinte, comme on l'annonce dans la presse ?

— Oui, en effet, je suis enceinte.

— Félicitations !

— Je ne suis encore qu'au premier trimestre, vous savez, c'est tout récent.

— Et comment vous sentez-vous ?

— Bien. Un peu fatiguée, mais cela n'a rien d'anormal.

Melody hocha la tête et attendit la suite.

— Même si cette grossesse n'était pas prévue, j'ai toujours voulu avoir des enfants et cela confirme que l'on ne peut et ne doit pas essayer de tout prévoir dans la vie.

— Vous aviez une relation avec Rick Serenghetti, le cascadeur de votre dernier film.

— Oui, je dois à Rick une fière chandelle, car tout a commencé par un montage que je dois vous avouer. Rick a accepté de jouer mon petit ami pour distraire les paparazzis des scandales à répétition autour de mon père et de son addiction au jeu. Aujourd'hui, j'ai envie de lever le voile sur toute cette opération.

Ce n'était pas facile, loin de là, mais il fallait qu'elle le fasse. Odele avait réussi à la convaincre de parler à cœur ouvert de ce qu'elle éprouvait pour Rick, et elle avait souhaité dénoncer tout le procédé de communication mis en œuvre depuis le départ. C'était risqué, mais crucial à ses yeux.

— Vous dites que tout cela a *commencé*…

— Oui, en fait je l'ignorais à ce moment-là, mais Rick avait aussi accepté de jouer ce rôle pour me protéger d'un admirateur dérangé qui me harcelait et que je ne prenais pas assez au sérieux.

— Oui, nous avons appris l'arrestation de Todd Jeffers il y a deux jours, alors qu'il s'était introduit par effraction dans votre domicile. Vous devez être soulagée.

— Oui, soulagée et reconnaissante envers Rick qui a maîtrisé Jeffers et permis son arrestation.

— Puis-je vous demander comment va votre père à l'heure actuelle ?

— Il va bien, il est traité pour son addiction dans une clinique. Je suis très fière de lui.

— Bien, maintenant que votre agresseur est derrière les barreaux et votre père pris en charge, si vous nous parliez de Rick et vous ? demanda Melody d'une voix plus douce, en se penchant vers elle.

Chiara sourit en rougissant.

— Eh bien, il se trouve qu'en cours de route je crois être plus ou moins… tombée amoureuse de lui.

Melody hocha la tête et éteignit son dictaphone.

— C'est parfait !

Chiara poussa un long soupir.

— Vous croyez ?

— Je le sais ! Nous aurons des extraits sur le site en ligne de *WE Magazine* d'ici quelques heures, et l'intégralité de notre entretien sortira dans l'édition papier de la fin de la semaine.

Quelques heures…

Voilà ce qu'il lui restait avant que Rick et tous les internautes connaissent les secrets de son cœur.

Mieux valait s'occuper en attendant. Elle avait encore la fin de son plan à mettre en œuvre.

Rick faillit tomber de son siège en lisant la déclaration de Chiara. Elle était tombée amoureuse de lui…

Odele lui avait envoyé le lien vers le site en ligne de *WE Magazine*, et voilà ce qu'il y trouvait.

Son téléphone portable se mit à sonner, il prit l'appel anonyme et reconnut Melody Banyon, la journaliste de *WE Magazine*.

— Bonjour, avez-vous des commentaires à faire sur la déclaration de Chiara Feran ? Elle vient de nous confirmer sa grossesse, qu'en dites-vous ?

— Je ne préfère pas vous demander comment vous avez obtenu mon numéro de téléphone.

Odele, il n'y avait qu'elle…

Et soudain tout s'éclaira. Il avait eu son compte des plans de communication, des mascarades et autres farces manigancées par Odele.

Il ne voulait plus jouer.

— Eh bien, j'ai peut-être une déclaration à vous faire, après tout, répondit-il. Qu'il soit bien clair que mes sentiments envers Chiara étaient authentiques depuis le début. Je n'ai jamais joué la comédie.

— Et au sujet du bébé, monsieur Serenghetti, des commentaires ?

— Rien à ajouter, il n'était pas prévu, mais je suis très heureux.

— C'est un vrai conte de fées que vous nous décrivez là. Chiara Feran et vous étiez vraiment faits pour vous rencontrer, alors ! Ce n'était peut-être pas les médias qu'il vous fallait convaincre, si je ne m'abuse, mais bien l'un et l'autre…

Elle avait sans doute raison. Il songea alors qu'il était temps de suivre l'idée que lui avait soufflée Jordan sans le vouloir.

— Est-ce que je peux vous demander d'attendre jusqu'à demain pour publier ma réponse, Melody ? Je voudrais que Chiara soit la première informée.

— Bien sûr, je comprends.

Chiara était tendue. Contrôler son image publique était une vraie gageure à Hollywood, et elle venait en quelques phrases de se défaire de tout ce qu'elle avait patiemment construit. Elle était sans filet. Au grand jour.

Cela faisait maintenant quelques heures que les extraits de son entretien avaient été publiés sur Internet, et pourtant Rick ne lui avait donné aucun signe de vie.

Elle se décida à appeler Odele pour apaiser son angoisse.

— Odele, dans quoi m'as-tu encore entraînée ?

— En tous les cas, les réseaux sociaux se sont emparés de l'annonce de ta grossesse, et tout le monde semble applaudir ton honnêteté, ma chérie !

— Formidable…

Elle ferma les yeux. Elle avait avoué avoir menti aux médias, et voilà qu'on louait son honnêteté !

— Je n'ose plus sortir de chez moi, murmura-t-elle.

Un bruit étrange venant de l'extérieur attira alors son attention.

— Attends un instant, Odele.

On aurait dit le bruit… des sabots d'un cheval.

C'était impossible.

Elle se pencha à la fenêtre. Un cavalier remontait son allée sur un cheval blanc. Elle n'en croyait pas ses yeux.

— Odele, je dois te laisser…

— Que se passe-t-il, ma chérie, est-ce que tout va bien ? J'appelle la police !

— Non, non, inutile. Je crois que l'on vient déjà à mon secours.

— Comment ça ?

— Rick est là, sur son cheval blanc… Je dois te laisser, Odele !

Elle raccrocha et se précipita vers la porte, avant de s'arrêter pour se regarder dans le miroir de l'entrée. Ses yeux brillaient et semblaient illuminer son visage. Elle inspira un grand coup, ouvrit la porte et s'avança dans l'allée.

Rick arrêta son cheval juste devant elle, un sourire amusé aux lèvres.

— Je n'y crois pas ! s'exclama-t-elle. Comment as-tu fait pour venir à cheval jusqu'ici ?

— Hé, je suis cascadeur, ne l'oublie pas ! répondit-il en sautant à terre.

Rick la prit dans ses bras pour l'embrasser.

— Je t'aime, Chiara.

Elle sentit l'émotion l'envahir.

— Il m'a fallu du temps pour le comprendre, pour de nombreuses raisons, poursuivit-il. Mais lorsque j'ai su que tu étais en danger… Bon sang, c'est devenu une telle évidence ! J'ai eu si peur de te perdre !

Elle posa tendrement les mains sur son torse, les yeux brouillés de larmes.

— Merci d'avoir intercepté Jeffers à deux reprises, murmura-t-elle. Je n'ai pas pris cette affaire au sérieux, tout cela parce que je refusais de te laisser me dire ce que je devais faire. Mais tu m'as sauvée et tu m'as aussi permis de reprendre contact avec mon père et l'aider à avancer. Merci d'être entré dans ma vie. Je craignais tant d'être blessée si je me montrais vulnérable, mais c'était l'inverse…

Il déposa un baiser brûlant sur son poignet.

— Je t'aime, Rick. Je sentais bien que je tombais amoureuse de toi, et cela me faisait tellement peur !

— Marions-nous !

Elle se mit à rire sous le coup de l'émotion et du bonheur intense qui l'envahissaient.

— Mais le bébé ?

— Marions-nous avant sa naissance, à Las Vegas, même ! Ton père t'amènerait à l'autel ! Tu as eu l'idée avant moi, et je n'ai pas compris que c'était là la solution parfaite à toute notre histoire !

— Une actrice qui se marie à Vegas, quel cliché ! Tu vois que j'avais des raisons de me méfier de toi et de ton cheval blanc !

— Tu es une actrice hollywoodienne, cela fait déjà de toi un cliché vivant, il n'y a rien que tu ne puisses faire contre cela, mon amour !

— Et notre amour, alors, est-ce un cliché, monsieur le producteur ?

— Non, notre amour est bien réel, lui.

Et il l'embrassa pour lui prouver toute l'étendue de ses sentiments.

Épilogue

Deux mois plus tard...

Chiara se mêla aux convives venus nombreux pour le soixante-septième anniversaire de Serg Serenghetti. Ils avaient organisé un barbecue dans le jardin de leur villa de Welsdale, par une chaude journée du mois d'août. Elle était toujours un peu déstabilisée par ces réunions familiales, dont elle ne possédait pas encore tous les codes. C'était si différent de ce qu'elle avait pu connaître au sein de sa propre famille. La maison de Serg et Camilla bruissait des rires et des discussions animées.

Cependant, elle devait bien reconnaître que sa relation avec son propre père avait beaucoup progressé. Il était toujours suivi, mais il avançait vite et avait déjà le projet de devenir lui-même animateur d'un groupe de soutien. Odele, de son côté, restait très protectrice envers elle, une sorte de deuxième mère, qui avait déjà commencé à faire des achats pour le bébé. Et puis, il y avait le clan Serenghetti qui l'entourait beaucoup.

— Le buffet est succulent, déclara Marisa en avançant sur la terrasse, mais j'ai déjà l'impression d'être une *piñata* trop remplie !

Chiara sourit à sa belle-sœur.

— Voilà une nouvelle métaphore de femme enceinte que je ne connaissais pas !

Comme une heureuse coïncidence, peu après la parution de la nouvelle de sa grossesse dans la presse, Cole et Marisa avaient à leur tour annoncé qu'ils attendaient un enfant. Sa belle-sœur la suivait à un mois d'écart. Chiara s'était sentie soulagée de ne pas s'engager seule dans cette nouvelle aventure.

Elle toucha du doigt son alliance en platine et le solitaire en diamant qui l'accompagnait. Rick et elle s'étaient mariés à Las Vegas en compagnie de leur famille et leurs plus proches amis. Le mariage avait été intime et sans journalistes, comme ils l'avaient souhaité, mais ils avaient accordé l'exclusivité des photos et d'une interview à Melody Banyon par la suite.

Rick vint la retrouver et posa les mains sur ses épaules, qu'il massa tendrement. Elle savoura cette sensation de délassement profond.

— Comment te sens-tu ? murmura-t-il à son oreille.

— Comme une starlette qui aurait couché avec le patron pour obtenir son prochain rôle ! répliqua-t-elle en riant.

Il éclata de rire.

— Nous sommes associés, maintenant, Blanche-Neige, je ne suis plus le patron !

Ils avaient décidé de lancer ensemble leur propre société de production. Il s'était engagé à la soutenir dans sa carrière, mais souhaitait poursuivre son métier de producteur, un peu à l'écart des projecteurs et des plateaux de tournage, ce qu'elle comprenait parfaitement. Il avait cependant accepté de bonne grâce de l'accompagner à tous les événements publics où elle s'était rendue.

À cet instant, Serafina, la jeune cousine de Marisa, fit son entrée dans le jardin. Elle sembla passer en revue l'assemblée réunie et fronça les sourcils en repérant Jordan.

— Oh ! murmura Rick. Il y en a un par ici qui pourrait bien aller au-devant de complications, on dirait !

Jordan eut un sourire indolent, avant de se diriger d'un pas désinvolte vers Serafina, le regard brillant d'une étrange lueur.

Chiara sourit.

— Ces deux-là n'auront aucune complication majeure, à mon avis ! fit-elle remarquer en se retournant vers Rick qui l'enlaça tendrement. Tu ne crois pas ?

— Tu as raison et de toute façon tu restes la plus délicieuse des complications que j'aie eues à affronter, Blanche-Neige !

Vous avez aimé
Un rival au regard vert et *Le choix de Chiara* ?
Retrouvez sur Harlequin.fr l'histoire de la sœur
de Cole et Rick, Mia, dans Une *idylle impossible*.

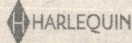

Dans le lit de son ennemi, de Maureen Child - N°1003

SÉRIE : INTRIGUES À ORANGE COUNTY 1/4

Quand Henry Porter met la main sur le manoir qu'elle convoitait, Amanda Carey déclare la guerre à son ancien amant et actuel rival en affaires. Afin de percer ses secrets pour mieux l'attaquer, elle se fait embaucher chez lui en tant qu'employée de maison, tout en espérant ne jamais le croiser. Mais Henry ne tarde pas à la reconnaître... et l'invite dans son lit ! Prise au piège de ce jeu dangereux, Amanda se demande comment elle peut ressentir une telle attirance pour celui qui l'a trahie...

Une si douce emprise, de Maureen Child

SÉRIE : INTRIGUES À ORANGE COUNTY 2/4

Alors que Serena Carey organise un gala de charité, Jack Colton fait irruption dans sa vie en lui proposant une aide qu'elle ne peut refuser. Or celui qu'elle a aimé sept ans plus tôt la trouble toujours autant... Si elle travaille avec lui, elle devra à tout prix asseoir son autorité ! Pas question en effet de laisser Jack lui tourner la tête et exercer comme autrefois son emprise sur elle...

Pour un baiser brûlant, de Shannon McKenna - N°1004

SÉRIE : LIAISONS À SEATTLE 1/3

La vie sentimentale de Jenna est un vrai champ de ruines. Aussi, quand son amie Ava lui demande de jouer le rôle de la fiancée de son frère afin de laver la réputation de ce dernier, entachée par un scandale, elle hésite puis finit par accepter. Dès lors comment pourrait-elle résister à Drew Maddox, le plus célèbre play-boy de l'architecture contemporaine ? En aucun cas Jenna ne doit oublier qu'il s'agit là d'une mascarade, malgré le baiser brûlant que Drew lui a offert...

L'amant disparu, de Kathy Douglass

Dix ans plus tôt le grand amour de Raven a disparu sans laisser de traces. Aujourd'hui elle est sous le choc de découvrir Donovan sur le pas de sa porte ! Si elle a rêvé de ce moment, la colère vient s'ajouter au désir qu'elle ressent pour celui qui l'a abandonnée. Or, Raven le sait, elle ne pourra repousser éternellement Donovan, car elle a un tendre secret à lui révéler : un fils dont il ignore l'existence...

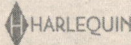 HARLEQUIN   PASSIONS

Des jumeaux irrésistibles, de Catherine Mann - N°1005

Elle est enceinte... de jumeaux ? La princesse Erika sent une panique indicible l'envahir. Et pour cause ! Le père n'est autre qu'un inconnu – certes très séduisant – avec lequel elle a vécu une seule nuit d'amour. Mais, Erika le sait, il n'est pas envisageable que ses futurs enfants grandissent en l'absence d'un père. Il lui faudra donc retrouver son amant d'un soir pour lui annoncer l'incroyable nouvelle...

La tentation d'Abby, de Victoria Pade

Abby a du mal à y croire : le richissime Dylan Camden est venu lui demander en personne de s'occuper de la coiffure de sa sœur à l'occasion du mariage de cette dernière ! Très vite, le doute l'envahit. Pourquoi Dylan a-t-il fait appel à ses services ? Est-ce pour ses talents de coiffeuse ? Ou – ce qui ne serait pas pour lui déplaire – pour une raison beaucoup plus intime ?

Ce scandale à éviter, de Joanne Rock - N°1006

« César », répète Jean-Pierre en regardant le pied minuscule qui s'agite devant lui. Ainsi, il est le père d'un bébé de cinq semaines ? Il en a le souffle coupé. Désormais, il n'a plus qu'un désir : épouser Tatiana, la femme qu'il aime et qui est maintenant la mère de son enfant. Mais les choses ne sont pas aussi simples ! Car leurs familles sont rivales depuis toujours. Et, sous le feu des médias, aucun faux pas ne leur sera pardonné...

L'idylle d'une héritière, de Jules Bennett

Tessa Barrington est furieuse. Avec l'arrivée de Grant, c'est la paix qui régnait sur son ranch qui s'est envolée. Car ce producteur, non content de tourner un film sur la puissante famille Barrington, n'a de cesse de chercher à la séduire. Jamais elle ne cédera aux avances de ce play-boy prétentieux ! Même si les regards brûlants que Grant pose sur elle ne la laissent pas aussi indifférente qu'elle le voudrait...

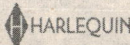 PASSIONS

AZUR

GLAMOUR. INTENSE. IRRÉSISTIBLE.

Poussez les portes d'un monde fait de luxe, de glamour et de passions. Ici, les hommes sont beaux, riches et arrogants ; les femmes impétueuses, fières et flamboyantes. Entre eux, le désir est immédiat... et l'amour impossible.

11 romances à découvrir tous les mois, à seulement 4,60 €.

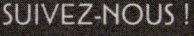

VOTRE COLLECTION PRÉFÉRÉE DIRECTEMENT CHEZ VOUS

Vous souhaitez découvrir nos collections ? Une fois votre colis de bienvenue reçu, si vous souhaitez continuer à recevoir nos livres, cela se fera automatiquement. Vous n'avez aucune obligation d'achat et cette offre est sans engagement de durée !

Dans votre 1er colis, 2 livres au prix d'un + 1 cadeau

☞ **COCHEZ la collection choisie et renvoyez cette page au**
Service Lectrices Harlequin – CS 20008 – 59718 Lille Cedex 9 – France

Collections	Prix 1er colis	Réf.	Prix abonnement (frais de port compris)
❏ **AZUR**	4,75€	AZ1406	6 livres par mois 31,49€
❏ **BLANCHE**	7,30€	BL1603	3 livres par mois 24,85€
❏ **HISTORIQUES**	7,30€	LH1202	2 livres par mois 17,49€
❏ **PASSIONS**	7,80€	PS0903	3 livres par mois 26,49€
❏ **BLACK ROSE**	7,90€	BR0013	3 livres par mois 26,79€
❏ **HARMONY***	5,99€	HA0513	3 livres par mois 20,76€
❏ **NORA ROBERTS***	8,90€	NR2403	3 livres tous les 2 mois, prix variable**
❏ **SAGAS***	7,99€	SG2303	3 livres tous les 2 mois 29,46€
❏ **VICTORIA**	7,80€	VI2115	5 livres tous les 2 mois 42,09€
❏ **GENTLEMEN***	7,50€	GT2022	2 livres tous les 2 mois 17,95€
❏ **HORS-SÉRIE***	7,70€	HS2812	2 livres tous les 2 mois 18,45€

*livres réédités / **entre 28,79€ et 31,39€ suivant le prix des livres

F22PDFM

N° d'abonnée Harlequin (si vous en avez un) ⎵⎵⎵⎵⎵⎵⎵

Mme ❏ Mlle ❏   Nom : _____

Prénom : _____   Adresse : _____

Code Postal : ⎵⎵⎵⎵⎵   Ville : _____

Pays : _____   Tél. : ⎵⎵⎵⎵⎵⎵⎵⎵⎵⎵

E-mail : _____

Date de naissance : _____

Harlequin® est une marque déposée du groupe HarperCollins France – 83/85, Bd Vincent Auriol – 75646 Paris cedex 13. SA au capital de 1 149 680€ – R.C. Paris. Siret 318671591000069/APE5811Z